Jacques Hanoune

La Pragmatique Sanction

suivi de

Le Grand Secret

En souvenir de Gabrielle, ce roman fourmillant de mystères est pour mes petites filles, Iris, Anouk, Neele, Esther, Clara, Hannah.

Dans ce qui suit, très peu est inventé. J'y ai simplement ajouté un peu de mauvaise foi.

Combien sont-elles, dans le monde, ces femmes que des religions ou des traditions d'une dureté d'acier maintiennent dans l'ignorance de leur être de femme ? Elles se voilent, elles se cachent, sont tenues à l'écart des choses de la Cité et de la créativité. Et elles payent comme des crimes ce que les hommes réparent comme des fautes… La réduction de l'immense masse des femmes à des rôles subalternes, leur vocation à être mère étant elle-même de stricte utilité sociale, on voit bien que c'est là un fait inique entre tous, totalement escamoté, ou occulté par notre pragmatisme à l'occidentale, à tous les échelons de la conscience collective. Notre résignation à l'inadmissible est infinie.

Marcel Moreau, Féminaire, page 74

Préface

Couper l'herbe est facile, même si la surface est grande, lorsqu'on dispose d'une tondeuse auto-tractée. On y monte et l'esprit parfaitement libre, sans fatigue aucune, on peut se promener et laisser la machine faire son travail. On peut penser à mille choses. Tiens, une voiture s'approche : c'est peut-être un voisin (Monsieur Legrand), un distributeur de prospectus, un touriste égaré ; j'aime bien les visites qui me distraient.

Ce matin-là, je pensais à Gabriel Fauré que je considère comme le plus grand musicien français. Voyons, qu'a-t-il composé déjà ? Ah, oui, des pièces pour piano, des sonates, trio et quatuors, des mélodies, un Requiem, etc. Mais sa plus belle œuvre, c'est bien l'ensemble de mélodies de la *Chanson d'Ève*, n'est-ce-pas ? Voyons, qui a déjà écrit le poème ? Je cherche le nom, un peu compliqué. Et puis, que disent les paroles ?

Je ne sais plus. J'ai le vague souvenir que cela parle des femmes. Cela tombe bien, car je suis entouré de petites filles plus charmantes les unes que les autres et je suis, par nature aussi bien que par raison, un féministe. Je vais me renseigner.

D'ailleurs, toutes ces femmes, actuellement, ont devant elles de terribles problèmes avec nous, les hommes. J'ai honte, un peu ou beaucoup ? Je n'hésite plus ; je vais raconter l'histoire de quelques-unes d'entre elles. Cela pourrait peut-être intéresser mes petites filles, qui sait ?

oOo

Chapitre 1

Le siège des *Amazones, agence de presse,* aurait bien voulu passer inaperçu ; mais il fallait bien accueillir le personnel, protéger les locaux (car les menaces sont constantes contre des journalistes féministes), et surtout montrer qu'on était là pour longtemps. Il aurait pu être grandiose, car on murmurait que l'argent ne manquerait jamais, sans bien savoir d'où il venait. Seule la Directrice Générale, Madeleine Duval, aurait pu en parler, ce qu'elle ne faisait pas. Distante, froide, autoritaire, parfois méchante, toujours professionnelle, on la surnommait Meryl, en secret bien sûr ; Prada aurait semblé trop évident. Quant à sa vie personnelle, on n'en savait rien, ni son adresse, ni sa famille, si elle en avait. Seul son téléphone mobile la rendait accessible. Parfois, elle disparaissait pour quelques jours et souvent à son retour quelques décisions budgétaires étaient prises, sans jamais de mauvaises surprises. Au fond, on ne la connaissait pas. On se demandait même comment elle était arrivée à ce poste. Les théories ne manquaient pas : une vieille liaison avec une personnalité importante, mais qui ? la franc-maçonnerie ? mais les femmes y sont toujours peu représentées ; un complot anti-machiste ? ça n'existe pas, voyons ; une sororité lesbienne ? Pourquoi pas ? On se faisait même peur en évoquant une société secrète internationale. On avait même exploré son bureau à plusieurs reprises pour trouver des indices intéressants : malheureusement, il n'y avait pas de photos ou de diplômes sur les murs. Bien sûr, bien en évidence, les livres attendus, du *Deuxième Sexe* à *Lysistrata.* Trois jolies petites statuettes reproductions de l'antique, sur une étagère haut placée semblaient incongrues : *Athéna rattachant sa sandale, Aphrodite détachant sa sandale, Hermès rattachant sa sandale.* Fallait-il y voir un fétichisme pour les chaussures ou bien les restes d'une activité passée dans un magasin spécialisé ? Curieusement, leur disposition sur l'étagère changeait de temps en temps, comme dans le jeu du bonneteau.

Mais on ne pouvait reprocher à Madeleine une vision trop bornée de la société : elle n'hésitait pas à embaucher des hommes, oui, des hommes ! Rouerie féminine, cinquième colonne ? Mais pourquoi se faire trop de soucis quand le salaire arrive régulièrement et que la cantine est presque végétarienne. Et l'activité ne manquait pas : il fallait couvrir les abus sexistes dans le monde entier, dénoncer les outrages, les excès, les crimes ; la matière ne manquait jamais. Les plus anciennes dans le groupe prétendaient qu'on aurait dû appeler l'agence *Les Danaïdes*.

Ce matin-là, il pleuvait et Hermine était en retard. A peine débarrassée de son vélo, de son manteau, la voix de sa collègue, Lydie, résonna :

- Meryl veut te voir. Je ne sais pas si c'est urgent, mais presse toi. Tu la connais.

La conversation fut courte et Madeleine Duval ne tarda pas à l'interroger :

- Je vois que vous êtes avec nous depuis trois mois, après vos études à l'École de Journalisme de Lille. Pourquoi Lille ?
- Ma famille est de Lille et d'ailleurs …
- Bon. Je pense que vous parlez anglais.
- Oui, couramment et aussi l'allemand, mais un peu moins bien.
Jusqu'à présent, vous avez accompagné Lydie dans ses reportages. Je vais vous confier pour la première fois une mission peut-être pas très importante mais c'est un début. Il y a une semaine, une sage-femme à la retraite, Sophie Lagarde, est morte d'un infarctus à Montrouge. Allez voir ce qu'il en est. Il y a quelque chose qui me chiffonne. André, le photographe, ira avec vous. Il a quarante ans, mais vous ne risquez rien ; vous savez qu'il est aussi prêtre. En plus, il m'a dit qu'il a toujours sur lui une médaille de saint Benoît qui protège de tous les dangers. Allez, filez!

- Bien, madame, je pars tout de suite.

Montrouge n'est pas loin de Paris, juste de l'autre côté du périphérique. Mais les habitants et les édiles de ces banlieues pensent qu'il n'est pas nécessaire d'indiquer les noms des rues. Trouver la *Rue du chat perdu* n'a pas été une mince affaire. Mais ensuite, il a fallu trouver la villa, au milieu d'autres villas identiques, et cela, après avoir failli renverser quelques enfants, deux chiens et un vieux monsieur en déambulateur. Hermine sonna à la porte. Un gros chat et une femme âgée vinrent ouvrir. C'était la cousine de la disparue et elle voulait bien répondre aux questions d'Hermine.

- Oui, comme le décès avait un peu paru suspect, il y a eu une autopsie et c'est bien d'une crise cardiaque que Sophie est morte. En fait, elle n'était pas seule à ce moment et les policiers avaient retrouvé des tasses et du thé, ce qui était curieux car elle aimait bien un doigt de muscat quand elle avait des visiteurs. Elle était à la retraite depuis longtemps, mais restait encore très active dans je ne sais plus quelles associations. Elle était très discrète à ce propos. Non, elle n'a pas de descendants, elle n'avait pas d'amis masculins. Vous savez, c'est quand même un métier spécial et les sages-femmes ont une certaine réputation. Oui, on les aime bien, mais on les redoute aussi. Elles sont au courant de tous les secrets de famille. On ne peut rien leur cacher. Je n'habite pas loin et je m'occupe de la succession. Je pense que je vais hériter de la maison, mais que faire des livres et des objets ? Regardez, des livres dans toutes les langues et même en latin, je crois. Vous voulez jeter un coup d'œil ? Si cela vous intéresse, vous pouvez en prendre, ce sera autant en moins à emporter. Et puis, tout ce courrier : de l'évêché, tiens, je ne savais pas qu'elle était aussi pratiquante, du Syndicat des sages-femmes, de la Guilde de je ne sais pas quoi. Prenez ce que vous voulez. Cela m'arrange. Et revenez quand vous voulez ; je reste ici un petit bout de temps.

Hermine et André ne se firent pas prier. André se chargea de quelques livres au hasard ; Hermine ramassa quelques lettres et prospectus et remercia vivement la cousine :

- Vous avez été très aimable et si vous le permettez, nous reviendrons vous rendre visite.

Et sitôt dehors, elle annonça :

- Nous méritons bien un petit café, où tu veux.

Sur le chemin, André s'écria !

- Ça alors, mais c'est le même type !

Et il désignait un petit vieux qui marchait lentement avec son déambulateur, s'approchait d'une voiture qui devait l'attendre, ouvrait le coffre, y installait son appareil et se glissait péniblement à l'arrière du véhicule qui démarra.

- Garde-moi ces livres, je reviens tout de suite.

Il était de retour quelques minutes plus tard et expliqua:

- C'est bien ce que je pensais, et heureusement que j'ai mon appareil de photo : il y a bien une trace de petites roues et de pieds au milieu devant la fenêtre de la villa !
- Mais tu rêves ! Tiens, je n'ai pas eu l'idée de prendre le numéro de la voiture.
- Belle journaliste ! Allons prendre un café. Cela devient urgent.

Une fois installés, Hermine examina ce qu'elle avait. Une petite lettre attira son attention, affranchie de Belgique. A l'intérieur, quelques mots sans grande signification pensa-t-elle :

Offenbare Geheimniss ?
Tolle Lege ! Puer aut Puella ?
Start Porter!
Ich bin op-schester, ich mag offene menschen.

Frauen vertraut Hexe, misstraut pisan.
Der Frauen Weisheit is nur bei der Labrys.
Brooklyn looks the part.
Console-toi, tu ne me chercherais pas si tu ne m'avais déjà trouvé.
Wo? Zwischen Mosbach und Heilbronn!

Rien de spécial, dit-elle, cela peut attendre.

André était plongé dans les livres, très variés, des romans, un livre sur la mythologie grecque et un livre technique qu'il avait pris parce que le titre lui avait plu, en tant que catholique romain : *Présentation du siège*. Mais, quand il l'ouvrit, une feuille de papier tomba. Et en la ramassant, il ne put s'empêcher de blêmir. C'était un texte en latin d'une vingtaine de lignes et au-dessous, un nom, Bède le Vénérable.

- Mon latin est bien rouillé ; cela va me demander un bout de temps pour le traduire, mais en tout cas, Bède le Vénérable est bien connu.
- C'est qui ? Un franc-maçon ?

André eut un regard de pitié douloureuse.

- Mais non, mécréante, c'était un moine anglo-saxon du 7ème ou 8ème siècle qui a écrit une histoire du peuple anglais et a été proclamé docteur de l'église tellement son rôle a été important. Je n'en sais pas plus. Il faut que je travaille la question et que je me remette au latin. On en reparlera. Tu sais, je suis membre de la Mission de France. C'est, si tu veux, une sorte de diocèse transversal. Nous vivons de notre travail et nous nous mêlons à la société. On devrait nous reconnaître à nos qualités.
On nous forme à être responsable et à travailler en équipe. Les grands problèmes de société, comme les déshérités, les femmes abandonnées ou battues, etc. C'est un peu pour cela que je suis là.
- Je te reconnais bien là. En tout cas, il est important d'en savoir plus sur cette dame. Je te propose de commencer par le syndicat des

sages-femmes. Je m'occupe du rendez-vous. Je t'appellerai sans doute demain.

Un immeuble banal, dans le quatorzième arrondissement. Un local banal. Une secrétaire aimable et au courant du rendez-vous. Et voilà notre couple en présence de la vice-présidente.

- Sophie Lagarde ? Oui, nous la connaissions bien. Une femme compétente, très active dans notre syndicat, mais aussi une intellectuelle. Vous savez que les sages-femmes ont la réputation de savoir beaucoup de choses, d'où leur nom, la sagesse. Tandis que les hommes sont moins importants. Le mot prud'homme veut simplement dire homme utile, en vieux français. Il est amusant que les hommes qui passent les examens de sages-femmes ne peuvent pas s'appeler sages-hommes, mais doivent par la loi s'appeler des sages-femmes. A l'inverse, les femmes élues dans les conseils de prud'hommes ne peuvent pas s'appeler prud'femmes, mais bien prud'hommes. Et le prénom, Sophie, se réfère à la sagesse, comme vous savez. Un beau prénom pour une sage-femme, n'est-ce pas ? Mais excusez-moi, je me disperse
- Mais non, s'écria Hermine, au contraire. Cela nous intéresse. Vous me dîtes que c'était était une intellectuelle. Savez-vous si elle était catholique pratiquante ?
- Non, ça je ne le sais pas. Mais je sais qu'elle lisait beaucoup, surtout sur le moyen –âge.
- Tiens, ça me fait penser. Je crois qu'elle faisait partie d'une guilde.
- Ah ! je ne peux rien vous cacher. Mais c'est quelque chose de très mineur et sans importance.
- Indiquez-moi son nom quand même.
- Et bien c'est la guilde d'Ilithyie, oui, une orthographe un peu compliquée. Mais je n'ai pas l'adresse. A vous d'essayer de la trouver.

En sortant, Hermine et André ne firent pas faute de s'asseoir au café du coin.

- Qu'en penses-tu, André ?
- Comme on dit dans les romans policiers, elle sait plus de choses qu'elle n'en a dites. Elle nous cache quelque chose et cela concerne cette guilde. Mais pour le moment, laisse-moi te parler de Bède le Vénérable. C'est important. Comme je te l'ai dit, c'est un moine anglais qui est né, laisse-moi voir, en 672 et est mort en 735. C'est surtout un historien ; il avait une bibliothèque de 300 livres ce qui est énorme pour l'époque. Il a écrit de nombreux ouvrages sur beaucoup de sujets, mais ce qui nous intéresse c'est ce qu'il a dit sur la Sagesse qui en ce temps-là était quasiment personnifiée comme une Déesse : La Sainte Sagesse, par exemple, sous le nom de Hagia Sophia, la basilique que l'on trouve à Constantinople, à l'époque Byzance. On l'a identifiée avec le Christ, qui bien sûr savait tout. L'inconvénient, c'est que cela a conduit certains, dont Bède le Vénérable, se basant sur des textes bibliques, à décrire le Christ en termes féminins, en ajoutant que le Christ se conduit comme une mère nourricière pour l'Église. Cela peut nous mener très loin. Tu peux faire le rapprochement entre les sages-femmes, la sagesse éternelle, le prénom de notre sage-femme et son intérêt pour Bède le Vénérable.

- Très bien, voilà un mystère résolu. Il nous reste maintenant à visiter cette guilde curieuse.

oOo

Chapitre 2

Quand Ursula Walden-Rand vient à New-York, elle habite dans son immeuble de la 71éme rue, près de Central Park. C'est une belle bâtisse, entre la Frick Collection à l'ouest et l'église Saint James à l'est. Fermée par de hautes portes de chêne, elle comporte plus de 40 pièces, dont dix chambres et quinze salles de bain. Elle offre une vue imprenable sur le Park et serait digne d'abriter une ambassade ou un musée.

Il faut dire qu'Ursula n'est pas une petite fille pauvre, ni même une petite fille riche. C'est une femme extrêmement riche. Arrière-petite fille d'un de ces hommes d'affaire que l'on a qualifiés de barrons voleurs au XIXème siècle, tels que Carnegie, Gould, Morgan ou Rockefeller et qui ont réussi dans l'acier, le chemin de fer, la finance ou le pétrole, elle a en plus épousé un magnat de la presse dont elle est maintenant veuve. Malgré sa fortune sans limite, elle a toujours eu une vie d'artiste : elle a vécu à Paris, à Munich, à Londres ; elle peint, elle sculpte, elle expose, elle est connue. Elle se permet d'être collectionneuse et mécène. Elle est libre. Elle règne sur sa famille, heureusement limitée, des cousins, les Herbert, un peu bizarres qui vivent en France et dont elle n'entend plus parler, et un frère.

Robert, qui l'adore, mais qui vit cloitré à Hyannisport, au Cape Cod, sur sa chaise roulante, le malheureux. Et ses enfants, Anthony et Susan (bien sûr) : ils sont bien à l'abri, dans un collège suisse, et ils apprennent à vivre plus tard avec beaucoup d'argent.

Mais une humiliation la hante depuis qu'elle a remarqué sur le fronton du Panthéon, à Paris, l'inscription : « Aux grands hommes, la patrie reconnaissante », formule rendue encore plus agressive par ce petit hôtel, juste à côté, qui semble réservé aux Grands Hommes. Elle aurait voulu quelque chose d'analogue pour les femmes et elle a été très déçue quand on lui a expliqué qu'en français, une grande femme n'est pas l'équivalent d'un grand homme, mais plutôt d'un homme grand et cela par les mystères de la syntaxe du pays. Et l'existence d'un Musée de l'Homme l'a profondément agacée. Elle veut un Musée de la Femme, qui glorifie la femme, et rien qu'elle, dans toutes ses dimensions sociales et artistiques. C'est facile sur le plan artistique : il suffit d'accumuler des œuvres de Rosa Bonheur, Élisabeth Vigée le Brun, Artemisia Gentileschi, Camille Claudel, Louise Bourgeois, Berthe Morisot, Mary Cassat, Georgette Agutte, Käthe Kollwitz. La liste est longue, en fait très longue. Et c'est cela même qui est irritant, car qu'aurait été cette liste si le patriarcat n'avait constamment empêché les femmes de se réaliser pleinement ?

Il y a bien une centaine de musées de la femme dans le monde, allant du virtuel au médiocre. Mais Ursula veut plus.

Elle veut que Son musée montre le rôle majeur de la femme derrière la suffisance de l'homme, et pour employer le vocabulaire de Mary Daly, présenter dit-elle le *deep Background* féminin toujours masqué par le *Foreground* masculin. C'est plus compliqué, plus subtil, cela nécessite de sortir des normes et peut-être des limites. C'est pour cela qu'elle recevait aujourd'hui l'un de ses adjoints, Randy qui se fait appeler Randolph dans le milieu artistique. Il venait lui rendre compte de son activité.

- Alors, Randy, quoi de neuf ?
- J'ai pu avoir la *Pragmatique Sanction*. Les enchères ont monté très haut, mais je n'ai pas faibli. C'est donc un exemplaire original, en parfait état de conservation, de l'édit de Charles VI d'Autriche en 1713 qui établit qu'à défaut d'héritier mâle, sa succession reviendrait à ses filles. Dix ans plus tard, une autre Pragmatique Sanction, adoptée par la Diète de Hongrie, a étendu à la Hongrie cette disposition. Cela fait que Marie-Thérèse, à la mort de son père en 1740, non seulement monta sur le trône d'Autriche, mais aussi celui de Hongrie. Ce serait intéressant d'avoir aussi cette Sanction hongroise et peut-être aussi celle de Philippe V d'Espagne qui, au même moment que celle de Charles VI, en 1713, a, lui, confirmé la loi salique et exclu les femmes du trône d'Espagne. Mais cela n'a pas

suffi. Car en 1743, lors de la guerre de la succession d'Autriche, la bataille de Dettingen, en Bavière, a opposé les troupes françaises commandées par le Duc de Noailles, à *l'armée dite pragmatique*, une coalition anglaise, hanovrienne et autrichienne commandée par le Roi George II. Les Français ont perdu et voilà comment Marie Thérèse est devenue impératrice ! Mais il y a eu près de 10 000 morts !

- Comme on a pu être aveugle pour les capacités des femmes à régner ! dit Ursula. Quand on pense aux qualités de cette femme, Marie-Thérèse, et aussi des deux Élisabeth et de Victoria en Angleterre ou de la Grande Catherine en Russie ! On aurait pu avoir à leur place des hommes d'une infinie médiocrité.

- Il faut aussi que je vous parle de l'autre sujet dont nous nous sommes entretenus, les relations entre religion et féminisme. Je pense que nous n 'aurons aucune difficulté pour le paganisme gréco-romain, des difficultés minimes pour le protestantisme, des difficultés d'un autre genre pour les orthodoxes ou le judaïsme, de grandes difficultés avec l'Islam. Avec le catholicisme, les textes que l'iconographie abondent, ce sera à la fois facile et intéressant. Mais il faut savoir que les féministes sont très actives aux États-Unis et que nous risquons de trouver une situation un peu explosive avec beaucoup de féministes, souvent ex-catholiques, qui sont des lesbiennes aguerries.

- Au contraire, allez de l'avant, conclut Ursula. D'abord, pratiquement toutes les femmes de ma famille sont ou ont été homosexuelles. Et de plus, cet aspect des relations hommes-femmes est majeur. Je vous fais confiance, même s'il faut prendre des raccourcis.

- Eh bien, je vous propose de commencer par Lessines.

oOo

Chapitre 3

Murray Hill Place est le nom d'une grosse bâtisse, de 17 étages, au 243 sur Lexington Avenue et à l'angle de la 34ème rue. On ne remarquerait pas ce bâtiment, banal à New York, si on ne savait que c'est le siège d'une étrange institution, la branche américaine de l'Opus Dei. Certains qui ne la connaisse pas bien, parlent d'une sorte de société secrète catholique. Ceux qui la connaisse mieux se taisent, car ils sont soumis à une obligation de discrétion. Les mauvaises langues ou ceux qui prétendent être les mieux informés, c'est souvent les mêmes, disent qu'un souterrain secret relie Murray Hill Place à la Yeshivah sise tout près au 215 de Lexington Avenue, la plus grosse université juive et centre d'étude de la Thora et du Talmud de New York. Dans quel but ? Les hypothèses fourmillent.

Ce jour-là, le Vicaire, la plus haute autorité locale, recevait son envoyé privé à Rome.

- Alors, où en sommes-nous avec l'équipe spéciale, demanda le vicaire d'une voix lasse en faisant tinter la médaille de Saint Benoît avec les clés qu'il avait dans sa poche.
- J'ai pu rencontrer le Prélat. L'équipe a été désignée, très difficilement, par les hautes autorités de la conférence. Elle comporte trois personnes, un jésuite dénommé Rodin, dont on sait peu de choses, si ce n'est qu'il aurait été mêlé il y a très longtemps à une ténébreuse affaire financière, un vieux rabbin, Daniel Schwarz, qui est handicapé, et un jeune imam, plus beau gosse qu'imam, parait-il.
- On ne pouvait pas trouver mieux ? S'exclama le vicaire.
- J'ai cru comprendre que pour l'affaire en question, ils seraient en tout cas désireux de briller.

- Espérons-le. Quand je pense que notre Prélature se flatte d'efficacité et de compétence…. A propos, avez-vous pu vous procurer des nouvelles d'Ursula ?
- Pareille à elle-même. Elle est décidée et ira jusqu'au bout.

oOo

À propos de la Médaille de saint Benoît

On sait que saint Benoît a vécu en Italie au cours du 6ème siècle. Il a eu une vie pasablement mouvementée sur laquelle il y aurait trop à raconter. Bornons-nous à dire qu'il fut le premier à fonder des monastères. La règle de Saint Benoît régit encore aujourd'hui la vie des moines: modération (c'est-à-dire régime diététique), gravité (ou silence), austérité (ou pauvreté), et douceur (angélique bien sûr). Il a fondé le premier ordre monacal, celui des bénédictins que l'on distingue des autres par l'habit (couleur noire) et un mot d'ordre: ora et labora (prie et travaille). Ses restes sont en France, à Saint Benoît sur Loire.

On sait un peu moins que sa vie a été remplie d'aventures et de miracles, prodiges et prophéties. Très vite, son héritage religieux, la création de l'ordre des bénédictins, s'est vu concurrencé par son influence superstitieuse: on recherche son aide dans une multitude de situations difficile, allant de la possession par le démon jusqu'à la protection contre les intempéries. Et aussi très vite, ce souci de protection s'est trouvé concrétisé par le port d'une médaille, autour du cou ou plus discrètement dans la poche. On en connait des exemples dès le haut moyen-âge et la papauté n'a eu de cesse d'encourager sa fabrication et son port, tout en se portant garant de son efficacité, en particulier par l'atttribution d'indulgences. Encore aujourd'hui, le Vatican admet que la médaille est bénéfique, à condition que son porteur ait la foi.

On sait aussi que cette médaille comporte de mystérieuses initiales, qui remontent au moins au 17ème siècle. Ces lettres sont les initiales mots latins, comme CSSML, Crux Sacra Sit Mihi Lux, soit Que la sainte croix soit ma lumière. On trouve ausi. VRSNSMV, SMQLIVB et quelques autres. Ces sigles ajoutent à l'étrangeté de la médaille et contribuent à son efficacité. La version moderne de la médaille, telle qu'on peut la trouver aisément, remonte à 1880, année où l'on célébrait le 1400e anniversaire de la naissance de Saint Benoît. À cette occasion, le monastère de Beuron en Allemagne a mis au point le dessin actuel de la médaille. Il n'a pas changé depuis.

Mais ce que l'on sait moins, c'est que cette médaille et ses inscriptions ont servi et servent encore de support à des messages codés. Depuis les messages les plus simples, où les lettres servent de simples abréviation: i (qui est la seule voyelle inscrite sur la médaille) veut dire Va ou Go en latin et constitue un ordre. Le double i de mihi est un ordre pressant. Mais il y a aussi des messages plus élaborés où plusieurs lettres servent de base à un système de transcription du message. Dans tous les cas, il vaut mieux avoir une médaille dans sa poche, car on risque fréquemment d'oublier la séquence des lettres. Si on veut échapper aux détecteurs de métaux, on peut se contenter d'une copie sur papier que l'on glisse facilement dans un missel, ou même d'une reproduction sur une hostie que l'on peut faire disparaitre en l'avalant en cas de besoin.

Enfin, ce qui n'est connu que de très rares personnes, c'est l'utilisation actuelle de la médaille comme outil de cryptographie par certains ordres religieux, comme l'Opus Dei, d'autant que cet ordre ne communique qu'en latin, ce qui compliquerait encore plus la tâche de décodeurs éventuels. Même Bletchley Park serait impuissant!

Comput. Encycl. (passim).

oOo

Chapitre 4

Emil Nostromo était un bel homme et le savait. Grand, les yeux clairs, la barbe de trois jours des séducteur modernes, il parlait d'une voix douce et convaincante. Il était d'origine belge, prétendait avoir travailler sur un cargo espagnol dans sa jeunesse, et avait acquis, sans effort ni angoisse, connaissance, goût et discernement dans son métier d'antiquaire. Circulant sans arrêt à la recherche de trésors cachés, il passait rapidement de sa boutique des Sablons à Bruxelles à son magasin du Village Suisse près de la Tour Eiffel. Il était toujours à l'affut d'un joli plat de reliure en ivoire du XII ou XIII ème siècle, il savait reconnaitre la valeur d'œuvres de peintres secondaires de la Renaissance, il était sensible aux petits crucifix portés par des béguines. Célibataire, on lui prêtait de nombreuses conquêtes, sans preuve, bien sûr. Ces détails n'intéressaient pas Randy quand il avait affaire à lui. Comme les finances de ce dernier étaient apparemment sans grandes limites, ils s'entendaient à demi-mot. Et quand Randy a prononcé au téléphone le mot Lessines, Emil compris immédiatement. Il allait s'en occuper tout de suite, c'est-à-dire, dans son esprit, à loisir.

Pour les touristes qui visitent la Belgique en un ou deux jours (un jour à Bruxelles avec le musée Magritte, le lendemain à Bruges avec un arrêt à Gand pour voir le fameux retable de l'Agneau Mystique, et hop, dès le lendemain départ pour Amsterdam), Lessines ne signifie rien.

Et pourtant, la petite ville de Lessines, dans le Hainaut, comporte un bâtiment exceptionnel : l'Hôpital Notre Dame à la Rose. Il a été créé en 1242 par Alix de Rosoit, veuve d'Arnould IV d'Audenarde, grand bailli de Flandres. En cinq ans la construction d'un hôpital autarcique, typique de l'époque, était achevée, avec un bâtiment principal à double vocation hospitalière et religieuse, et en plus une ferme, des jardins à usages multiples, potager, médicinal et verger, une glacière, une distillerie, un cimetière. Alix de Rosoit en avait confié la gestion aux chanoinesses de l'ordre de Saint Augustin. L'hôpital était destiné à accueillir les malades pauvres et indigents, et en principe, non contagieux. Les habitants de Lessines aiment à signaler, sans ricaner, que les Hospices de Beaune, mondialement connus, ne furent fondés qu'au milieu du XVème siècle, deux siècles plus tard. L'hôpital de Lessines a survécu aux guerres et aux épreuves, et a reçu des malades jusqu'en 1980. Il a fallu les restaurations récentes pour faire de ce bâtiment un lieu exceptionnel qui attire des foules de visiteurs et de pèlerins. Mais là ne s'arrête pas son caractère unique. L'hôpital possédait depuis toujours un tableau à l'huile sur bois, une *Lamentation autour de la dépouille du Christ* ou *Jésus mort veillé par les Saintes Femmes,* datant de la fin du XVIème siècle. Le restaurateur, il y a une trentaine d'années, avait été frappé par une sorte de surpeint en grisaille masquant la poitrine du Christ. Le nettoyage de ce surpeint a montré la présence de seins très féminins. Un bassin large, une barbe abondante, s'associent à la symbolique de l'allaitement, car le doigt du Christ est très exactement posé sur le mamelon. L'impression est étrange et l'on peut comprendre que l'évolution des mentalités ait fait masquer plus tard ces seins.

Emil voyait clairement le but de Randolph. Il fallait promouvoir la femme et éventuellement torpiller une théologie machiste. Ce n'était pas pour lui déplaire, mais la tâche s'annonçait difficile. Le fait que Magritte était né à Lessines en 1898 prenait soudain pour lui une signification ironique, et peut-être intéressante.

oOo

Chapitre 5

Hermine était née à Lille, dans une famille bourgeoise où l'on retrouvait facilement des ancêtres picards, flamands et polonais. Les études l'avaient menée sans trop de difficultés ni de ténacité du Lycée Faidherbe à l'Université de Lille où elle avait appris un peu d'anglais, un peu de droit. Et puis finalement, le goût des voyages et un souci tardif d'indépendance l'avait amenée à cette fameuse École de journalisme de Lille et donc à trouver un emploi chez les Amazones. Elle n'en était pas mécontente. Le féminisme n'était encore pour elle qu'un brouillard autour des faits; elle y était sensible sans être impliquée. Pour le moment, elle savait que l'un des grands plaisirs de la vie était de résoudre des problèmes, et cela, les femmes pouvaient le faire aussi bien que les hommes.

Et justement, elle avait un problème. Elle n'arrivait pas à localiser cette Guilde à laquelle avait appartenu Sophie Lagarde. Google s'avouait sans espoir. Qwant aussi. C'est alors qu'elle se souvint de Leila, avec qui elle avait fait toutes ses études.

Leila, cette fille brillante et beaucoup plus ambitieuse qu'elle, était née de l'autre côté de la Méditerranée : quand on le lui demandait, elle disait que c'était au Hamma, banlieue d'Alger, près du jardin d'Essai. Et personne ne comprenait l'allusion à Flaubert, pourtant claire. Jeune, elle était déjà inspecteur de police à Paris. Lui téléphoner était facile. Mais au dernier moment, Hermine eut une réticence à aborder ce sujet au téléphone. Elle préféra lui donner rendez-vous dans un bistro du XIVème arrondissement.

- Leila, lui dit-elle, tu peux peut-être m'aider, je n'arrive pas à localiser une Guilde un peu mystérieuse et c'est pourquoi je préfère t'en parler de vive voix.

Et elle lui exposa sons problème.

- Tu as raison, répondit Leila, de nos jours, même les conspirations peuvent être réelles. Et les femmes n'ont pas la partie facile. Laisse-moi un jour ou deux. Si je t'envoie un message, tu l'effaceras immédiatement. Pour le moment, je suis occupée avec deux ou trois affaires qui peuvent être délicates. Curieusement, elles impliquent aussi un milieu féminin. Je ne t'en dis pas plus.

Le lendemain, Hermine recevait un court message : *Guilde d'Ilithyie, 43, Rue de Fleurus à Lille.*

Elle contacta tout de suite André.

- André, lui dit-elle, je vais partir à Lille pour deux raisons : pour rendre visite à cette Guilde et il vaut mieux de ce soit entre femmes. Et aussi pour rendre visite à mes parents qui habitent par chance juste à côté, Rue Brûle-Maison.
- Vous avez de drôles de noms à Lille.
- Comment, tu ne sais pas ? C'était un chansonnier très connu, du XVIIIème siècle.
- Disons plutôt au XVIIIème siècle. Tiens, si tu es pressée, tu ne sais sans doute pas qu'il y a un train rapide qui part de la Gare Saint Lazare pour Lille à 3 h du matin. C'est sûr. C'est dans un livre sérieux.
- Tu lis trop de livres de science-fiction. Je prendrai un train normal qui arrive dans la matinée pour ne pas réveiller la famille.

Pour rendre une visite surprise à la Guilde, il faut longer la rue de Fleurus. Rien ne la distinguerait des autres rues de Lille si ce n'est la fameuse maison Coilliot au N° 14. Bâtie en 1900 pour un entrepreneur en Céramique, elle est le clou d'une visite touristique de la ville. Il faut dire qu'elle a été conçue et réalisée par Hector Guimard, l'incontournable pape de l'Art Nouveau. Longtemps négligée, elle est restaurée et attire l'œil avec sa façade de plaques émaillées de couleur verte et sa structure en bois. On prétend que les boutons de porte à l'intérieur sont même moulés sur le poing fermé de l'artiste. On le prétend seulement, car c'est une habitation privée qui ne se visite pas. Quel mystère s'y cache ?

A l'inverse, la maison du N° 43 ne se distingue en rien des autres, si ce n'est par un aspect encore plus triste, presque négligé, presque lugubre. Rien ne signalait à l'extérieur qu'il s'agissait du siège de cette guilde. Allons, se dit Hermine, je suis journaliste et je n'ai peur de rien.

La personne qui vint ouvrir était une jeune personne souriante, qu'un macho aurait qualifié de pimpante. Elle n'était pas surprise. Hermine se demanda même si on l'attendait, ce qui semblait impossible. Elle donna sa carte et s'expliqua :

- Je suis journaliste avec les Amazones et nous nous intéressons aux sages-femmes. Puis-je vous poser quelques questions ?
- Bien sûr. Personne ne vient nous voir. Il faut dire que nous ne faisons aucune publicité. A propos, je suis Amélie.
- Alors, je vais droit au but. Pourquoi la guilde ? Il y a déjà un syndicat.
- Une longue histoire. Vous savez, avant les syndicats et dès le moyen âge, les métiers se protégeaient et protégeaient leurs membres par des guildes. Il s'agissait d'entraide surtout, et cela remplaçait les assurances maladie et la retraite qu'on a de nos jours. Mais il n'y pas que cela : il fallait certifier la compétence des membres. N'importe quelle femme ne pouvait pas se déclarer sage-femme, du moins dans les bourgs. Dans les campagnes, c'était différent, bien sûr. Le nom Ilithyie est celui de la déesse grecque de l'accouchement. En grec ancien, c'est celle qui fait venir. C'est joli, non ? On pensait à l'époque que, lors de l'accouchement, ce n'est pas tellement la mère qui pousse que l'enfant qui se débat pour sortir. Certains, parmi les autres dieux, pouvaient parfois la séquestrer un moment et l'empêcher de travailler pour retarder une naissance gênante. Elle était originaire de Crète, ce qui est intéressant.
- Pourquoi ?
- Je n'en dirai pas plus. On n'en parle pas beaucoup, peut-être pour cacher son importance. D'ailleurs, ses statues la représentent couverte d'un voile de la tête aux pieds.

- Oui, mais alors, pourquoi la guilde maintenant ?
- C'est plus compliqué. Les sages-femmes ont toujours joué un rôle particulier. Elles avaient une connaissance que les hommes n'avaient pas. Il a fallu attendre le XIXème siècle pour que l'on crée des chaires de gynécologie et d'obstétrique dans les facultés de médecine, chaires occupées par des hommes bien sûr. Mais si les hommes ont acquis les techniques, c'est facile, ils sont passés à côté de l'essentiel.
- Cela ne me surprend pas, dit Hermine. Je suis toute ouïe.
- C'est une peu délicat, dit son interlocutrice d'un air un peu gêné.
- Je suis journaliste, répondit Hermine en relevant la tête.
- Bon. Comme leur nom l'indique, les sages-femmes savent beaucoup de choses dans un domaine essentiel : la transmission de la vie, un domaine qui a toujours été mystérieux, même maintenant. Et ce savoir leur a apporté quelque chose d'unique : la sagesse.
- Oui, s'écria Hermine, c'est ce qu'on m'a dit au syndicat, avec cette différence entre les sages-femmes et les prud'hommes qui sont simplement utiles.
- Je vois que vous avez été aux bonnes sources. Mais, ça ne s'arrête pas là. Les sages–femmes et les femmes en général ont toujours été dépositaires de cette sagesse. Mais, on a toujours essayé de le nier. Tenez, un seul exemple, chez les Grecs : c'est Aspasie qui a tout appris à Périclès et Diotime qui a tout appris à Socrate. Mais les hommes sont intervenus ; ils ont fait passer Aspasie pour une courtisane et quant à Diotime, eh bien, on n'en parle plus.
- Ça ne m'étonne pas d'eux. Mais vous n'avez pas répondu à ma question : pourquoi la guilde ?
- Justement, la situation n'a pas changé. La sagesse féminine, ou plutôt propre aux femmes, existe toujours, mais elle est de plus en plus persécutée.
- Le mot est fort.
- Vous êtes jeune et vous ne voyez pas ce que nous voyons ici. Que je vous explique. Faute de se transformer en syndicat, avec son rôle officiel, la guilde a préféré évoluer d'une autre manière. Elle est devenue un observatoire des problèmes féminins partout dans le monde, en parallèle avec beaucoup d'autres organisations. Nous

luttons contre les atteintes machistes. Ne croyez pas qu'il s'agisse d'une activité secrète : ceci se fait heureusement au grand jour. Nous voyons se développer les revendications justifiées et souvent violentes. Nous les encourageons, mais nous essayons surtout de maintenir et d'approfondir ce qui fait notre spécificité, c'est-à-dire notre sagesse ancienne.
- Vous devez vous heurter à beaucoup d'obstacles, dit Hermine.
- Vous n'avez qu'à lire vos confrères dans la presse de tous les jours. C'est d'autant plus difficile qu'il n'y a pas de combats cachés. Il n'y a pas de conspiration secrète contre nous. Nous ne sommes pas menacées par les assassins mystérieux mais plutôt par des fanatiques isolés enragés, comme les Incels en Amérique. Les sociétés secrètes, c'est bon pour les romans. C'est plus subtil maintenant. Vous avez lu la lettre volée de Poe ? Si on veut dissimuler quelque chose, il faut que cette chose soit évidente.
- Mais, néanmoins, on a du mal à vous localiser et il semble bien que vous vous cachez un peu.
- Pour tout dire, notre recherche de la sagesse mérite quand même un peu de discrétion. Regardez le goût du secret de ces malheureux francs-maçons. Ils ont toujours cru pouvoir se passer des femmes et ils n'ont pas été bien loin. Nous avons une patience qu'ils n'ont pas, et notre secret est mieux gardé.
- Car vous avez un ou des secrets…
- Oui, nous avons un secret, bien sûr, et je ne le connais pas.
- Ce que vous dites me passionne. J'aimerais pouvoir vous revoir.
- Je vais vous donner un numéro de téléphone où l'on vous dira comment nous joindre.

L'après-midi était libre, Hermine décida et rendre visite à son vieux professeur de philosophie, un ami de sa famille et qui habitait aussi rue Brûle-Maison. Il était toujours content de la revoir et il suivait sa carrière avec intérêt et gentillesse. Il la reçut avec plaisir. Enveloppé dans une vieille robe de chambre de philosophe, mais sans tâches d'encre, les cheveux blancs et rares, les yeux encore curieux, il semblait encore savourer la vie, sans impatience.

- Alors, demanda-t-il, comment vont les affaires des parisiennes ?
- Eh bien, c'est compliqué, dit-elle. Je pensais à un moment qu'il suffisait de rendre compte des femmes battues et des salaires inférieurs. Mais je me rends compte que les problèmes que l'on appelle féminins sont bien plus larges.
- Que veux-tu dire ?
- Il y a, comment dire, une épaisseur que je ne soupçonnais pas. Comme si je ne voyais que la surface des choses. Comme s'il y avait une autre réalité. Comme si les problèmes et les tracas de tous les jours nous empêchaient de voir des réalités plus importantes.
- Donne-moi un exemple.
- Si on prend, par exemple, le nombre de femmes dans la recherche scientifique, il ne dépasse pas 30 % et encore surtout aux échelons inférieurs. Si on envisage les personnes qui jouent un rôle dans la société, on trouve surtout des hommes et en plus des fonctions que l'on ne peut même pas mettre au féminin. Gourou ? On ne peut pas dire gourelle comme l'aurait voulu Roger Ikor. Maître à penser ? Leader ? Relais d'opinion ? Si on dit intellectuelle, on pense tout de suite à Bas bleu ou Précieuse ridicule. Si on pense aux influenceurs, on se rend compte que les influenceuses exercent leur métier, car c'en est un, uniquement dans la mode ou la cuisine. Pourquoi parle-t-on tant de Kim Kardashian et jamais de Hannah Arendt, et encore, si on parle d'elle, c'est surtout pour dire qu'elle a été la maîtresse de Heidegger. Je déprime. J'aurais dû travailler dans le sport.
- Laisse-moi te réconforter, répondit son vieux professeur. Je suis assez vieux maintenant pour dire ce que je pense réellement. Apprend que dans le couple Sartre-Beauvoir, c'est elle qui a eu la pensée, non seulement la plus originale, mais aussi la plus durable. On lit davantage maintenant *le Deuxième Sexe* que *l'Etre et le Néant*. C'est triste d'avouer cela pour un professeur de philosophie, mais c'est ainsi. Quant à tes gourous et autres intellectuels, je pense que leur influence sera très limitée. Nous sommes dans une période grande médiocrité masculine dans le domaine de la pensée. Descartes et Kant et Popper, c'est fini. Et si tu veux tout savoir et j'ai de la peine à le dire, les seules avancées intellectuelles, dans le domaine

philosophique, et de l'analyse et de la compréhension du monde depuis la dernière guerre, on les doit aux écrivains féministes. Elles sont très nombreuses de Monique Wittig à Judith Butler. C'est inégal, mais le nombre est là et c'est toujours original,
- Merci. Je me sens mieux. Est-ce que je peux vous embrasser ?

oOo

Chapitre 6

Il devenait urgent de faire le point et de rendre compte de ces découvertes à la patronne.

André et Hermine racontèrent dès le lendemain à Madeleine Duval ce qu'ils avaient trouvé. Curieusement, ce qui l'intéressait le plus était cette affaire de déambulateur, mais elle leur suggéra de retourner voir la maison de la sage-femme et de se renseigner davantage sur cette déesse de la sagesse.

Sans enthousiasme, Hermine et André en discutèrent devant la machine à café.

- Avouons que ça n'a pas tellement l'air de la passionner, dit Hermine.
- Comme si elle s'attendait à ce qu'on lui a dit.
- As-tu remarqué les statuettes, demanda Hermine.
- Les statuettes ?
- Oui, les statuettes aux sandales qui sont sur l'étagères. Eh bien, elles ne sont pas dans le même ordre. Aujourd'hui, Hermès est au milieu des deux déesses.
- Et cela a un sens ?
- Bien sûr : imagine un code. Tu disposes de trois éléments que tu peux changer de place. Cela fait, laisse-moi réfléchir, six possibilités.
- Et comment tu transmets tes messages ?
- C'est simple, as-tu vu que l'écran de son ordinateur est situé juste en face de l'étagère. Tu n'as qu'à allumer la petite caméra et ton interlocuteur au bout du monde peut lire ton message et cela ne laisse aucune trace.
- Et quoi, comme message ?
- Voyons, six possibilités. Si cela me concernait et si j'appartenais à une société secrète, je dirais : 1) oui, 2) non, 3) à l'aide, 4) besoin d'argent, 5) arrêtez tout et 6), heu, eh bien, 6) ... je ne sais pas.

- A mon tour de te dire que tu as lu trop de romans. Tu oublies que la femme de ménage fait la poussière de temps en temps.
- Tu m'embêtes, dit Hermine dépitée, tu n'as aucune poésie.

oOo

Chapitre 7

Les personnes que par ironie Ursula appelait ses cousins Herbert en fait n'en faisaient qu'une. Était-ce une erreur d'état-civil, une dispute familiale, une volonté délibérée, un grand intérêt pour la jeunesse aventureuse de Hoover, son cousin reçut le prénom Herbert et il s'appelait réellement Herbert Herbert. Cela ne le gênait pas. Il appartenait à la branche pauvre de la famille et cela ne le dérangeait pas non plus. Une cinquantaine distinguée, il était toujours impeccablement habillé comme le sont souvent les hauts fonctionnaires américains : chemise blanche, cravate, chaussures cirées, et toujours rasé de près. Depuis quelques années, son emploi le maintenait à Paris et il exerçait ses fonctions sans trop attirer l'attention. On n'osait pas lui demander pourquoi il n'était pas marié. Il ne fallait surtout pas le froisser. Ce jour-là, il consultait une série de documents marqués FYEO, *for your eyes only*, qu'il avait sortis de son coffre. Il les passait ensuite soigneusement dans la grande déchiqueteuse qui se trouvait dans son bureau. Ces rapports prétentieux ne lui apprenaient rien de nouveau. La situation était toujours la même aux États-Unis comme en Europe et il avait l'impression de tourner en rond. Il commençait à se demander s'il ne fallait pas qu'il s'implique personnellement davantage. On apprenait déjà tellement de choses dans les journaux qu'il se posait des questions sur l'importance de son rôle. Et pourtant son rôle était important. On comptait sur lui à Washington et à Langley. Il faut dire qu'il dirigeait l'antenne parisienne de la CIA.

Hermine eut besoin de revoir Leila d'urgence.

- Leila, lui dit-elle, crois-tu aux conspirations, aux sociétés secrètes ?
- Il y a eu bien sûr des conspirations, par exemple en politique, pour élire quelqu'un, ou bien des sociétés ou des clubs où il est difficile d'entrer si l'on n'est pas riche ou mâle.

- Non, je veux parler de vraies sociétés secrètes, qui existent depuis des siècles.
- Alors là, répondit Leila, c'est le problème du secret plus que celui de la société. Il est très difficile de garder un secret. Quand on a une information que les autres n'ont pas, on se sent supérieur et pour se vanter, pour impressionner les autres, on raconte ce secret, parfois même on l'invente. Je ne crois pas qu'une société ou une organisation vraiment secrète impliquant plusieurs personnes puisse subsister longtemps, surtout si le nombre de personnes est grand. Il y a toujours un bavard dans un groupe. Prends la conspiration du 11 Septembre. Pour être efficace, elle aurait dû réunir des milliers de participants, ce qui est impossible. Si elle avait existé, quelqu'un en aurait parlé. A l'autre extrême, prends un assassin solitaire, le seul à connaître son secret. Il est toujours tenté, par le démon de la perversité, comme disait Edgar Poe, de se dénoncer un jour, d'écrire des lettres ou à tout le moins, de revenir, comme on dit, sur les lieux de son crime.
- Mais alors, les francs-maçons ?
- Cela existe depuis deux siècles au maximum et rien n'est réellement caché.
- Et les Illuminati ? Les Rose-Croix ?
- C'est très simple : tu identifies dans les siècles passés une société un peu bizarre, un peu hors-norme ; tu en crées une nouvelle avec le même nom qui prétend en être la suite directe et surtout, tu t'arranges pour qu'on en parle un peu, mais pas trop, pour qu'elle ne reste pas entièrement secrète.
- Pourtant, j'aimerais bien qu'on puisse se transmettre un secret de génération en génération, par exemple pour le bien de l'humanité.
- Respire un bon coup, dit Leila.
- Mais j'ai demandé à la femme de ménage ; elle ne fait jamais la poussière si haut s'exclama Hermine. Bon, je t'expliquerai un jour. Pour le moment que fais-tu ? Tu peux me le dire ?
- C'est beaucoup plus terre à terre. On essaye de trouver un tueur en série, seulement des femmes.

oOo

Chapitre 8

Le cardinal avait des amis dans les plus hautes sphères internationales, des dirigeants populistes en Amérique du Sud, des dirigeants religieux au Moyen Orient, des chefs de parti d'opposition en Europe, de grands banquiers et industriels. Tous ressentaient la même indignation, le même dépit, la même humiliation : voir les femmes prendre un rôle de plus en plus important dans la société. Elles se sont emparées des comités de lecture de la presse littéraire et sociologique. Elles commencent à apparaitre au Dow-Jones. Elles réussissent à se faire élire un peu partout. Elles prétendent nous soigner, nous éduquer, nous former. On dit même qu'elles envahissent l'Académie Française. Notre religion est notre dernier rempart.

Non, il ne s'agissait pas d'être bêtement misogyne. L'analyse du cardinal était plus profonde: le fondement même de la société allait s'effriter, se dissoudre, disparaitre, avec l'irruption des femmes au pouvoir. Car non seulement elles pouvaient être aussi méchantes, hargneuses, bornées, vindicatives, racistes, que les hommes, mais surtout elles n'avaient aucune des qualités qui avaient malgré tout permis à l'humanité de progresser.

Ah! Ce n'était pas pour rien que depuis des millénaires, les modèles de développement humain étaient portés par des hommes. Ils s'étaient débarrassés des déesses qui dirigeaient le monde quand on pensait que seules, elles étaient responsables de la fertilité. Bachofen, par exemple, et ses théories fumeuses sur le matriarcat originel, sur cette gynécocratie a tant fait rêver les féministes, Bachofen est bien oublié, heureusement. Et nos maîtres, les grecs de l'antiquité ont réussi à envoyer Perséphone aux enfers. Zeus a montré la voie. Et Dieu, notre Père, a régné sans partage sur l'Univers. Soyons reconnaissants aux

Hébreux qui ont vite éliminé Ashéra, la compagne de Yahvé. Soyons reconnaissants aux musulmans qui ont vite critiqué la tentation de Mahomet d'accepter, même de manière minime, certaines déesses. Le mot satanique a suffi à dénigrer ces versets. Chez nous, on satisfait les femmes avec le culte marial dont même les protestants se passent.

La lutte que nous menons, il faut toujours s'en souvenir, doit être subtile. Les assassinats ne servent à rien. L'exemple d'Hypatie le démontre. Surtout, ne pas créer de martyres, ou alors les récupérer comme pour Jeanne d'Arc. Subtil, cela veut dire envahir le terrain comme par une inondation presque pas visible. Agir sur tous les fronts. Utiliser tous les moyens, Dieu nous le permet. Dans Matthieu, Jésus dit bien qu'il est venu avec l'épée. Mais souvent le battement d'aile d'un papillon peut suffire.

Nous sommes tous d'accord. Il n'est pas besoin d'une conférence de Davos ou d'une conspiration obscure. Nous nous comprenons à demimot. Une simple allusion suffit pour communiquer. Mais, ne baissons pas la garde. Les petits succès, comme les grands, comptent. Mary Daly était bien folle, n'est-ce pas ? et Simone de Beauvoir, c'était surtout une mangeuse d'hommes, n'est-ce pas ? Toutes les féministes sont des lesbiennes et toutes les lesbiennes sont des féministes, n'est-ce pas ? C'est bien démontré et cela devrait suffire à guider la grande majorité des femmes vers la conscience de leur état et de leur rôle. Continuons. Nous sommes sur la bonne voie.

Pierre Lombard est toujours d'actualité.

C'est avec beaucoup d'humilité que j'écris ces quelques lignes à propos de Pierre Lombard. Benoit XVI lui a consacré une allocution le 30 décembre 2009. Je ne peux me substituer à son texte magnifique que je vous invite à lire. Je me contenterai ici d'aborder un point très particulier de l'œuvre de Pierre Lombard. Il s'agit d'un sujet très actuel, la place de la femme dans la théologie.

On sait que Pierre Lombard est né à Novare, vers 1100, a été éduqué à Novare et Lucques et est venu à Paris. Là, il a suivi l'enseignement prodigué par Hugues de Saint-Victor et Pierre Abélard. Il devient vite magister et son enseignement le rend très célèbre. Il est nommé évêque de Paris en 1159 et meurt l'année suivante. Il est surtout connu pour son Livre des Sentences. C'est en fait un manuel scolaire qui associe aux enseignements de la Bible les commentaires parfois discordants des pères de l'Église. Son but est de concilier les différentes positions doctrinales et de les présenter de manière systématique. Ces Sentences ont été abondamment utilisées et commentées dans l'enseignement jusqu'au XVIème siècle et n'ont pas perdu de leur actualité.

C'est le cas du sujet qui nous occupe aujourd'hui. Il reprend et amplifie l'exégèse de Hugues de Saint-Victor au sujet de la formation d'Eve dans son De sacramentis christianae fidei. Dans son deuxième livre des Sentences, Pierre Lombard reprend presque textuellement les termes de Hugues : « La femme fut créée à partir de l'homme non pas d'une partie quelconque, mais fut faite à partir de sa côte, afin qu'il apparaisse bien qu'elle avait été faite par choix (consortium dilectionis) , car si par hasard, elle avait été faite à partir de sa tête, elle aurait semblé avoir été créée pour dominer l'homme, et si elle avait été faite à partir de ses pieds, elle aurait semblé être à son service (servitutem). Elle devait être pour l'homme ni une dominatrice (domina) ni une servante (ancilla), mais une compagne (socia) ». Cette analyse a été reprise de nombreuses fois et il est difficile de faire mieux de nos jours.

Dans son livre III des Sentences, Pierre Lombard n'hésite pas à poser la question du sexe de Jésus : « Est-ce-que Jésus aurait pu être une femme ? » Plus tard, Albert le Grand a posé la même question de manière plus directe : « Est-ce-que Jésus aurait dû être une femme ? » Cette question a agité tout le moyen âge. Les réponses ont été multiples et nous éclairent encore. Pour les uns, il en est de la différence entre Homo et Vir, et on voit la résonnance, presque dix siècles plus tard, avec les notions actuelles de genre. Pour les autres, comme Guillaume d'Ockham, la réponse s'efface devant la toute-puissance de Dieu.

L'actualité du sujet que nous abordons aujourd'hui est rendue douloureuse en raison des évènements récents qui se sont passé à New York. Comme vous le savez, la Cathédrale Saint John the Divine, située à New York au 1047 Amsterdam Avenue, dans le quartier de Morningside Heights. Des individus ont perturbé en tirant des coups de feu sur un concert sur le parvis de la Cathédrale pendant que d'autres pénétraient à l'intérieur du bâtiment pour essayer de détruire la sculpture Christa de l'artiste anglaise Edwina Sandy qui est par ailleurs la petite fille de Winston Churchill. Cette sculpture en bronze montre une femme nue, avec une couronne d'épines, clouée sur une croix transparente. Lors d'une première présentation en 1984, cette sculpture avait été critiquée par les autorités religieuses locales de l'Eglise Épiscopalienne des États Unis au point d'être enlevée. De nos jours, elle a causé beaucoup moins de problèmes. L'incompréhension règne. Quelle que soit l'opinion que l'on ait sur cette œuvre, cet acte est inadmissible. Pourquoi une telle attaque de nos jours, alors que les approches féminines de la théologie ne font que progresser ? De plus, Auguste Rodin n'avait pas-t-il fait à près près la même chose sans aucune réaction publique ?

Mes sœurs, mes frères, Homme ou Femme, le Christ n'a pas fini de souffrir.

Intérim,
La Bannière, 21 Janvier.

oOo

Chapitre 9

Pierre Lesur ne sortait pas d'un milieu aisé, mais avait grandi dans une famille ouvrière qui comptait cinq enfants. A la différence de ses frères et sœurs, enfant, il était craintif, recherchait sans cesse la protection de sa mère et redoutait d'aller à l'école non pas par manque d'intérêt, mais par crainte d'être humilié. Son père buvait, était violent, avait une très mauvaise réputation, pendant que sa mère, une catholique fervente, timide, était considérée comme une sainte, comme on dit. Il était adolescent quand elle disparut soudain du domicile, à l'instigation d'une religieuse qui visitait souvent ce ménage en difficulté. Lui-même fut sauvé par un prêtre qui s'attacha à lui, lui fit reprendre ses études pendant quelques années et le transforma en un pseudo-intellectuel chrétien. Il n'eut pas trop de difficultés plus tard pour trouver un emploi effacé dans une grosse librairie parisienne. Sa réputation était de ne pas en avoir, en dehors d'être un sportif, ne se déplaçant qu'à vélo, et plutôt taciturne.

Le choc arriva plus tard quand il apprit que sa mère adorée l'avait en fait abandonné pour vivre en ménage avec cette religieuse. Il le ressentait comme une trahison, une humiliation, une désertion. Peu après, alors qu'il commençait à fréquenter une amie, il fut horrifié de la surprendre un jour en train d'embrasser sur la bouche une autre femme. Les sermons et homélies de l'église traditionnaliste qu'il fréquentait le firent alors réfléchir. Il décida que le problème n'était pas les prostituées qu'il visitait régulièrement, mais les lesbiennes, fléau de l'humanité. Elles haïssaient les hommes, elles ne voulaient avoir affaire qu'à des femmes dans tous les domaines. Certaines prétendaient même qu'il fallait réduire le nombre d'hommes sur terre à dix pour cent et les confiner uniquement à quelques fonctions de reproduction. Son rôle ne devenait-il pas alors de nettoyer la société ? Sa décision fut prise quand Dieu commença à lui parler.

Au début, cela a été très simple: épier les sorties de boîtes spécialisées, suivre une personne rentrant à pied, la nuit, peut-être un peu ivre. Sa technique était simple : un ou deux bons coups de marteau derrière la tête, quelques coups de tournevis supplémentaires, et pour finir, une croix dessinée au cutter quelque part sur la peau. Il rentrait ensuite tranquillement avec son vélo. Il avait soin de ne rien faire pour être arrêté : des feux de position bien allumés, les outils rangés dans une trousse à l'arrière. Une vitesse normale. Un casque, et il en changeait régulièrement. Il avait bien lu ce qui avait perdu les autres : pas d'immatriculation que l'on peut relever, pas de pneus extraordinaires qui laissent des empreintes, rien qu'il puisse perdre. Des gants, qu'il jetait immédiatement, de même que ses armes sacrées, dans des endroits improbables.

Au bout de quelques mois, il se lassa, car on parlait peu de lui dans la presse. C'est alors que ses lectures et ses voix l'amenèrent à être plus sélectif : pour être efficace, il lui fallait s'attaquer à des représentantes reconnues de ce milieu : celles qui prétendaient se passer des hommes et qui écrivaient des livres hargneux contre le sexe masculin, celui de Jésus et de son Père. Celles qui se pavanaient dans les milieux qu'il ne fréquentait pas, celles dont on parlait. Évidemment, c'était plus difficile ; il fallait les espionner, repérer leurs habitudes et savoir se décider au dernier moment. A son troisième succès, il devint enfin célèbre : on évoquait maintenant un tueur de femmes et surtout de femmes lesbiennes. Mais il n'était pas satisfait, sa douleur devant l'état du monde persistait, sa mission devait continuer.

C'est alors qu'il s'intéressa à Madeleine Duval. Elle propageait toutes ces fausses nouvelles, elle alimentait cette lutte obscène contre les hommes, elle devenait un symbole. Il se mit à la suivre. Car agir en plein Paris était impossible. Au bout de plusieurs jours de guette, il comprit qu'elle rejoignait son domicile à Neuilly par des chemins toujours différents. Elle pouvait prendre la ligne 1 du métro, descendre à la station Sablons et remonter la rue d'Orléans ou bien prendre la ligne 3, descendre à la station Anatole France, et passer devant l'Hôpital franco-britannique. Parfois, elle prenait un autobus. Elle se retournait souvent comme si elle redoutait d'être suivie, avant de rejoindre le numéro 73 de la rue Pauline Borghèse où elle habitait. Cette Pauline Bonaparte devenue Borghèse, qui a posé nue pour Canova, qui était un tel exemple honteux de promiscuité sexuelle, ça lui allait bien.

Ce mercredi-là, il l'attendait. Il savait qu'elle revenait toujours plus tard le mercredi, vers 21 ou 22 heures, et à cette heure, la rue était peu passante. Il était accroupi auprès de son vélo, comme s'il était en train de le réparer. Il entendit ses talons sonner sur le trottoir. Il était prêt.

oOo

Chapitre 10

Dès qu'elle l'avait dépassé, il se leva lentement et le marteau en main, courut vers elle. Au moment où il assénait son marteau, elle baissa la tête, fouilla dans son sac pour prendre ses clés et fit un pas de côté. Le marteau aboutit lourdement sur son épaule gauche et la fit tomber en hurlant. Pierre se ressaisit, releva encore son arme pour l'atteindre, n'importe où cette fois. Mais en se retournant, elle glissa son pied en avant instinctivement, le faisant trébucher. Une, puis deux fenêtres s'ouvrirent. On entendait d'autres cris venant des étages. Il était temps de fuir.

Il lâcha son marteau, repris son vélo et roula sans bût. Au bout de quelque minutes, il s'arrêta, se débarrassa de ses gants et de son tournevis dans une poubelle. Il était sauf. Rien ne pouvait l'incriminer. Un échec n'est rien si on n'en tire pas toutes les conséquences. Il saurait rebondir, comme il l'avait toujours fait. Dieu l'aiderait.

Le lendemain, quand Madeleine Duval, après une nuit à l'hôpital et le bras en écharpe, revint dans son bureau, tout le monde était au courant. Du brouhaha, des petits groupes chuchotant, des allées et venues sans raisons. Vers 10 heures, une petite femme sévère, d'un âge incertain, d'une allure décidée, vint s'enfermer avec la patronne dans son bureau. Enfin, vers 11 heures, c'est la police qui venait prendre la déposition, deux robustes gaillards et une jeune femme.

Enfin, vers midi, Madeleine réapparaissait, apparemment sereine.

- Nous allons reprendre le travail, déclara-t-elle. Je vais bien et il n'y a pas de fracture, une énorme contusion. Mais c'est clairement une tentative du tueur inconnu. C'est la même technique, pratiquement le même marteau. On n'a peu d'indices. Le vélo d'après les témoins qui l'ont vu de loin, est banal. L'homme semble grand, plutôt brun. C'est tout. Mais maintenant, il faudra faire davantage attention.

C'est une tentative de d'assassinat contre les femmes, je pense, plus que contre moi précisément. Martine Soubise, que je vous présente, est une spécialiste de la sécurité et elle restera un certain temps avec nous. Elle nous conseillera, mais dès à présent, soyez plus prudentes. Ne vous déplacez plus seules. Il est clair qu'on nous en veut. Je ne sais pas si ce sont les femmes en général qui sont visées ou bien maintenant plutôt les féministes ou les journalistes. Je crois que nous pouvons retourner dans nos bureaux.

Cette fois-ci, c'est Leila qui téléphona à Hermine.

- Comme tu l'as vu, je fais partie de l'équipe en charge de l'affaire de ta patronne. Est-ce que je peux passer te voir ? Ce n'est pas officiel.
- Mais bien sûr, répondit Hermine, au café habituel, vers 18 heures ?
- A tout de suite. C'est grave.

- Il faut que tu saches, dit-elle, que nous venons de recevoir une lettre. On vous le dira demain. Mais il faudra faire très attention. C'est la première fois qu'on reçoit une lettre qui vient peut-être de l'assassin. Il s'identifie en donnant la marque du marteau. Ça correspond. C'est peut-être lui. En tous cas, en quelques mots, il promet de tuer toutes les journalistes de votre agence.
- Que donne l'enveloppe ? Et le texte ?
- Imprimé sur une imprimante banale. On ne peut rien en tirer. Je regrette le temps des lettres tapées à la machine où on pouvait repérer des lettres un peu usées ou mal placées ce qui permettait d'identifier la machine. C'est fini. Pas d'adresse. La lettre a été déposée dans une boîte d'un journal avec un simple tampon URGENT en rouge. Tu penses comme on va guetter maintenant ce courrier.
- Et le style ? Demanda Hermine. Est-ce que cela donne une indication sur son état d'esprit ?
- Rien, un style plat sans plus. Pas de fautes d'orthographes.
- Qu'est-ce que je dois faire ?

- L'idéal serait que tu te trouves une mission à l'étranger, très loin.
- Eh bien, j'y pense, il faut que je retourne à Montrouge revoir la cousine de la sage-femme.

oOo

Chapitre 11

Une fois arrivés à Montrouge, André et Hermine eurent la surprise de voir un camion de déménagement dans la Rue du Chat perdu. Ils pressèrent le pas. Heureusement, la cousine était toujours là.

- Vous tombez bien, dit-elle, je déménage tout et je m'en vais.
- Vous n'avez pas reçu de visites bizarres ?
- Non, rien de spécial. Vous savez, dans cette rue, il ne se passe rien. Je vais m'occuper de la tombe et ce sera fini. A propos, il restait dans la boîte à lettres quelque chose qui était tombé de côté et que je n'avais pas vu. Tenez, si cela vous intéresse.

Et elle donna à Hermine un bout de papier plié en deux.

- Merci, répondit Hermine. Nous vous souhaitons de bien retourner à vos habitudes sans problème. Nous vous remercions pour votre aide.

Au café du coin, Hermine ouvrit le bout de papier sur lequel était imprimé :

27 est le prochain,
21 est l'heure,
18 est le lieu,
NDDC est la rue,
MDP est ici,
LIs peu
lIs bien
et THétis est à toi.

André avala convulsivement sa salive et recommanda un double café.

- André, lui dit Hermine, je compte sur toi. Tu ne vas pas flancher au dernier moment.
- Je préfèrerais aller chez le dentiste, répondit-il. Au moins, il m'explique ce qu'il va faire. Je lis des romans d'espionnage, mais c'est insuffisant comme formation de terrain. Rentrons et je t'appelle.
- En tout cas, je te propose, répondit Hermine, de garder tout cela pour nous.

De retour à l'agence, ils furent frappés par des nouveautés. Des ouvriers installaient de nouvelles serrures, des grilles aux fenêtres, des caméras et des sortes de détecteurs un peu partout. On leur distribua des badges. Cela devenait sérieux. Et quand Hermine passa devant la porte ouverte du bureau de Meryl, elle vit qu'il n'y avait plus que deux statuettes sur l'étagère. Hermès manquait.

Elle regagna son bureau et commença à rédiger un résumé de son enquête.

Une sage-femme morte de cause naturelle,
Des visiteurs inconnus buvant du thé,
Un handicapé espionnant de la fenêtre,

Un tueur de femmes, et surtout de féministes,

Des sociétés un peu bizarres, non secrètes, mais quand même bizarres, comme cette guilde lilloise,

Meryl et ses statuettes qui bougent de place.

Tout en se demandant : pourquoi faut-il que ça tombe sur moi ?

Elle n'eut pas à attendre longtemps. André entra en courant.

- C'est trop facile, dit-il. Ou bien je suis exceptionnellement doué. Regarde. Dans ce texte, il y a des majuscules et des chiffres. Si on prend les chiffres, il est clair qu'ils indiquent un rendez-vous et une adresse : regarde bien, 27 est le prochain : c'est une date, le 27 prochain et justement aujourd'hui, nous sommes le 27. Le 18 est un numéro de rue,
- Et la rue ? demanda Hermine,
- Eh bien, c'est simple répondit Adrien. Pour un chrétien comme moi, ND c'est forcément Notre Dame et du coup, DC, c'est des Champs. Notre Dame des Champs. L'heure est claire, c'est 9 heures du soir.
- Et MDP ?
- Tu crois que cela veut dire : Mort De Peur ? Pas du tout, cela veut dire Mot De Passe et le mot de passe est au-dessous : Lis peu et bien, cela concerne je crois uniquement les lettres en majuscule et on obtient LI Li TH. Lilith, la première femme d'Adam selon la Kabbale.
- Et Thétis ?
- C'était la mère d'Achille. Elle l'avait plongé dans le Styx pour le rendre invulnérable, mais elle le tenait par le talon, comme tu sais. Nous sommes le 27. Si tu veux y aller, il faut nous préparer. Cela a l'air d'une histoire de femmes et il vaut mieux que je ne me montre pas trop. Je t'attendrai, pas trop loin. Prends bien ton téléphone, au cas où.

La rue Notre Dame des Champs est bordée d'immeubles relativement cossus, relativement propres, tout à fait bourgeois. Et le numéro 18 n'est pas différent des autres. Une grande porte en fer forgé, vitrée, bien fermée. Sur le mur, à droite, une liste de noms. Lequel appeler ? Hermine n'en reconnaissait aucun. Elle recula de quelques pas pour mieux examiner la façade. C'est alors qu'elle aperçut, sur le côté, dans l'ombre, une petite porte en métal, sombre, peu aimable. Elle s'approcha et testa la porte. Elle n'était pas fermée. Instinctivement, sans réfléchir, Hermine l'ouvrit et pénétra malgré elle dans une pièce affreusement noire. Elle n'eut pas le temps de retourner. On la prenait par la main et une voix sèche lui demanda :

- Le mot de passe ?

Hermine n'avait pas le choix.

- Lilith, répondit-elle.

- Mets ce masque.

C'était un masque auquel était attaché une longue frange cachant aussi le bas du visage. Hermine s'exécuta. Ses yeux commençaient à s'habituer à l'obscurité. Il y avait une petite lueur rouge au fond de la pièce, un peu comme ces lumières des chambres de développement.

- Descends. L'escalier est raide.

La pensée d'Hermine tourbillonnait; elle savait maintenant où elle était: dans les catacombes de Paris. Pour se faire peur, les touristes visitent les catacombes où l'on entre Place Denfert-Rochereau, avec leurs quelques centaines de mètres de galeries et leurs petits entassements bien ordonnés de cranes. Mais si on veut se faire vraiment peur, il faut visiter les vraies catacombes, ces kilomètres de galeries creusées dans la craie, souvent avec plusieurs niveaux, sous le tracé même des rues au-dessus. Une ventilation naturelle y assure un air frais, à une température constante. Une dizaine de portes métalliques, sans signe distinctif, sinistres, y donnent accès en différents endroits de Paris. Les serrures ne sont pas spécialement protégées. Les clés circulent dans certains milieux parisiens.

On pourrait se demander qui visite ces galeries sans charme. Beaucoup de monde ! On dit même que les élèves de certaines grandes écoles ont le plan complet de ces galeries. Que s'y passe-t-il ? Rien ou presque. Des visites guidées, des cérémonies plus ou moins secrètes, des évènements parisiens, des mariages, des bacchanales, des rencontres mystérieuses, des actes de résistance. Le visiteur invité exceptionnellement à y descendre s'angoisse très vite d'entendre parfois des cris au loin ou de voir des signes hiéroglyphiques sur les murs. Il s'inquiète de la charge de la pile de sa lampe. Va-t-elle le laisser seul dans le noir ? Mais il reprend courage, pas peu fier d'être parvenu là, dans ces galeries qui se ressemblent toutes, où l'on pourrait vite se perdre à jamais. Son guide a parfois un comportement étrange, il semble tellement sûr de lui ! Sait-il bien ce qu'il fait ? Est-ce qu'il ne va pas dételer et le laisser là tout seul ? Mais non, on retrouve un escalier. Quelle joie de enfin retrouver la rue et quelle fierté d'en parler, des décennies plus tard, à ses petits-enfants.

L'escalier était réellement raide, taillé dans la pierre. Il aboutissait à une salle rectangulaire mieux éclairée avec quelques bancs sur lesquels étaient juchées une vingtaine de personnes, toutes des femmes et toutes masquées et voilées. Au bout de quelques minutes, l'une d'entre elles prit la parole.

- Je viens de fermer la porte. Plus personne ne peut nous rejoindre. Mes sœurs, je suis désolée de vous réunir ainsi mais les évènements récents que vous savez nous obligent maintenant à plus de précautions. Ici, on ne peut pas nous espionner ou nous écouter. Nous avons quelques décisions à prendre, mais auparavant, comme d'habitude, nous allons évoquer un sujet particulier, et aujourd'hui, comme vous l'avez compris, je vais vous parler de Lilith. D'après la tradition juive, Lilith était la première femme d'Adam. Elle descend d'une tradition plus ancienne, chez les sumériens et apparait dans la grande épopée de Gilgamesh. On la trouve citée une seule fois dans la Bible, dans le livre d'Isaïe, mais surtout dans le Talmud et dans la Kabbale. Dans le Talmud, qui, comme vous savez, est le complément de la Torah ou loi écrite, elle est citée 4 fois comme une créature qui s'attaque à tous les êtres humains.

Mais, dans la Kabbale, elle est la première femme d'Adam et a été créée comme lui à partie de la même terre : elle est donc son égale alors qu'Ève a un statut bien moindre, puisqu'elle dépend d'Adam. Vous savez que dans le livre de la Genèse, la création du monde et des êtres humains est décrite deux fois. Dans un premier texte, Dieu créa l'homme et la femme en même temps. Il leur dit de croitre et de se multiplier, et leur donne toute puissance sur les animaux et la nature. Dans un deuxième texte, quelques lignes plus loin, Dieu reprend sa création, s'occupe d'abord d'Adam et fabrique Ève à partir de lui. Il est bien clair que la première femme était Lilith et que les scribes, qui, comme leur nom l'indique, ont tout réécrit, ont tenu, en hommes macho qu'ils étaient déjà, à inventer une autre femme, bien dépendante, comme modèle pour les siècles à venir, et à oublier Lilith.

Lilith est l'égale de l'homme. Elle se dispute avec Adam, car elle ne veut pas lui être inférieure dans les rapports sexuels. Elle conteste donc la suprématie supposée d'Adam. Dieu lui donne des ailes et elle s'enfuit du jardin d'Éden. Adam est anéanti de ce départ. Dieu envoie trois anges pour la convaincre de revenir. Elle refuse, bien sûr. Plus tard, elle rencontre Samaël, le maître des anges déchus. Il lui accorde l'égalité des sexes et leur descendance a peuplé la terre. Lilith était plus qu'une femme. Satan l'appelait *Celle qui savait* à cause de sa grande intelligence, ce qui la différencie bien d'Adam et Ève qui ont été obligés d'obéir au serpent pour augmenter leurs pauvres connaissances. Lilith est pour nous un exemple d'indépendance et de revendication.

Tenez, pour finir sur un autre exemple, celles d'entre vous qui ont visité New York, savent qu'il y a un magnifique pont qui rejoint Manhattan et le New Jersey, le George Washington Bridge. Il a été construit entre 1927 et 1931. Eh bien, quand on a ajouté en 1962 un deuxième tablier au-dessous du premier pour permettre un trafic plus important, on a appelé cette addition inférieure Martha, du nom de la femme de George Washington. Vous voyez que la vulgarité et le machisme n'ont pas cessé.

J'en arrive à nos rencontres futures. Nous devons nous cacher davantage. Nous ne pouvons pas prendre de risques. Je vais faire passer une feuille de papier. Comme je vous l'avez déjà demandé, je vous demande d'inscrire votre pseudo ainsi qu'une adresse email uniquement réservée à nos communications. Je ne veux pas savoir votre identité vraie. Pour le moment, nous continuerons à nous réunir ici et je vous préviendrai par internet. Le mot de passe ne devrait pas vous poser trop de problème, mais je ne peux pas l'écrire simplement. Nous parlerons des livres que je vous ai demandé de lire.

Il fallait vite réfléchir, trouver en quelques minutes un pseudo et une adresse email que personne ne pouvait avoir. Quand la feuille lui arriva, Hermine inscrivit : Luisa comme pseudo et lilloise.mimi@gmail.-com comme adresse. Il y avait peu de chance que cette adresse ait été déjà prise.

Au moment de partir et en remontant l'escalier, elle butta sur une marche et dut s'accrocher à sa voisine. Une fois sortie, celle-ci lui demanda ce qu'elle faisait.

- Étudiante pour être sage-femme. Et toi ?
- Informaticienne pendant mes loisirs. Et prof. d'anglais le reste du temps. Et tu t'appelles ?
- Luisa et toi ?
- Marianne.
- A propos, je ne me souviens pas bien des livres qu'il faut lire. Tu t'en souviens ?
- Je me souviens vaguement, le Deuxième Sexe, bien sûr, une histoire autour de la gynécologie et un truc à propos de la pensée. A bientôt, je dois filer.

André l'attendait au coin de la rue.

- Je suis épuisée, dit-elle. Je prends un taxi pour rentrer. Je te raconterai demain, mais en attendant, essaye de me dire ce que sont ces livres.

oOo

Chapitre 12

Ce jour-là, l'atmosphère était lourde à l'agence. On venait de publier le contenu de la lettre. On parlait peu, la mine un peu basse. Pourquoi nous ? Qu'avons-nous fait ? Est-ce une vie ? La haine des femmes ne faiblit pas. Où allons-nous ?

André vint rejoindre Hermine dans son bureau.

- Quand je pense, dit-il, que j'ai étudié la théologie et la photographie, et que je dois te servir de décodeur et de secrétaire, mais là encore c'était facile. *Le Deuxième Sexe*, pas de problème, c'est Simone de Beauvoir en, 1949. Gynécologie, c'est plus difficile, mais si l'on reste dans le domaine du féminisme et que l'on élimine la médecine, eh bien, il y a un livre qui correspond très bien, c'est le livre Gynecology de Mary Daly, en 1978. Attention à l'orthographe ! Il s'écrit *Gyn/ecology*. Enfin, la pensée, ce n'est pas simple. Il y a bien Pascal, mais il a peu écrit sur les femmes, mais surtout sur les roseaux. Et puis faut-il penser pour …
- Attention à ce que tu vas dire, interjeta Hermine.
- Un peu de respect pour mes cheveux gris, s'il te plait, répondit André. Donc, il y a dans notre domaine un livre où l'on pense, c'est *La Pensée Straight* de Monique Wittig, paru en français en 2001.
- André, si la perfection n'était pas de ce monde, je dirais que tu es parfait. Ou presque. J'espère que ces livres sont dans notre bibliothèque. Il faut que j'y travaille.

Et elle raconta à André ses aventures de la veille.

- Si tu veux mon avis, dit André, ça fait un peu boy-scout ! Pardon, il faut peut-être dire éclaireuse. Comme si, dans un premier niveau, on s'adressait à tout le monde, dans un but de formation, avec un

côté fais-moi peur dans les catacombes, peut-être pour être plus sélectif ensuite.
-Tu es sûr de ne pas avoir été jésuite ?
-J'en suis sûr. Faut-il en parler à Meryl ?
- Je crois que oui. C'est elle qui nous demandé d'enquêter. Mais donne-moi dix minutes. Il faut que je me crée un compte lilloise.mimi au cas où cette dame voudrait me contacter en urgence.

Le bureau de la patronne était bien rangé, comme d'habitude, mais Hermine et André remarquèrent tout de suite en entrant que la statuette d'Athéna avait aussi disparut. Sans trop s'en émouvoir, ils racontèrent toutes leurs aventures sans rien dissimuler.

- Laissez-moi réfléchir dit Meryl. Cela devient compliqué. D'abord, je pense que cela n'a rien à voir avec le tueur. Je ne pense pas qu'il y ait un danger à poursuivre cette enquête. Je ne pense pas non plus qu'il y a là un groupe qui nous veut du mal. Je ne vois pas le groupe Civitas agir de la sorte. Et les hommes ont disparu depuis longtemps. En revanche, parmi les groupements féministes, on peut trouver toutes sortes de nuances, je dis nuances pour être gentille. André pourra vous dire, Hermine, que les femmes, dans notre environnement, ne sont pas toujours d'accord, même à partir des mêmes constatations. Depuis les femen jusqu'aux femmes à barbe ou furieuses, le choix est large. Ce n'est pas forcément très grave, la vie est comme cela. Continuez à participer à ses réunions pour le moment. Et puis cela vous changera les idées dans l'ambiance pénible de ces jours-ci.

La machine à café est un lieu trop fréquenté. Et nos enquêteurs se retrouvèrent dans le bureau d'Hermine.

-Je pense que tu as raison, dit André, ces statuettes ont une signification. Laisse-moi réfléchir. Si on prend en compte le nombre de permutations avec zéro, une et deux statuettes, cela ajoute, attend un moment, dix possibilités aux six que tu avais trouvées pour trois

statuettes, donc au total 16. C'est presque un alphabet. Je regrette de ne pas avoir fait confiance à l'intuition féminine.
- Taratata, s'exclama Hermine, elle a bon dos, l'intuition féminine ! C'est juste de l'intelligence.

oOo

Chapitre 13

Vladimir était russe, et comme souvent, il était hackeur. Mais pas n'importe quel hackeur. Il avait une réputation à laquelle il tenait. Il avait ses correspondants habituels et d'autres, des correspondants particulièrement fidèles car ils lui devaient leur fortune. Il avait de vrais amis, peu nombreux. Il avait surtout des accointances, dans les milieux les plus divers, car il était recherché et très bien payé. Il faut le dire, c'était le meilleur de tous. Mais ce dont il était le plus fier, c'était qu'on appelait habituellement Vlad, et non Vladimir, Vlad, du nom du voïvode Vlad III, surnommé l'Empâleur, lui-même descendant de Vlad II, surnommé le Dragon. Vlad III était prince de Valachie et après une vie guerrière, a fini décapité à Bucarest.

On le connait surtout comme l'ancêtre de Dracula et c'est de cette légende que s'enorgueillissait Vlad. Ça lui allait bien. Ça le distinguait des autres, la piétaille qui travaillait pour le gouvernement. Dans son local, on trouvait de tout : des ordinateurs, bien sûr, de toute sorte, très puissants, capables de faire tourner des programmes automatiques pendant des heures pour dénicher le bon code au milieu de milliards de possibilités, des lignes téléphoniques intraçables, des connexions avec des serveurs mystérieux. Il employait bien sûr des petites mains pour le travail courant, se réservant de venir débloquer une situation délicate. Mais, son job était de penser à des solutions toujours nouvelles, en avance sur les pseudo-experts, ses ennemis.

En ce moment, son correspondant principal lui téléphonait souvent pour lui demander par exemple une solution au problème des burners. Ça le faisait rire, un burner, on peut toujours le contourner. Non, le vrai problème, c'était le hasard, l'imprévu, l'accroc au plan le mieux ficelé, et surtout la bêtise humaine. Et pourquoi ajouter humaine, les animaux ne sont jamais bêtes. Mais du moment qu'il était très bien payé, il rendait tous les services qu'on attendait de lui, sans jamais poser de questions.

oOo

Chapitre 14

Rodin réunit un soir ses acolytes autour d'une tasse de thé. Le temps pressait. Leurs mandants devaient reprendre contact dans peu de temps.

- Il faut reprendre nos priorités, dit-il. Nous n'avançons pas assez vite. La piste de la sage-femme ne nous a pas beaucoup avancés. Je vous propose deux autres pistes. Cette agence de presse les Amazones fait trop parler d'elle en ce moment. Je propose de l'infiltrer et je pense qu'Alim pourra réussir facilement. C'est dans ses cordes. Quant à toi, Daniel, il faudrait peut-être repartir de Lessines, comme on en a parlé.
- Et que fera-tu, toi ? demanda Daniel.
- Je suis le plus vieux. Mon rôle est de réfléchir.
- Jésuite, va !

Alim était beau gosse et ne le savait pas, ce qui le rendait irrésistible. Il avait bien choisi l'endroit, le supermarché d'Asnières. Et depuis une heure, il tournait en rond dans les différentes allées, sa brouette, comme il l'appelait, devant lui, et une feuille de papier griffonnée à la main. Il la vit dans le rayon des légumes.

- Je cherche du chou dit-il. C'est pour un copain qui m'a demandé de faire ses courses. Mais je suis perdu entre ces différents choux, verts, blancs, rouges. Pouvez-vous m'aider ?

Lydie (car c'était elle) se crut obligée de lui rendre ce service. Elle dut ensuite lui expliquer la différence entre les blettes et les bettes (il n'y en a pas), la différence entre les Royal Gala, les Pink Lady et les Granny Smith (l'acidité), et le temps de cuisson des artichauts (45 minutes), si bien que lorsqu'il lui proposa avec un grand sourire de prendre un café à la cafétéria du lieu, elle ne put refuser.

-Je suis enquêteur, dit-il (car il vaut toujours mieux se rapprocher de la vérité) et cela me donne beaucoup de temps libre. Mais ces courses, car mon coloc, lui, est toujours très occupé avec ses études, me posent beaucoup de problèmes. Mais comme c'est lui qui fait la cuisine, alors, bien sûr, je n'ai pas le choix. Et vous, que faites-vous ?
-Je suis journaliste avec l'Agence les Amazones.
- Celle dont on parle beaucoup en ce moment. Dites donc, cela doit être un métier passionnant, mais pas facile et peut-être dangereux.

De fil en aiguille, ils promirent de se revoir pour souper le lendemain.

Daniel avait la tâche moins facile. Cela nécessitait une préparation logistique. Que disait l'internet ? Aller en train à Bruxelles était aisé. Il y avait ensuite un train toutes les heures pour Lessines avec un changement à Gramont. Il fallait bien compter deux heures à condition de ne pas rater la correspondance. L'hôpital Notre Dame à la Rose a l'air d'être fermé le lundi et tous les matins. Faudra-t-il réserver ? Tout cela prendra du temps. Il aura besoin d'une nuit d'hôtel. Surtout, il faudra abandonner le déambulateur qui a l'avantage de le rendre à la fois invisible et inoffensif. Mais ça vaut mieux, car s'il l'utilise trop, il va finir par oublier qu'il est champion de judo.

Rodin, lui, se versa un petit verre de Jack Daniel's, se renversa dans son fauteuil en regardant le plafond pendant une demi-heure, et finalement sortit de son appartement. En vérifiant bien s'il n'était pas suivi, il longea la rue jusqu'à une placette où il avait ses habitudes. Il entra dans la cabine téléphonique et entama une longue conversation avec l'étranger.

Herbert cacha sa bouteille de Pure Malt dans son placard et fit entrer ses deux collaborateurs proches. Ceux-ci suivaient très spécialement les affaires françaises et Herbert voulait avoir leur avis. Que se passait-il ? Les réponses furent stéréotypées. Toujours la même chose :

les français rouspètent et les femmes encore plus. Rien de spécial. Rien de nouveau. Si, peut-être, ce tueur en série que la police n'arrive pas à attraper. Mais nous ne faisons pas mieux chez nous. Et quelles prévisions pour les mois qui viennent ? La réponse fut claire: «Aucun des éléments dont nous disposons ne nous laisse suspecter la survenue d'évènement hors du commun». Comme il n'y avait rien à répondre à une affirmation aussi prudente, Herbert les congédia et ressortit sa bouteille de Pure Malt.

oOo

Chapitre 15

Les jours raccourcissaient. Pierre Lesur ne voulait pas se faire oublier et il valait mieux ne pas se montrer près de l'agence des Amazones. Mais il ne fallait pas négliger son devoir. Reprendre ses cibles anciennes s'imposait pour le moment.

Il sortit de la librairie ce soir-là, prit son vélo et s'amusa à roder dans des endroits qu'il ne connaissait pas. Tiens ! Le dix-huitième arrondissement avec ses avenues bien éclairées et ses rues bien sombres. C'est ce genre d'endroits qu'il préférait. Au fond d'une ruelle, un groupe de touristes sans doute devant une entrée très étroite. Une boîte de nuit, comme il en existe tant. Il s'arrêta dans un café au coin de l'avenue pour se réchauffer et attendre un moment. Il sentait le désir monter en lui de s'exprimer de nouveau, de montrer qu'il existait toujours. Mais il fallait attendre plus longtemps, car les noctambules ne se fatiguent pas vite.

Enfin, quelques personnes quittèrent la boîte. Un quart d'heure plus, d'autres personnes apparurent, moins éméchées, le personnel sans doute. Mais son expérience lui disait qu'il fallait attendre encore, d'ailleurs, un groupe de jeunes femmes sortit bruyamment. Et enfin, une dernière jeune femme, seule, marchant vite vers le boulevard. Il alla à sa rencontre, la dépassa, se retourna rapidement et lui asséna un seul coup de marteau. Elle tomba sans bruit. Il taillada vite une croix sur ses joues et repartit sans se retourner. Il fit tomber le marteau dans une poubelle, jeta son cutter dans une autre, se débarrassa de ses gants dans un égout et reprit son vélo. Libéré. Son œuvre continuait. Il se sentait fier.

oOo

Chapitre 16

Emil Nostromo s'approcha de l'étagère qui se trouvait à droite, derrière son bureau. Sur cette étagère se trouvait l'outil indispensable de son métier : le dictionnaire Bénézit des peintres et sculpteurs dans sa 4ème édition de 1999 (il avait le même à Bruxelles). Il prit le troisième tome et s'arrêta au début de la lettre D. Ce dictionnaire lui avait tellement servi qu'il était non seulement en mauvais état, mais aussi bien barbouillé de notes et de chiffres. Il copia les nombres qui se trouvait sur les trois premières pages impaires de la lettre D sur un bout de papier.

Il prit ensuite un téléphone que l'on appelle « burner » dans son tiroir. Il avait plusieurs de ces téléphones prépayés qu'il avait achetés en liquide dans un établissement où on ne le connaissait pas et où il s'était rendu en métro. Pour se protéger des caméras, il avait même ce jour-là ajouté une barbe postiche et une casquette. Ces téléphones permettent de communiquer sans laisser de traces, mais sont soumis à n'innombrables contraintes si on veut les utiliser dans de bonnes conditions. Jamais chez soi, jamais à proximité de son propre téléphone. Aussi peu souvent que possible. Mais il y a de moins en moins de cabines téléphoniques et ces téléphones, qu'il utilise rarement, lui sont devenus indispensables.

Il sortit de son bureau et déambula paisiblement jusqu'au Champ de Mars en descendant l'Avenue de Suffren. Il s'installa sur un banc, ouvrit un journal, puis après avoir négligemment jeter un coup d'œil circulaire, il sortit son téléphone et se contenta d'envoyer un SMS au numéro qu'il avait noté. Il déchira ensuite son petit papier en menus morceaux qu'il jeta au vent.

Quand il revint, à 17h00 précises, son correspondant l'appela d'un autre téléphone burner. La conversation fut courte et technique. Les mots utilisés étaient dendrochronologie, tomographie par imagerie à rayons X, Polymerase chain reaction, pigments et solvants, une date butoir, apparemment importante, vers 1600. Emil était conscient de la difficulté et il valait mieux commencer à chercher dès maintenant. Il reprendrait contact plus tard par les voies habituelles.

De retour dans son bureau, il écrasa le téléphone de quelques bons coups de maillet, le mit dans sa poche et se remit en route vers la Seine, qui en avait vu d'autres.

Il convenait maintenant de se préparer à mieux examiner les trésors de l'Hôpital Notre Dame à la Rose de Lessines. Il partirait demain pour son magasin de Bruxelles qui, une fois de plus, se révélait une excellente base opérationnelle.

oOo

Chapitre 17

Le message pour lilloise.mimi était court : Ibidhodie. : ROUIletabille est MANItou.

Cette fois ci, c'était facile : ibid, c'est-à-dire ibidem : au même endroit, toujours en latin, Hodie pour aujourd'hui, et le mot de passe était Roumanie, bien sûr.

D'ici-là, Hermine avait eu le temps de lire et relire les livres indiqués qui faisaient heureusement partie des classiques dans la petite bibliothèque de l'agence. André, lui, semblait se perdre dans des livres de théologie du moyen âge. Il ne semblait pas nécessaire qu'il l'accompagne pour cette réunion. Elle se dirigea lentement vers la rue Notre Dame des Champs.

La petite porte brune était toujours entre ouverte et la cérémonie d'admission identique. L'escalier toujours aussi raide. Il semblait qu'il y avait moins de monde. Hermine crut reconnaitre Marianne sous son masque et s'assit à côté d'elle. Au bout de quelques minutes, Lilith se leva, alla fermer la porte et revint prendre la parole.

-Je vois que vous êtes presque toutes là. Vous comprenez que mon code n'a pas de prétention à être particulièrement secret : il a juste pour but de désarçonner un moment un espion indésirable. J'espère que vous avez eu le temps de lire les livres que je vous avais indiqués. Qui veut prendre la parole ?

Il y eut un moment de flottement. Instinctivement, Hermine leva la main, comme une bonne élève, et se traitant intérieurement d'idiote.

- Ces trois livres, dit-elle, marquent trois étapes majeures du mouvement féministe. Le premier, *le Deuxième Sexe*, de Simone de Beauvoir, est paru en 1949. C'est le grand classique que tout le monde a lu, bien sûr (sauf moi, pensa-t-elle, il aura fallu ces rencontres et un peu de temps libre pour que je m'y mette…). Deux gros volumes, plus de mille pages en tout. C'est on peut dire, la bible du mouvement féministe. Dans le premier tome, elle résume des éléments historiques, anthropologiques, biologiques et surtout psychanalytiques et marxistes qui décrivent le devenir et la situation de la femme. A la fin de ce tome, elle analyse la vision des femmes que l'on peut avoir dans les mythes universels et aussi chez différents auteurs comme Montherlant, D. H. Lawrence, Paul Claudel, André Breton ou Stendhal. Cette dernière partie est peut-être la plus faible à mon goût. C'est trop littéraire pour un mouvement protestataire. De même, et là, on ne peut pas lui en vouloir, les données biologiques ou sociologiques qu'elle utilise ont un peu vieilli.

Dans le deuxième tome, elle brosse des tableaux assez généraux de la femme depuis sa période de formation (enfance, jeune fille, initiation sexuelle, lesbienne), sa situation dans la société (femme mariée, mère, femme vieillissante) et enfin, certaines évolutions possibles (narcissiste, amoureuse, mystique) pour arriver à une description de la femme indépendante, libérée. Tous ces tableaux se lisent agréablement. Ils n'ont pas vieilli, même si à l'époque actuelle on pourrait en faire d'autres. Ce qui amusant, c'est que ces portraits relèvent d'une approche essentialisme incontestable, quand on pense que Simone de Beauvoir était existentialiste. Enfin, c'est au début du tome II que l'on trouve la phrase célèbre « on ne nait pas femme, on le devient ». Comme elle voulait désigner par-là la notion de femme telle que la société la définit ou l'attend, on peut dire qu'elle a créé avant tout le monde la notion de genre.

Mary Daly est complètement différente. Née dans un milieu très catholique, aux USA, d'ascendance irlandaise, elle a fait toutes ces études dans un milieu très catholique et étudié la théologie avec beaucoup de problèmes liés à l'antagonisme masculin dans ces mi-

lieux catholiques, problèmes dont nous n'avons pas idée. Elle a dû aller à Fribourg en Suisse pour passer obtenir une thèse. L'université où elle enseigné aux USA, le Boston College est une Université jésuite où elle été très malheureuse dans sa carrière. C'était une spécialiste de Saint Thomas d'Aquin ; elle raconte d'ailleurs qu'elle avait toujours un volume de la Somme Théologique sur elle pour taper sur des hommes qui la harcelaient. Elle devenue paranoïaque et certainement un peu fofolle à la fin. Le livre *Gyn/ecology*, paru en 1978, en deux mots s'il vous plait, est son livre le plus radical. Elle y expose comment le but du patriarcat est de se débarrasser des femmes. Elle donne comme exemples des pratiques aussi horribles comme le Sati, le sacrifice volontaire, ou non le plus souvent, des veuves indiennes sur le bucher funéraire de leur mari, le bandage des pieds des petites filles en Chine, l'excision clitoridienne en Afrique, le sort des prétendues sorcières, les excès des pratiques gynécologiques ou psychanalytiques. Le tout est effrayant et la démonstration est lugubre. Par ailleurs, elle a un style très personnel, véhément, et un vocabulaire propre souvent inventé. Elle a écrit d'autres livres ensuite qui sont eux illisibles. A retenir qu'elle a adopté la position d'une autre féministe Sally Miller Gearhart sur la nécessité de réduire de 90 % la population mâle.
Enfin, et il faut en terminer, *La pensée straight*, le livre de Monique Wittig est paru en 1992 aux États Unis et en 2001 en France, est lui, très bien écrit, très intelligent tout en étant aussi radical. Monique Wittig a été à l'origine du MLF, déposant une gerbe à la mémoire de la femme du soldat inconnu et signant le manifeste des 343 pour le droit à l'avortement. Ses textes sont courts et denses, bien contrôlés. Sa formation marxiste et matérialiste y apparait clairement. Elle raisonne en termes de pouvoir et de classe. On lit que l'idéologie hétérosexuelle qu'elle appelle la pensée straight conduit, je cite, « à un régime politique pensé, prévu, calculé ». Ça, au moins, c'est net. Même si l'on n'est pas d'accord, Il est difficile de répondre en quelques mots à son argumentation.

Ouf ! J'en ai fini !

- C'est très bien, dit Lilith ; qui veut prendre la parole ? Alors ? Personne ? Bon, Je vais vous parler quelques minutes d'Hypatie. Hypatie est née sans doute vers 355 et est morte en 415. C'est la fille d'un mathématicien d'Alexandrie connu, Théon d'Alexandrie. Elle-même a été philosophe, mathématicienne et astronome. Elle a été à la tête de l'école néoplatonicienne de la ville. Déjà de son vivant, elle était réputée pour ses connaissances et son enseignement. Elle a laissé des ouvrages sur les mathématiques et l'astronomie, et en particulier sur les sections coniques. Vous savez que ce volume, le cône, est bien intéressant et a toujours passionné les chercheurs, car selon la manière dont on le coupe, on peut obtenir des cercles, des ellipses, des paraboles ou des hyperboles. Elle est à l'origine de la construction d'astrolabe, cet instrument qui permet de calculer date et heure en se basant sur la position des étoiles et des planètes. C'était une femme exceptionnelle, et qu'on ne nous dise pas que les femmes ne sont pas faites pour les mathématiques. On connait avec certitude des lettres que lui a adressées un de ses anciens étudiants. Elle a été assassinée à l'instigation de l'évêque d'Alexandrie, Cyrille, qui, déjà en 414, avait fait fermer toutes les synagogues de la ville et fait expulser tous les juifs. En 415, des hommes de main l'ont agressée quand elle rentrait chez elle, l'ont déshabillée et tuée, pour ensuite découper son corps en morceaux et les brûler. Hypatie est pour nous une héroïne, une martyre et un exemple. Son sort est du même niveau d'horreur que ce que vous a raconté Luisa, c'est Luisa, n'est-ce-pas ? Cela ne s'arrête pas là. Il faut savoir que Cyrille a été reconnu saint par l'Église catholique et même proclamé docteur de l'Église en 1882. Notre combat est sans fin, à ce qu'il semble. Il est difficile d'en dire plus. Nous nous reverrons bientôt.

Quand tout le monde se levait et se préparait à sortir, Lilith s'adressa à Hermine :

- Luisa, vous avez dû beaucoup travailler sur les ouvrages que vous avez résumés. Vous semblez bien connaitre la vie des auteurs. Cet aspect du féminisme vous intéresse particulièrement ?

- Je pense que c'est très important, répondit Hermine, mais je voudrais m'intéresser à des aspects moins récents, plutôt sur l'histoire longue. Pourquoi est-ce-que les femmes ont été toujours considérées comme inférieures. Y a-t-il des raisons plus profondes ? Que reproche-t-on réellement aux femmes ? De la jalousie, je ne sais pas. Les femmes avaient peut-être des pouvoirs que les hommes enviaient. Est-ce qu'il y a un secret féminin ?
- Vous devriez vous concentrer sur les relations entre féminisme et religion, en particulier la religion catholique qui est bien ambigüe sur le sujet, même à l'heure actuelle. Si cela vous intéresse, n'hésitez pas à me contacter. Vous avez mon adresse email.
- Je vous remercie. Je n'y manquerai pas.

En sortant, elle rejoignit Marianne qui l'attendait.

- Eh bien lui-dit Marianne, tu as dû rudement bosser !
- Tu penses ! Répondit Hermine. Je suis excellente pour lire en diagonale et faire semblant de parler d'une voix assurée. Je crois que dans deux jours, je n'en saurai plus rien. Allons prendre un chocolat chaud si nous trouvons un bistro ouvert.

Une fois installée, Hermine demanda à Marianne :

- Dis-moi. Sais-tu ce que Lilith a derrière la tête ? Quel est son but ?
- Au fond, je ne sais pas bien, répondit Marianne. Au début, c'était une réunion de femmes qui se cherchaient parce qu'elles étaient dans un environnement souvent pas très agréable. Donc, on était féministes, mais pas trop. Et puis, grâce à elle, on prend conscience de notre situation. On apprend à être un peu plus autonome.
- Penses-tu que nous allons évoluer au point de devenir des radicales enragées ? Et qu'on va nous demander de manifester dans les rues ?
- Non, je ne crois pas. Elle est trop intellectuelle pour cela. Remarque que ce que tu as raconté … Bon, tout est possible.
- C'est vrai, les femmes frileuses peuvent se transformer en femmes furieuses.

Et puis, elles parlèrent des derniers films de James Bond.

oOo

Chapitre 18

Hermine rendit compte de tout cela à André le lendemain. Comment réunir tous ces éléments épars qui commençaient à les alarmer. Lilith, les statuettes, la guilde, avec en plus cet assassin qui devait roder autour d'eux. André était d'avis qu'il fallait avoir un fil conducteur plus important. Lequel ? Lilith, il serait toujours temps de la rappeler. Meryl et ses statuettes, mais c'était leur patronne. C'était à elle de dire ce qu'elle voulait d'eux. Restait la guilde. L'avantage d'aller la revoir est que cela les éloignait de Paris à un moment où l'on parlait de plus en plus de cet assassin.

Rendez-vous fut pris pour le lendemain. Ils iraient cette fois tous les deux à Lille avec la voiture d'Adrien que Hermine se proposait de conduire. Aller de Paris à Lille en voiture peut bien prendre deux à trois heures. Le trafic est important, les camions roulent vite, le vent souffle fort. Il vaut mieux prendre son temps.

Vers onze heures, le téléphone sonna dans le bureau de Leila. C'était Hermine, affolée.

- Leila, on a eu un accident. André et moi, on était en route pour Lille en voiture et je conduisais. Et soudain, dans une petite descente, les freins ont lâché. Oui, ils ont lâché. Tu vois l'angoisse ! J'ai bien essayé de rétrograder et ça a fait un bruit épouvantable. Mais heureusement, j'ai pu me rapprocher de la droite au moment où la route remontait et je me suis arrêtée en me frottant sur la glissière. Mais ce n'est pas tout. On a appelé une dépanneuse qui nous a amenés à Péronne, un petit bled, je ne sais pas si tu vois où c'est. Et là, nous sommes au garage, et le garagiste m'inquiète. Il nous dit que la voiture n'est pas si vieille que cela, qu'elle a eu sa révision il y a trois mois, que ce type d'accident est rare. Il est en train de voir

dans le moteur et par en dessous. Qu'est-ce que je dois faire ? J'ai peur de quelque chose.
- Calme-toi, répondit Leila, donne-moi l'adresse du garage. Je vais m'arranger pour qu'un gendarme passe voir la voiture et discuter avec le garagiste. Préviens le garagiste. Et va te promener une heure ou deux. Je te rappellerai quand j'en saurai plus. Allez prendre un café. Il doit bien y avoir un château à voir et quelques églises, non ? Allez, rassure-toi. Je te tiens au courant le plus vite possible.

André et Hermine n'avaient pas tellement envie d'un café et visiter le château ne leur disait rien. Ils s'attablèrent quand même à un café, pas trop loin du garage.

- Qu'en penses-tu, André ?
- Eh bien, je crois que nous avons eu de la chance et que tu as très bien conduit. C'est l'essentiel. D'ailleurs, j'ai toujours dans ma poche une médaille de Saint Benoît qui protège contre tous les dangers. Attendons ce que va nous dire ta copine. Ça, c'est une autre chance qu'elle prenne les choses en main et si le gendarme dit qu'il n'y a rien de spécial, cela va nous rassurer. On fera réparer, on louera une autre voiture et nous continuerons. La vie est pleine de surprises, tu sais.
- Tu as raison. Tu es un puits de sagesse. Allons visiter la ville. C'est grand. J'ai honte d'avoir dit que c'était un bled.
- Allons ! C'était l'émotion.

Au bout de deux heures, ils avaient vu le château, admiré la statue d'une femme, Marie Fouré : elle a animé la résistance de la ville contre Charles Quint et elle n'a sans doute jamais existé (elles sont quand même fortes, les femmes, pensa Hermine), et appris énormément de choses sur Louis XI et Charles le Téméraire, quand le téléphone sonna.

- Hermine, dit Leila, je ne veux pas t'affoler, mais le gendarme me dit que ce n'est pas entièrement normal. Retourne au garage. Le gendarme te l'expliquera. Il va faire les constatations qui s'imposent, photos etc. il va bien vérifier qu'il n'y a rien d'autre d'anormal dans ta voiture et il prendra ta déposition. Tu feras réparer et le garagiste te prêtera une autre voiture. Il est bien au courant. Il est important que tu continues ton voyage. Parce que, vois-tu, bon, de toutes les manières, tu le sauras, ton agence aujourd'hui a eu une panne complète de courant et d'internet, et ça semble un peu bizarre. J'ai des collègues qui vont y jeter un œil. Pour le moment, continue ta route gentiment et ne te tracasse pas trop. On se reverra quand tu seras de retour à Paris.

André était d'accord. Autant suivre l'avis de la police. Il valait peut-être mieux ne pas prévenir la patronne tout de suite. On le ferait au retour. Elle doit être submergée par ce qui se passe à l'agence. Hermine utilisa le numéro de téléphone que lui avait donné la jeune secrétaire de la guilde pour prendre un bon rendez-vous.

Au garage, tout se passa comme prévu, le garagiste leur dit que la voiture serait réparée rapidement et qu'il y avait quand même 8 chances sur 10 pour ce soit criminel. André se mis fièrement au volant d'une grosse voiture neuve. Nous allons arriver en grand style, se dit Hermine. Ça compense.

Hermine avait obtenu un rendez-vous à 17 heures. Ils étaient à temps et ils avaient décidé qu'André viendrait aussi. La rue de Fleurus était toujours aussi peu passante et la porte de la guilde au numéro 43 semblait encore plus austère. La personne qui vint leur ouvrir n'était la jeune secrétaire de l'autre fois. Aujourd'hui, c'était une femme plus âgée et elle n'hésita pas à leur demander, en s'excusant, des preuves d'identité.

- Vous comprenez, dit-elle, nous devons prendre de plus en plus de précautions. Notre site internet a été piraté et nous avons l'impression, seulement l'impression, que notre courrier est surveillé. Cela n'est pas nouveau. Mais on a l'impression de ça s'aggrave.

- Je vais vous dire la vérité, dit Hermine. Comme vous l'avez vu, nous sommes des journalistes de l'agence les Amazones. Jusqu'à présent, apparemment, nous n'avions pas trop de problèmes et au-

jourd'hui, notre siège a eu une panne d'électricité et d'internet. Et surtout, nous-mêmes, en venant en voiture, nous avons eu un accident bizarre de liquide de frein. La gendarmerie est en train d'enquêter. J'ai un peu l'impression que cela est lié. Qu'en pensez-vous ?
- Laissez faire la police. On verra bien. Mais s'il le faut, en ce qui nous concerne, nous irons underground comme disent les anglais.
- Vous voulez dire que vous êtes prêts à vous dissimuler à ce point ?
- Bien sûr ! Nous n'avons pas pu résister à des siècles de persécutions sans nous être préparés.
- Vous savez, j'apprends de plus en plus de choses et ce que j'apprends ne me plait pas. André est du même avis que moi. Comme nous aimerions avoir une vie plus facile. Tous les jours nous apprenons des actes ou des pressions qui nous révoltent. En ce qui me concerne, j'aimerais prendre un peu de recul. Je m'interroge sur les relations hommes/femmes sur le long terme. J'aimerais savoir ce qui a permis aux femmes de résister comme elles l'ont fait au cours des siècles. Amélie, votre jeune secrétaire, m'avait dit que c'est un secret. Quelqu'un d'autre m'a conseillé d'étudier le féminisme sous l'angle de la religion catholique. J'aimerais avoir votre avis sur ces deux points.
- Je ne peux pas vous répondre sur ce qui est un secret. Les vrais secrets restent secrets. En revanche, je suis d'accord que la religion catholique peut vous apprendre énormément de choses sur les problèmes du féminisme, dans la mesure où elle a tour à tour réprimé ou magnifié les représentations et surtout les activités des femmes. Ce sont des gens intelligents et on ne reste pas depuis vingt siècles à ce niveau d'activité et d'influence, je parle de l'Église, bien sûr, sans avoir acquis la compétence et la rouerie indispensables.
Tenez, ce n'est pas loin. Pour commencer, allez à Lessines, en Belgique, voir l'Hôpital Notre Dame à la Rose. Vous apprendrez beaucoup de choses.
- Eh bien, merci beaucoup. Nous irons certainement.
- Si vous revenez, il n'est pas sûr que notre adresse soit toujours ici. Mais le numéro qu'on vous a donné devrait toujours fonctionner. Je vous souhaite bonne chance.

En sortant, André ne put s'empêcher de s'exclamer :

- Rude journée ! Et puis Hermine, avant de dire du mal des catholiques, n'oublie pas que je suis prêtre.
- Mais André, je pense à toi tout le temps. Regarde, comme nous sommes tout près de la rue Brûle-Maison, allons dire bonjour à mes parents. Je suis sûr qu'ils nous garderont pour la nuit. Depuis que je suis partie, la maison est devenue très grande. Et ça leur fera plaisir. Allons.

Chez les parents d'Hermine, l'atmosphère fut chaleureuse. Surtout, on ne dit rien des problèmes de l'agence et de la fuite du liquide de frein. On parla de ce qui intéresse le plus les gens âgés, le passé. Dans ce temps-là, la vie était plus rude mais aussi plus simple. A-t-on réellement besoin des ordinateurs ? On allait à la messe sans y croire vraiment, pardon André, mais ça ne faisait pas de mal et on pouvait papoter avec des amis. Maintenant on n'y va plus et la télé devient de plus en plus angoissante. Tout ce qu'on a fait dans le passé était mal.

Hermine leur rappela qu'ils étaient en bonne santé et que le monde était en gros en paix. Et puis, on parla des derniers films de James Bond.

Le lendemain, ils se rendirent à Lessines. Dans cette ville d'importance moyenne, il n'y a pas à chercher longtemps pour trouver l'Hôpital Notre Dame à La Rose ; Il est au centre de la ville et il n'y a que cela à visiter. Fondé au XIIIème siècle, il avait primitivement la forme d'un L le long de la rivière Dendre. Il fut ensuite agrandi entre le XVIème et le XVIIIème siècle en un quadrilatère de style gothique autour d'un cloitre. Hermine et André décidèrent de faire une visite approfondie de tout ce que l'on pouvait voir, la chapelle baroque, la salle des malades avec ses lits en alcôve qui pouvaient accueillir deux malades en même temps, les jardins avec une glacière souterraine, le musée avec sa collection d'instruments médicaux. La pharmacie les intéressa avec ses bocaux et son produit phare, l'Helkiase, un onguent inventé en 1899 par la sœur Marie-Rose Carouy et qui s'est vendu jusqu'en 1930, pour le plus grand bien des finances de l'hôpital. Mais c'est le réfectoire qui est la pièce la plus importante de l'hôpital. Il est situé dans l'aile plus ancienne et contient surtout des œuvres d'art.

Bien sûr, c'est le tableau fameux de la Lamentation autour de la dépouille du Christ qui attira le plus leur attention, d'autant qu'un groupe de visiteurs étaient massé devant. Au centre, sur une sorte de lit incliné, ce Jésus barbu, aux hanches larges, à la poitrine très féminine, désignant de l'index droit le mamelon de son sein gauche. Autour, quatre femmes éplorées, deux en bleu, une en rouge et la dernière en vert, un homme dans un coin en rouge, et deux anges en jaune et en vert. L'ensemble n'est pas triste, presque gai, pourrait-on dire, car personne ne pleure vraiment et les personnages sont un peu suspendus en l'air. On expliquait que cette représentation du Christ, à la fois homme et femme, pouvait être une métaphore du Sauveur comme symbole universel de toute l'humanité souffrante. Ou bien que nous sommes nourris par le lait spirituel du Christ, qui est la fiancée qui a épousé toute l'humanité pour la maintenir en vie par son propre lait. Ou bien que la charité donne du lait à ses enfants. Ou bien que le tableau avait été commandité par les sœurs qui s'occupaient de l'hôpital. Les hypothèses ne manquent pas pour expliquer ce tableau. Toutes correctes d'un point de vue religieux, elles n'ont pas suffi à empêcher qu'on trouve ce Christ un peu osé au XVIIème siècle et que l'on recouvre ces seins d'un surpeint.

En se rapprochant du tableau pour mieux le voir, Hermine se heurta un peu à un monsieur assez grand, habillé avec recherche et qui prenait beaucoup de photographies du tableau, sous des angles divers. Il s'excusa avec beaucoup de courtoisie, et voyant que le tableau l'intéressait, se mit à lui en parler.

- Il ne s'agit pas, dit-il d'une œuvre originale mais d'une copie. On en trouve d'autres d'ailleurs, toutes du XVIème siècle, dans d'autres lieux de Belgique et du nord de la France. Il y a une gravure, conservée la Bibliothèque Royale de Bruxelles de Raphaël Sadeler qui en est le modèle, et cette gravure a été elle-même réalisée à partir d'un tableau, aujourd'hui perdu de Stradanus en latin, Jan Van der Straet en flamand, qui a vécu aussi au même siècle. C'est ce dernier tableau, malheureusement perdu, répéta-t-il, qui est sans aucun doute l'œuvre originale.

Il s'éloigna en souriant, persuadé que le fait que la rivière locale s'appelait la Dendre, un mot qui avait peut-être été à l'origine de la dendrologie, ce fait-là, n'était pas une simple coïncidence, mais plutôt un bon présage.

André vint rejoindre Hermine. Il était un peu troublé.

- Je viens de voir, dit-il, un type, un visiteur aussi, mais qui semble fureter partout et qui prend des photos des portes et des serrures. C'est bizarre. Mais il me rappelle celui qu'on avait vu près de la maison de la sage-femme avec son déambulateur. C'est idiot. Ça ne peut pas être lui. Je vieillis.
- Mais non, répondit Hermine, nous avons juste trop de soucis. Je vais téléphoner au garage à Péronne et si ta voiture est prête, nous retournons à Paris. Mais avant, allons à la boutique prendre tous les dépliants et documents importants.

Être un homme est-il un privilège ?

Dans presque toutes les synagogues du monde, on récite, perdu dans la prière du matin, un fragment de texte effrayant. Je dis « on récite », je devrais dire on marmonne, car le plus souvent les membres présents à l'office ne comprennent pas l'hébreu. Quel est ce texte ?

« Loué sois-Tu, Éternel, qui ne m'as pas fait femme ».

Les femmes qui assistent à l'office peuvent substituer les mots suivants :

« Loué sois-Tu, Éternel, qui m'as faite selon Ta volonté ».

Ce texte a fait couler beaucoup d'encre, et beaucoup d'encre hypocrite. L'homme témoignerait ainsi de sa joie d'être appelé à des devoirs supplémentaires que la femme n'a pas. Ou bien, il se réjouirait d'échapper aux douleurs de l'enfantement. Encore aujourd'hui les avis divergent quant à la nécessité de supprimer cette bénédiction. Mais le poids de la tradition ne saurait masquer la misogynie éternelle du patriarcat. Les textes sacrés de chacune des trois religions monothéistes ont été rassemblés un jour et déclarés dès lors intangibles par des assemblées d'hommes, bien sûr.

Mais, rien n'est irrémédiable et dans de nombreux courants du judaïsme actuel, on ne prononce plus ces mots qui deviennent insupportables quand on pense que l'on compte maintenant des dizaines de femmes rabbins de par le monde, dont certaines lesbiennes. Le judaïsme libéral par exemple affirme que la tradition est évolutive. Le judaïsme reconstructionniste va encore beaucoup plus loin, pour qui le judaïsme est essentiellement une civilisation. Ce sont une des avancées majeures pour tous les mouvements féministes.

Mais ce progrès féministe nous permet aussi d'évoluer positivement dans d'autres domaines.

Car avant la bénédiction à propos des femmes, le pratiquant remercie aussi l'Éternel de ne pas l'avoir fait non-juif. Quand on pense aux 6 millions de morts de la Shoa, cette louange devient absurde. Le pratiquant remercie aussi l'Éternel de ne pas l'avoir fait esclave. Cette autosatisfaction n'est plus de mise quand on doit tous lutter contre toutes les inégalités du monde au lieu de se réjouir d'y échapper.

Notre féminisme apparait ainsi non pas comme un combat limité contre la violence ancestrale du patriarcat, mais surtout comme le fer de lance de tous les progrès humains.

The New Jewish Woman, édition du 16 Avril (trad).

oOo

Chapitre 19

Pendant qu'Hermine conduisait, André somnola. Arrivés à l'agence, ils furent surpris par l'atmosphère fébrile et l'agitation de leurs locaux. Ce n'était pas l'agitation joyeuse d'un scoop, ni celle d'une fête de fin d'année. Le climat était lourd. On leur dit que c'était clair, les fils et câbles avaient été coupés pendant la nuit. Une réunion générale était prévue dans l'après-midi.

André préféra emmener Hermine dans un bistro du coin pour déjeuner.

- Hermine, dit-il, il faut que je te dise ce que pense. Et pendant que tu conduisais, j'ai eu tout le temps de penser. Je vais même faire l'avocat du diable (il existe, tu sais) pour construire l'hypothèse que j'ai en tête. Cet hôpital, à Lessines, n'est pas anodin. Je pense qu'il a joué un rôle dans une sorte d'entreprise plus ou moins secrète, dans un réseau, au cours des siècles. Voilà sur quoi je me base :

1. Ce nom, l'hôpital à la rose, est très clair. Les décorations utilisant les roses sont partout et même sur le prospectus de cette pommade. Ne croyons pas que cela fait allusion au nom de la fondatrice de l'hôpital, Alix de Rosoit. C'est trop facile. Il y a une énorme littérature liée au symbolisme de la rose. C'est à la fois une image de la perfection et le symbole de l'amour. La rose a été dédiée à la Vierge Marie. Le rosaire est une dévotion mariale qui consiste à réciter trois chapelets. Mais surtout, la rose indique le secret. Chez les grecs, Aphrodite a donné une rose à son fils Éros qui à son tour l'a donnée à Harpocrate le dieu du silence. Ce dieu est toujours représenté avec un doigt sur la bouche. Depuis, les choses dites *sub rosa* doivent rester secrètes. Au Moyen Âge, on suspendait une rose au plafond d'une réunion, et les roses étaient sculptées sur les con-

fessionnaux. C'est aussi un symbole de secret pour les Rose-Croix. Tu sais bien sûr que le secret est le thème majeur du roman de Umberto Eco, *Le nom de la Rose.* Mais l'association de l'hôpital avec la rose n'apparait vraiment que sous le priorat de la sœur Marie-Rose Carouy. Je t'en reparlerai. Mais on trouve déjà des roses sculptées sur le portail principal qui a été construit au XVIIème siècle.

2. Depuis la fin du Moyen Âge, les hôpitaux sont desservis par des femmes qui appartiennent à des congrégations religieuses. Il y en avait au moins une vingtaine avec des statuts et des finalités différentes. Mais les religieuses augustines ont desservi la majorité des Hôtel-Dieu urbains de la France du Nord et la Belgique. Ce sont elles qui ont été choisies pour gérer l'Hôpital à la rose. Elles ont eu des réputations variables, essentiellement de dévouement, mais aussi d'indépendance. A la différence des autres sœurs hospitalières, les augustines ont prononcé des vœux solennels et perpétuels ce qui les engageaient en religion davantage que les autres, disons en principe. Néanmoins, sauf dans des cas particuliers, elles ne se sont pas érigées en couvent. Elles ont gardé, normalement du fait de leur activité, une ouverture sur le monde.

3. Il est curieux qu'à Lessines, elles ont toujours refusé d'accueillir des malades contagieux, allant jusqu'à de longs procès. Peut-on dire que c'est pour éviter d'être mis en quarantaine et donc coupé du monde ? Pourquoi pas ?

4. Le cas de la prieure Marie-Rose (Rose, ha, ha !) Carouy est intéressant. Elle est née tout près de Lessines en 1851. Elle entre dans la communauté des hospitalières en 1880, prononce ses voeux en 1882 et elle devient prieure en 1888 jusqu'à sa mort en 1923. Il faut savoir qu'en 1881, l'hôpital a traversé une crise grave : la prieure et l'abbé, directeur spirituel, ont quitté Lessines pour créer un nouvel ordre à Jolimont, aussi dans le Hainaut. Pourquoi exactement ? On ne sait pas. Dans cette crise, Marie-Rose s'est révélée une forte femme et une excellente gestionnaire. On manquait d'argent ? Elle invente l'Helkiase, un médicament qui sera un grand succès et dont

elle prétend avoir reçu la composition du médicament au cours d'une apparition du Sacré Cœur de Jésus. Pour mieux le vendre, elle a mis des roses partout, sur les étiquettes, sur les emballages, et colore tout ce qu'elle peut en rose. D'ailleurs, on pourrait se demander comment une religieuse de la fin du XIXème siècle pouvait inventer un tel onguent dont on ignore toujours la formule. Il devait être actif car il guérissait tout. Cela a été un tel succès jusqu'en 1930 qu'il a sauvé financièrement l'hôpital. Mais si ce n'est pas Jésus, qui lui a donné la formule ?

5. Enfin, il y a ce tableau, la *Lamentation autour de la dépouille du Christ.* Dire qu'il est spécial est un euphémisme. Il est extraordinaire. C'est la représentation la plus forte d'une androgynie du Christ. On peut trouver facilement des allusions iconographiques plus ou moins marquées à cette androgynie, mais jamais rien d'aussi net : une barbe et ses seins. On peut se demander pourquoi une congrégation a jugé utile non seulement de commanditer ce tableau, mais encore d'en répandre des copies dans au moins une demi-douzaine d'endroits en Belgique et dans le nord de la France. Et puis au bout de quelques décennies, cette congrégation a décidé de masquer ces seins féminins. A l'époque, la congrégation était riche du fait des dons qu'elle recevait. La plupart des prieures étaient de grande famille, très aisées. Quant à l'interprétation de ce tableau, les hypothèses sont nombreuses et je n'ai pas le temps de les décrire.

6. Enfin, j'allais oublier, tu as dû voir cet autre tableau aussi extraordinaire de la sœur Justine Scolastique, de son nom Anne-Jacqueline Gontier, qui était religieuse à l'Hospice Comtesse de Lille. On sait qu'il y a eu des relations importantes entre Lille et Lessines, ce qui peut expliquer la présence de ce tableau ici. Mais, surtout, il s'agit d'un tableau espion où les pupilles de la prieure ont été trouées, ce qui devait lui permettre de voir sans être vue. On ne sait pas où ce tableau devait de se trouver. Servait-il réellement à espionner ? Ou bien sa seule présence était-elle un rappel de la nécessité du secret. Et pourquoi une lilloise serait venus espionner à Lessines ? Et tant qu'on y est, pourquoi est-ce-que le siège de la guilde est à Lille ? Et

puis, enfin, tu connais cet ignoble mouvement masculiniste américain, qui s'appelle les Incels pour célibataires involontaires, et dont les membres ont assassiné des dizaines de femmes, aux USA et au Canada. Ce n'est pas pour rien qu'ils s'appellent Incels, c'est l'inverse de Lessines.

7. Mettons tout cela ensemble et essayons de libérer notre imagination. On a une collectivité relativement indépendante et riche, ouverte sur le monde, située au centre d'une région importante en Europe. Et quand cette collectivité a des problèmes financiers, une solution miraculeuse arrive on ne sait d'où. Cette collectivité semble attacher beaucoup d'importance au secret. Ce secret semble lié à un aspect relativement mineur de la théologie, la possible androgynie du Christ. Mais s'il y a eu apparemment une tentative de diffuser au moins localement cet aspect de la religion, il a fallu relativement vite cacher ses opinions. Voilà. J'ai fini. Qu'en penses-tu ?

- Eh bien, répondit Hermine, je pense que tu es un génie. On a dû te le dire.

- Trop rarement, dit André. Et maintenant, retournons entendre Méryl.

Comme on pouvait s'y attendre, Madeleine Duval fut directe et décidée. Les mauvaises nouvelles l'avaient affectée et elle avait la mine sombre. Mais son petit discours remonta un peu le moral de l'assistance :

- Nous sommes attaquées, dit-elle, mais nous saurons nous défendre. Dès aujourd'hui, notre connexion internet sera améliorée et surtout sécurisée. Les câbles et le tableau électriques seront renforcés. Le courrier qu'amène notre facteur sera réceptionné dans une boîte spéciale. Il sera trié par des personnes spécialisées et toute lettre un peu curieuse sera soumise à la police avant d'être distribuée dans vos casiers.

Je vous demande d'être extrêmement prudents quand vous êtes à l'extérieur. Ceux et celles qui ont des reportages en province ou à l'étranger devront partir tout de suite. Essayez aussi de privilégier le travail chez vous pendant quelque temps. Je suis en contact permanent avec la police et je vous tiendrai au courant. Espérons que nous saurons surmonter cette période difficile.

Hermine et André allèrent ensuite la voir pour lui raconter leur aventure, un sabotage vraisemblablement, sur la route de Lille. Madeleine Duval en fut très frappée.

- Qui pouvait bien savoir qu'ils allaient en voiture à Lille ? Apparemment personne, à moins de supposer que vous avez été directement espionnés, par l'intermédiaire de vos téléphones, par des bugs placés chez vous ou dans votre voiture. Avaient-ils été écoutés dans leur conversation ? Je vous demande dit-elle de changer tout de suite de téléphone portable et vos numéros. Faites-le tout de suite, on vous aidera ici. Et demandez, Hermine, à votre amie Leila de faire vérifier par des agents spécialisés que vos appartements ne sont pas sous écoute. Demandez-lui aussi de me contacter afin de coordonner les efforts de la police. En ce qui concerne Lessines, ce que vous me racontez, André, est très intéressant et peut-être juste. Je vous demande de me mettre tout cela par écrit, de n'en parler à personne et de me remettre ce texte sous enveloppe directement. On ne prend jamais assez de précautions et tout cela est peut-être lié. Pour le moment, il ne faut pas rester à Paris. Puisqu'il semble que ces aspects féminins de la théologie sont concernés, essayez de continuer dans la même voie. Et quittez Paris dès que possible.

Que faire ? Hermine prit les choses en main :

- Je vais téléphoner à Leila, dit-elle, et toi André, puisque tu es le spécialiste de ces questions, je te charge de nous trouver un but de voyage dès demain. D'ailleurs, je vais te donner ce texte bizarre que j'avais trouvé dans une lettre chez la sage-femme et que j'avais oublié. Tu sais bien déchiffrer les messages secrets. Je te fais confiance.

Pour le moment, je ne pense pas qu'il soit utile de recontacter la guilde ou Lilith. Qu'en penses-tu ?
- Ordonne et j'obéis, répondit André d'un air résigné.

oOo

Chapitre 20

André avait peu dormi. Mais il ne fut pas peu fier de déclarer : « Je crois que j'ai compris quelques fragments de ce texte ».
Hermine repris du café et s'écria : «Je suis toute ouïe ».

- Eh bien dit André, je n'ai pas tout compris, mais quand même un peu. Mais il m'a fallu recourir à des dictionnaires. Pour commencer, la première ligne en allemand veut dire « les secrets dévoilés », ce qui est encourageant. Au-dessous, Tolle lege, ça c'est très facile pour un chrétien. Nous sommes à Milan au 4ème siècle et Augustin réside chez Amboise qui est l'évêque de la ville. Augustin n'est pas encore converti et encore moins saint. Il avait jusque-là mené une vie passablement dissipée à Carthage, conduisant sa mère Monique à un tel désespoir que l'Église en a fait une sainte. Imagine-toi qu'Augustin se promenait dans son jardin et il entendit des voix d'enfants répétant Tolle lege, ce qui veut dire « Prend ou attrape et lis » ! Il raconte bien dans ses Confessions combien il a été frappé par ces mots qui lui ont semblé d'abord être une sorte de comptine enfantine qu'il ne connaissait pas. Il n'arrivait pas à savoir s'il s'agissait de garçons ou de filles. Au fond, dans ce brouhaha, il a cru reconnaitre ces mots « Tolle lege », » Prends le livre sacré et lis » et il s'est converti. On se demande toujours si ces mots ont été réellement prononcés par un ange ou bien si Augustin a cru les interpréter comme il nous arrive souvent quand on croit reconnaitre des paroles dans toutes sortes de bruits parce que nous sommes programmés pour cela. Peut-être les enfants voulaient-ils dire simplement « attrape cette balle ! attrape cette balle ! » Nous ne saurons jamais. En tout cas, il insiste bien sur le fait qu'il n'a pas reconnu si c'était des garçons ou des filles. Ici, « puer aut puella » ? On peut en penser ce que l'on veut, mais il est tentant de rapprocher cela de ce

que nous avons vu à Lessines à propos du sexe de Jésus. Masculin ou féminin ou les deux ?
Sautons à « Ich bin ein op Schwester ... » cela veut dire, « je suis une infirmière de bloc opératoire et j'aime les hommes ouverts », sans doute avec les deux significations de « ouverts ». Pour nous simplifier la vie, disons pour le moment que cela nous ramène aux sœurs hospitalières comme dans l'hôpital de Lessines, avec peut-être un peu d'ironie pour ces hommes malades que l'on tient à sa merci. Toutes les sœurs n'étaient sans-doute pas aussi généreuses et admirables que l'on pense et certaines étaient peut-être un peu sadiques. J'invente peut-être. Je ne sais pas.
Mais j'ai dû passer plus de temps sur Porter et start. Que veut dire Porter ? Simplement porter en français comme dans porter quelque chose ? C'est possible. Les dictionnaires nous disent aussi que « porter » existe dans beaucoup d'expressions : prêt à porter, porter son âge, porter à la scène, porter la barbe. En Anglais, c'est un porteur ou bien une bière brune forte. Tout cela n'aide pas beaucoup. Mais si on passe aux noms propres, Porter est très rare en France et par contre, très commun en anglais. Il est dérivé du mot français portier et désigne donc un métier d'ouvreur, de portier, etc. Par exemple en 1840, il y avait 450 familles Porter à New York et 7 fois plus pour tous les USA. En 1920, il y avait 1500 familles Porter à New York et au moins 15 fois plus pour tout le pays. C'était surtout des paysans, des femmes de ménage. Ils vivaient en moyenne 34 ans en 1940 contre 74 maintenant. Tout cela ne nous aide pas plus. C'est alors que je me suis assoupi et que j'ai rêvassé. Je ne sais pas combien de temps. Mais à force de me dire Porter, Porter, j'ai eu une épiphanie, un éblouissement, une illumination ! Tu vois que cela sert, d'être chrétien ! Et j'ai eu une vision musico-historico-cinématographique : Bien sûr: Cole Porter ! Tu sais, il est né en 1891, il a passé beaucoup de temps en France et s'est même engagé dans la légion étrangère pendant la première guerre. Il a épousé une très belle riche américaine plus âgée que lui de sept ans et ils ont vécu à Paris rue Monsieur à côté de Pierre Teilhard de Chardin. Tout cela ne l'a pas empêché d'être un homosexuel reconnu. Mais je m'égare. Start veut dire commencer en anglais, comme l'autre

verbe begin, et là cela devient évident : porter ou start, tout seuls, cela ne veut rien dire mais ensemble, c'est forcément la chanson « begin the béguine », de qui ? de C ole Porter, bien sûr. Ouf !
Mais, béguine ça nous ramène à la Flandre et aux religieuses. C'est là où il faut aller pour commencer ! Allons visiter les béguinages. Inutile de te dire que je n'ai pas eu le temps de travailler sur le reste du texte.

- André, dit Hermine, non seulement tu es parfait, mais tu as aussi énormément d'imagination et ton catholicisme te sert beaucoup.
- Tu sais, répondit humblement André, c'est quand même la voie et la vie.
- Je vais quand même prévenir Lilith. J'ai son adresse email. Je vais un peu lui raconter ce qui nous arrive. Tu sais qu'elle m'avait conseillé de m'intéresser aux relations entre la religion catholique et le féminisme.

Au cours de la nuit, la réponse de Lilith arriva :

- Vous avez raison et c'est une bonne voie d'entrée. Soyez très prudents, à tous moments. On attire l'attention quand on se rapproche du but. Si vous allez à Bruges, passez au petit magasin de souvenirs Geldmuntstr, près de Eiermarkt. On vous attendra. Retenez cela par cœur. N'écrivez rien et supprimez ce message tout de suite. L.

Hermine décida de ne rien dire à André.

Dès le lendemain, André et Hermine reprirent la route pour les Flandres.

- Je te propose, dit Hermine, de visiter quelques béguinages et d'aviser sur place. Je ne crois pas qu'il y ait beaucoup de béguinages en activité. Nous verrons bien. Prenons notre temps. Pendant que tu conduis, je vais lire ces guides. Mais en gros, allons en Belgique.
- Un pays que je n'aurais jamais autant visité, répondit André. Je ne savais pas que c'était le centre de la théologie féminine.

- Tu n'es qu'un latin macho ! Avec tous tes papes et tes cardinaux.
- Mais ils sont tous habillés de robes !
- Mais comme tu pourrais le dire, l'habit ne fait pas la nonne !
- J'abandonne. Tiens, j'ai l'impression qu'on nous suit. Une grosse BMW.
- Depuis quand ?
- Quelques kilomètres.
- Le mieux est de s'arrêter dans une station-service et de voir ce qui se passe. Qu'en penses-tu ?
- Tu as raison, comme d'habitude, répondit-il en soupirant.

Ils s'arrêtèrent pour s'installer un moment dans la prochaine station-service en surveillant bien les voitures qui allaient s'arrêter comme eux. Pas une ! Etait-ce une fausse alerte ? Ils prirent de l'essence pour s'en assurer. Rien. Il fallut bien reprendre la route. Hermine, le guide à la main, décida qu'il fallait visiter au moins deux ou trois béguinages : pour commencer, Louvain, et ensuite Bruges, et après, on verrait.

Puis elle résuma ce qu'il fallait savoir sur les béguines.

- Des femmes, célibataires ou veuves, qui se réunissent eu communauté laïque, sans faire de vœux. Elles habitaient de petites maisons regroupées en béguinages. On prétend que le temps des croisades a entrainé une sorte de surpopulation féminine remplissant les couvents. Il fallait trouver autre chose. C'est un prêtre Laurent Beggh qui a créé la première communauté à Liège en 1173. Et depuis les béguinages se sont multipliés en Flandre, en Rhénanie et dans tout le nord de l'Europe. Tiens, c'est à cette époque, en 1242 qu'on a fondé l'Hôpital à la Rose avec les sœurs augustines. A l'inverse, comme elles n'avaient fait aucun vœu, les béguines étaient libres de leur mouvement, indépendantes de toute autorité religieuse. Beaucoup travaillaient dans des ateliers de tissage, de poterie, de copie de livres. Certaines étaient très instruites. Mais les corporations d'artisans sont jalouses de leur compétition. Parfois, on leur a confisqué leur métier à tisser. Les autorités religieuses s'inquiètent de leur indépendance. Le concile de Vienne en 1311 met fin à leur activité partout, sauf en Flandre où curieusement une bulle papale en 1319 les autorise à continuer leur vie autonome, peut-être parce qu'elles ont renoncé à leur radicalisme, dit-on. En tout cas, on trouve des béguinages surtout en Flandre et cette institution s'est lentement éteinte au fil des siècles. Tout cela, c'est le bon côté des béguines. Mais il y aussi un aspect différent, très intéressant, mais tiens, nous sommes arrivés à Louvain. On en parlera plus tard.

Louvain est une jolie ville universitaire. Mais c'est surtout le plus bel hôtel de ville du monde, qui laisse loin derrière celui de Bruxelles. Bâti au XVème siècle, en style gothique flamboyant, il est à la fois imposant avec ses six tours et charmant. Haut d'au moins trois étages, flanqué de multiples saillies et de niches, on mettrait un temps fou à le dessiner. En fait, il écrase la ville. Oui, on peut visiter la Cathédrale, les locaux universitaires, mais on reste sous le charme de l'hôtel de ville.

Hermine et André durent se secouer pour se décider à aller visiter les béguinages. Mais en quittant la place de l'hôtel de ville, ils remarquèrent une voiture garée qui les intrigua : c'était une BMW, apparemment la même que celle qui les avait suivis.

- Laisse-moi faire, dit Hermine et elle appela Leila. Elle lui expliqua cette situation bizarre et lui demanda son avis.
- Donne-moi le numéro de la voiture, répondit Leila et donne-moi cinq minutes. Je te rappelle.

Ils firent encore un petit tour de la place en guettant qui pouvait venir reprendre cette voiture quand le téléphone sonna.

- Hermine, dit Leila, ce n'est pas une voiture volée, mais une voiture normale qui appartient, laisse-moi voir, à un monsieur Rodin. Attend, il y a petit signalement attaché. Ce serait un ex-jésuite et il aurait eu des problèmes financiers il y a très longtemps, qui sont sans doute oubliés maintenant. Je n'en sais pas plus. C'est peut-être une coïncidence.

- Allons, dit André, on a suffisamment de soucis comme cela. On ne va pas se mettre à soupçonner un jésuite. On n'est plus au XIXème siècle. Je te propose de continuer notre visite des béguinages. Il y en a deux, le petit et le grand. Commençons par le grand.

Le grand, au sud de la ville, comptaient plus de 300 béguines au XVème siècle et a décliné depuis le XVIIIème siècle. Ses petites maisons ont été récupérées par l'Université qui les propose à ses professeurs et ses étudiants. En se promenant dans les différentes rues de cet ensemble, Hermine et André purent admirer de jolies maisons à pignons avec de nombreux bas-reliefs représentant la vie du Christ.

Mais, le tout était trop bien propre, trop bien arrangé pour stimuler l'imagination et encore moins donner des signes d'une activité que l'on qualifierait de féministe. Seul l'inscription au-dessus du fronton de la maison « Cas Van Waver » attira un moment leur attention :

VAN PEST OORLOG EN DIEREN TYT VERLOST ONS
MARIA VAN PXS

Était-ce un message codé qui a traversé les siècles ? Non, l'inscription adjacente le traduisait ainsi:

Notre-Dame de la Paix, délivre-nous des temps de peste, de guerres et de bêtes sauvages.

Néanmoins, André prit des photographies. Car être délivré de la peste ou des guerres, c'est normal, mais pourquoi les bêtes, car dieren veut dire simplement bêtes et non bêtes sauvages. A-t-on peur des bêtes dans un béguinage ? Y-a-t-il une autre signification cachée ? La voyelle la plus fréquente est le O. Oui, mais c'est du flamand et c'est normal. Et Waver, c'est simplement la ville de Wavre, toute proche.

Ils revinrent en arrière pour mieux examiner les bas-reliefs : aucun ne prêtait à confusion : toutes les représentations du Christ étaient bien orthodoxes, sans ambiguïté sexuelle. Ils s'apprêter à s'éloigner quand un homme s'approcha d'eux. Âgé d'environ soixante ans, habillé assez pauvrement de vêtements qui semblaient râpés, avec des gros souliers à bouts ronds et usés, le teint un peu blafard, un visage maigre, un nez pointu, un menton pointu, mais l'œil très vif : il ne pouvait pas passer inaperçu. Il leur adressa rapidement la parole :

- Je vois que vous êtes français, dit-il. Ah, ces bas-reliefs sont merveilleux et tellement typiques de l'époque. Vous savez, il y a toujours plusieurs significations à ce que nous voyons. Par exemple, ici, on peut interpréter ces bas-reliefs de plusieurs manières. Il y a la signification directe, évidente, la simple illustration d'une scène de la vie du Christ. Et puis, on peut y ajouter des détails qui reflètent l'époque où ils ont été sculptés, par exemple les vêtements ou les outils ou les attitudes. Et puis il y le sens symbolique. Tenez, dans cette scène avec les pêcheurs du lac de Galilée, on veut dire que le christianisme va à la pêche des âmes alors que le judaïsme se contentait de garder ses troupeaux. D'ailleurs, les Hébreux avaient horreur de la mer. Souvenez-vous il a fallu ouvrir la Mer Rouge pour qu'ils puissent s'enfuir d'Égypte. L'histoire de Jonas montre bien que la mer était pour eux pleine de monstres. Au fond, la seule navigation réussie dans l'Ancien Testament est l'arrivée de Moïse dans son berceau sur le Nil. Les chrétiens, eux, n'ont jamais eu peur de l'eau, vous pensez au baptême bien sûr. Mais je pense aussi aux voyages de Paul, qui n'a jamais eu peur des tempêtes. Et enfin, il y a le sens caché, secret, que seuls les initiés connaissent et qui se transmet de génération en génération. Mais je m'égare, je parle trop, je vous ennuie.
- Mais non, répondit Hermine. Pensez-vous que ces bas-reliefs contiennent des messages secrets ?
- Ah ! Les secrets sont souvent en nous-mêmes et les images ne servent qu'à nous aider à mieux les discerner.
- Mais vous avez dit qu'il y a des initiés.
- Il faut que je rentre. Ce sera peut-être pour une autre fois ?

André et Hermine se regardaient un peu interloqués, quand André s'écria :

- Eh bien ça alors ! Il monte dans la BMW ! Pour quelqu'un qui semblait un peu miteux…
- Il a peut-être emprunté la voiture de son évêque. En tout cas, c'est curieux. Si j'en crois Leila, et si c'est bien sa voiture, il est ou a été jésuite. Mais surtout, pourquoi nous aurait-il suivis ? Est-ce toujours une coïncidence ?
- Et puis surtout, dit André, il avait rudement envie de nous parler. Comme s'il voulait nous apprendre quelque chose
- Ou bien nous mettre en garde.
- Et il a semblé dire qu'il nous reverrait.
- André, tu crois qu'il faut s'inquiéter ?
- Je ne sais pas. Mais les jésuites sont très intelligents et ils savent beaucoup de choses.
- Alors, là, tu m'inquiètes vraiment.
- Allons voir l'autre béguinage et on prendra un bon souper.

Il faut traverser la ville pour aller au petit béguinage qui est au nord. Il est décevant comparé au grand béguinage : deux petites rues et quelques maisons en brique, relativement récentes, des XVII et XVIIIème siècles. Ces maisons sont maintenant habitées par des particuliers. Elles portent parfois des noms évocateurs, Sint Lucia, Sint Peter, Sint Job, et parfois, quelques dates gravées. Rien qui donne envie de découvrir un secret mystérieux.

C'est trop propre. Ils décidèrent qu'il était grand temps de souper. Pendant le souper, et en prenant toutes sortes de précautions pour ne pas trop l'alarmer, Hermine fit part à André de ce que lui avait écrit Lilith. Ils décidèrent de faire encore plus attention à des dangers qu'ils ne pouvaient pas prévoir. Mais cette décision ne les rassura qu'à moitié. Ils avaient l'impression qu'il y avait déjà un peu trop de coïncidences dans leur vie. Leur vie était-elle tellement importante pour qu'on s'y intéressât ? André décida de parler d'autres choses, et par exemple de son séjour en Italie. L'art, les musées, les restaurants, les églises, les couvents où l'on pouvait loger pour pas cher, les fontaines de Rome. Ils se sentirent rassérénés et oublièrent un peu le présent.

oOo

Chapitre 21

Le cardinal était dans son fauteuil. Il ne somnolait pas, il rêvassait en pensant aux Confessions de Saint Augustin.

N'avait-il pas écrit :

Amabam amare et amans amare quid amarem quaerebam.

J'aimais aimer et aimant aimer, je cherchais un but à mon amour.

Quelle justesse psychologique ! Personne n'avait pensé comme cela auparavant. Le plaisir qu'il y a à aimer ! Augustin cherchait un but à son amour pour simplement jouir du plaisir d'aimer. Le but n'est qu'un moyen ! Comme Saint Thomas d'Aquin a tort quand il dit qu'aimer, c'est vouloir du bien à quelqu'un.

Amare est velle alicui bonum.

Non, c'est beaucoup plus égoïste. Aimer, c'est vouloir son propre bien.

Mais ai-je le droit de dire cela ? Je dérape peut-être. Et pourtant … Je me souviens. Amare… Amare…

Allons. Des choses importantes nous attendent. Il faut nous endurcir.

Il avait une ligne téléphonique sécurisée, mais il se méfiait quand même, et sa conversation, même d'apparence anodine, pouvait être piratée. Il préféra envoyer un message par internet sur un site d'échanges catholiques. Son message était court mais suffisant. « Ordonne et j'obéirai ».

Trois heures plus tard, la réponse arriva et il se précipita pour la copier, car il savait que le message allait disparaître au bout de cinq minutes. Il transcrivit : « NDSMD » et ne put s'empêcher de sourire. Fouillant dans sa poche, il récupéra une médaille qui ne l'avait jamais quitté depuis son ordination. Il vérifia que, comme d'habitude, son correspondant utilisait les lettres gravées sur la fameuse médaille de Saint Benoît pour tranmettre ses ordres.

NDSMD, ce qui signifiait bien sûr :

Non Draco Sit Mihi Dux

Que le dragon ne soit pas mon guide

Là, le message était clair. Il savait quoi faire et prit un rendez-vous apparemment anodin par téléphone.

Herbert était perplexe. Les informations qu'il recevait étaient de deux sources : des espions et des informateurs plus ou moins fiables, ou bien des statistiques sur la fréquence de certains mots dans un recueil systématiques de données circulant sur internet. Et ces données étaient encore moins fiables ; il fallait les interpréter en fonction du contexte. Un match de football, un pèlerinage, le mariage d'une diva, une élection disputée, tout pouvait influencer profondément la fréquence de ces données. Il recevait maintenant de plus en plus de notes confidentielles ou de rapports encore plus sibyllins sur ce centre mystérieux de Lessines, en Belgique. On signalait une activité particulière dans les communications chiffrées qui étaient échangées avec plusieurs sites qui lui avaient été signalés comme à surveiller.

Mais il n'y avait pas que Lessines. La Belgique semblait devenir un foyer nouveau de ce qu'il appelait une sorte d'agitation intellectuelle. On parlait de plus en plus d'art ; on s'intéressait à des mystiques du Moyen Âge, surtout on parlait des femmes et de leurs problèmes. Mais quel sens fallait-il donner à ce fatras de données? Fallait-il prendre les informations qu'il recevait à leur valeur faciale ou bien fallait-il y voir des messages apparemment anodins, mais codés et beaucoup plus dangereux ? Il prit son téléphone en soupirant.

oOo

Chapitre 22

Il y a 140 kilomètres entre Louvain et Bruges. La route est droite. On contourne Bruxelles, on évite Gand et on file sur Bruges. Après avoir passé Bruxelles, André se sentit rassuré et se mit à siffloter en conduisant plus lentement, bien à droite pour ne gêner personne. C'est alors qu'une grosse Mercedes qu'il voyait grossir depuis quelques minutes dans son rétroviseur les doubla en vrombissant et freina brutalement devant eux. André freina brutalement en jurant grossièrement. La Mercedes repartit rapidement mais de nouveau freina aussi brutalement devant leur voiture. Cette fois-ci, André dut se rabattre sur la voie d'arrêt d'urgence et s'arrêta. Que leur voulait-on ? Il resta arrêté pendant une dizaine de minutes, laissant suffisamment de voitures les dépasser pour espérer pouvoir se noyer maintenant dans cette file de voitures et ne plus être reconnu. Il repartit tout doucement pendant que Hermine, étudiant la carte, essayait de voir quelle était la prochaine sortie. Pas avant 15 kilomètres. Pas de station-service non plus. Il fallait continuer. André ne voyait rien de spécial dans les voitures devant lui, des grosses SUV, des Japonaises, des Audi, une Volvo. L'idéal, dit-il, serait de se réfugier derrière un bon vieux camping-car, bien lent, et de ne plus le lâcher. Ce serait la meilleure protection. Il avisa de loin grand camion transportant un énorme container et accéléra pour se ranger derrière lui. Il voyait dans le rétroviseur une Mercedes tenter de les rattraper. Une couleur différente, sans doute sans danger. Mais, une fois de plus, cette Mercedes accéléra, les dépassa et brutalement, de nouveau, freina devant eux. André freina encore plus fort, puis accéléra de nouveau pour dépasser cette fois la Mercedes. Au moment où il dépassait la Mercedes et le camion, celui-ci freina à son tour brutalement. Ils ne purent qu'entendre le bruit énorme de la Mercedes venant s'encastrer dans le container.

Ils n'eurent aucune envie de s'arrêter pour voir les dégâts de cette collision qui ne les concernait plus. Mais plus loin, une station-service leur permis de reprendre leurs esprits. Cela devenait grave ; on voulait les empêcher de rejoindre Bruges, en provoquant un accident, éventuellement mortel. André bredouilla une petite prière et sortit la croix qu'il avait entre pull et chemise.

- Eh bien ça, alors, dit-il. Hermine, regarde !

À l'angle du crucifix, se trouvait une petite pastille brune, de la taille d'une lentille, de mauvais aloi. Hermine faillit se trouver mal, et se reprit lentement.

- On nous trace avec cela. On nous écoute peut-être même. Voilà pourquoi on nous suit si facilement. Laisse-moi voir ce que j'ai dans mon sac. Et pendant ce temps, va aux toilettes et regarde bien si tu n'as rien de plus sur toi ou quelque part dans tes vêtements.

Quand il revint, il s'écrasa sur sa chaise en disant qu'il n'avait apparemment rien de plus.

- Quant à moi, dit Hermine, regarde ce que j'ai trouvé au fond du capuchon de mon rouge à lèvre : la même petite pastille. Heureusement que je peux téléphoner à Leila. Mais faut-il le faire ? Elle est peut-être aussi écoutée. Je crois que je vais juste lui laisser un petit message lui demandant de me rappeler ce soir.
- Un message banal, dit André. Il vaut mieux qu'ils ne sachent pas que nous avons trouvé ces trucs.
- En attendant, qu'est-ce qu'on fait ? Dans les romans, on dépose délicatement ces machins dans une autre voiture et on s'en va sur la pointe des pieds.
- Et ça marche ?
- On gagne quelques heures, mais c'est dans les romans. Quand tu penses qu'ils avaient prévu deux voitures pour être sûr de nous coincer. Mais, merci mon Dieu, encore une fois, tu as été magnifique de sang-froid.
-Je vois avec plaisir que les émotions te rendent croyante.
-Je ne réponds pas. Sortons voir ce qu'il y a comme voitures dehors.

Ils trouvèrent un grand car transportant de respectables anglaises, arrêté pour permettre à ces dames de visiter le « Powder room », quand on ne veut pas dire le « Loo », trop vulgaire. Hermine s'approcha du chauffeur pour lui demander d'où ils venaient et s'il n'avait pas eu de problème sur la route.

- Ah oui, répondit–il, il y a un gros accident sur la route et la circulation est bien bloquée pour une ou deux heures. Il y sans doute des blessés dans la voiture qui suivait le camion.

En partant, Hermine s'accrocha à la porte du bus et déposa dans le petit renfoncement sous la poignée, les deux petits trucs.

- Eh bien, dit-elle, ils vont entendre parler anglais pendant quelques heures. Je te propose de continuer, si tu en as la force.
- Dieu est mon soutien, mais j'ai l'impression que je lui demande beaucoup en ce moment. A propos, as-tu demandé si le bus allait aussi à Bruges ?
- Merde ! dit-elle. J'ai oublié.

oOo

Chapitre 23

Nostromo avait donné rendez-vous au square du petit Sablon, pas loin de son magasin. Il attendait sur un banc, en face de la statue d'Egmont. Un rendez-vous dans un jardin public est anodin. On ne peut pas être entendu, photographié peut-être. C'est ce qu'avait envisagé son visiteur qui arriva vêtu d'une grosse houppelande et couvert d'une casquette qui laissait échapper de si grosses boucles de cheveux qu'on pouvait se demander si elles étaient bien réelles.

- Vois-tu, dit Nostromo, ce qu'on me demande est très spécial et très précis. Il s'agit de faire un vrai tableau, un tableau dont l'authenticité ne puisse faire aucun doute. Par certains côtés, c'est relativement facile. Il s'agit de *la Lamentation autour de la dépouille du Christ* qui se trouve à l'Hôpital Notre Dame à la Rose à Lessines. Ce tableau est une copie d'un tableau maintenant disparu de Stradanus, en fait Jan van der Straet (1523-1605). Il y a à la Bibliothèque Royale une gravure de ce premier tableau par Raphaël Stadeler. Tu iras voir tout cela. L'idée est la suivante : il faut faire le tableau original de van der Straet. Il doit être parfait : bois, peinture, vernis, etc. C'est pourquoi je t'ai indiqué que le plus urgent était de trouver des vieilles croutes de l'époque avec une dendrochronologie parfaite pour qu'il n'y ait aucun problème.
- J'ai déjà deux ou trois pistes intéressantes.
- Fais attention en grattant la peinture ; il ne faudrait pas retrouver au-dessous une sous-couche moderne. Il ne faut pas, si tu dois scier ou limer le bois, que les traits de scie évoquent un instrument moderne. De même en grattant. Les peintures de tes croutes doivent être les plus anciennes possible, pour que le fond soit parfait. De même pour la nouvelle peinture.
- Ne t'inquiète pas. Je ne vais pas mettre de l'acrylique.

- Ça ne me fait pas rire. Je suis très sérieux. Coups de pinceau, style, vernis, il faut que ce soit du vrai van der Straet. Bon, ensuite, il faudra vieillir le tableau. Ça, tu sais faire. Même l'abimer un peu. Ensuite, il faudra le cacher, dans un endroit à trouver, une ruine d'une vieille masure, d'une chapelle abandonnée, je ne sais pas. Il faudra avoir de l'imagination. Enfin, il faudra le redécouvrir avec toutes les précautions habituelles sur le plan psychologique, c'est-à-dire nier qu'il s'agit du vrai van der Straet et laisser les autres experts l'affirmer. Enfin, mes commanditaires l'achèteront publiquement et notre boulot sera fini. Tu te doutes que si ça marche, nous aurons fait le plus beau coup de notre vie financièrement. Tu pourras prendre ta retraite, je t'assure. Un dernier mot, secret le plus absolu. Pour me tenir au courant, il faudra à chaque fois un rendez-vous différent. Nous ne communiquerons que par des burners à changer à chaque fois. On ne doit absolument pas découvrir que nous nous sommes vus dans l'année qui précède la découverte de l'objet. Tiens, on parlera désormais de l'objet et non du tableau. D'accord
- Tu me connais. Ce n'est pas la première fois même si, cette fois-ci, ça doit être du grand art. Je suis une tombe.
- Pas tout de suite. Finissons d'abord.

oOo

Chapitre 24

On arrive facilement en voiture à Bruges par le sud de la ville et on passe les canaux pour pénétrer dans la vieille ville. Mais trouver là un emplacement pour garer sa voiture relève du miracle. Et André dut ressortir de la vieille ville pour trouver un emplacement dans un parking non encore plein.

- Au fond, dit-il, c'est mieux, notre voiture est moins visible.
- Tu as raison. Commençons par le béguinage qui est à deux pas et ensuite, je t'emmènerai faire une course dont je ne t'ai pas parlé encore.
- On me cache tout.
- Mais c'est pour que tu aies moins de soucis.
- Quand je pense que je devais faire un reportage en photos sur le Bec Hellouin. J'aurais été si tranquille.
- Allons ! je suis sûre que tu te serais ennuyé !

Le béguinage de Bruges est le plus beau. On dit qu'il a été toujours protégé par les rois, les nobles et même certains évêques. Et les béguines étaient très souvent d'origine aristocratique. On comprend facilement pourquoi les béguinages ont été conservés en Flandre alors qu'ils ont été vite interdits ailleurs. On a vite distingué les béguines choristes, seules habilitées à chanter car il fallait savoir un peu de latin, les plus riches, et les autres béguines communes, les plus pauvres. Les choristes avaient leur propre maison et pouvaient s'absenter comme elles voulaient. Aucun vœu astreignant . Les visites masculines étaient autorisées jusqu'à 19 heures.

Entouré d'un enclos, c'est un îlot de paix, avec une église, un couvent, une trentaine de maisons peintes en blanc autour d'une grande place gazonnée. Hermine et André se promenèrent lentement en longeant les maisons dans la place et dans la ruelle De Streert. Beaucoup a été refait récemment et on a parfois du mal à se retrouver dans une ambiance moyenâgeuse, avec ces réverbères en fer forgé placés à intervalles réguliers. Ils examinèrent en détail l'église Sainte Élisabeth, avec ses deux statues du XIIIème siècle, Notre-Dame-de-la-Vigne et Notre-Dame-de-Spermalie, toutes deux abondamment restaurées. Tout le reste remonte à des périodes ultérieures. Ils n'y trouvèrent ni signification seconde ni sens caché. Ils étaient déçus, mais le calme du lieu les avait réconfortés.

En sortant, ils s'arrêtèrent dans une petite boutique de souvenirs pour voir s'ils n'étaient pas passées à côté de quelque chose de mystérieux. Non rien de spécial. Si, quand même. Hermine fut attirée par une petite broche genre pin, qu'elle trouva originale, une petite broche représentant une petite hache curieuse, à deux tranchants opposés. Elle l'accrocha tout de suite à son pull.

- Zut de zut ! dit-elle, j'ai oublié le nom de la rue où nous devons aller. Il y a une histoire d'omelette et puis, je ne sais plus.
- Tu plaisantes ?
- Mais non, je t'assure. C'est très important. J'avais tout raconté à Lilith et elle m'a fortement conseillé d'avoir voir cette boutique de souvenirs. Il y en a tellement ici que je ne sais pas comment faire.
- Allons dans le centre-ville. Tu te rappelleras quand on passera devant la rue. Ça reviendra, tu es jeune.
- Tu as raison, comme toujours. Je te suis.

Déambuler dans la vieille ville est très agréable. Contrairement à sa réputation littéraire, Bruges n'est pas morte ; la ville est très animée, pleine de boutiques et de restaurants. Mais s'astreindre à lire tous les noms de rues fait un peu bizarre. Ce qui l'était aussi, c'était les quelques gentils sourires qu'on lui adressait parfois, comme si Hermine était une personnalité connue. Une dame très élégante la regarda avec insistance pendant quelques minutes et vint ensuite lui glisser une carte de visite dans les mains. Ils se dirigèrent vers la poste sur la place du marché. Cela ne lui rappelait rien. Ils entrèrent dans le bureau de poste faute d'avoir vu l'office de tourisme et demandèrent sii l y avait une rue avec un nom d'omelette. On les regarda curieusement. Eux, qui voulaient passer inaperçus, c'était loupé. Et soudain, une postière s'écria qu'il y avait un marché aux œufs. Est-ce que cela pouvait faire l'affaire ? On n'a rien de mieux à proposer. Hermine se confondit en excuses et en remerciements chaleureux. Le marché aux œufs était tout près. Et là, elle se souvint de la petite rue Geld quelque chose. C'était bien la rue Geldmundstraat.

Heureusement, il n'y avait qu'une seule boutique. Toute petite, peu visible, comme si elle voulait se cacher. La clochette tinta quand ils entrèrent et une femme apparut. D'un âge indéterminé, belle, sérieuse et triste. Elle leur adressa immédiatement la parole.

- Vous venez de la part de Lilith, n'est-ce-pas ? Je m'appelle Els, Elsa en plus court. Entrez dans l'arrière-boutique pendant que je ferme le magasin. On ne sera pas dérangé. Asseyez-vous et raconte-moi ce qui vous arrive. Nous avons tout notre temps.

Hermine, mise en confiance, lui raconta tout : l'Agence des amazones et ses problèmes, cette sage-femme et ses secrets, leur voyage à Lessines et ce sentiment d'être suivis avec cette panne de frein, et puis ce voyage pour visiter les béguinages avec ces tentatives d'accidents. Elle lui dit même qu'elle commençait à se passionner pour les secrets féminins et peut-être la sagesse propre aux femmes.

- Tout d'abord, répondit Els, enlevez vite cela si vous voulez passer inaperçue, et elle désignait la petite broche d'Hermine.
- Mais pourquoi ? Je viens de l'acheter.
- Vous ne savez pas ? C'est un labrys, une hache double qui vient de Crète. C'est le signe de ralliement des lesbiennes.
- Eh bien, je comprends maintenant pourquoi on a tenté deux ou trois fois de m'aborder en ville.
- Bon. Revenons aux choses plus urgentes. Vous avez bien fait de vous débarrasser de ces traceurs électroniques. Mais il est tout à fait possible qu'on vous suive toujours. Il faut que je vous dise que la période que nous vivons est très difficile, surtout en Europe et en Amérique. On n'en parle pas dans la presse parce que ce sont tou-

jours des petites choses, des mini-agressions, des mini-pannes de courant ou d'internet mais qui se répètent, des articles ou des messages qui tendent toujours à salir les femmes qui réussissent, des mesquineries ; je pourrais continuer cette énumération longtemps. On a l'impression que le but est de modifier l'état d'esprit général de la population en lui faisant admettre de plus en plus facilement que les femmes exagèrent, que les lesbiennes veulent prendre le pouvoir, qu'il faut être lesbienne pour réussir, que leur but est de se passer des hommes. La solution ? Il faut revenir à l'état ancien et remettre les femmes à leur place. Et pour cela, tout est bon. Sans vous affoler, telle est la situation. Prenez garde.
A propos, vous avez réservé des chambres pour ce soir à Bruges ? Regardez, je vous conseille de les annuler. Pour cet après-midi, je vous propose d'aller visiter le musée Groeninge et l'hôpital Saint Jean. Vous verrez, les Memling et les Van Eyck sont extraordinaires. Cela compensera pour la déception que vous avez eue avec notre Béguinage qui est un peu trop rénové. Dans les musées, vous serez à l'abri au milieu de la foule des visiteurs. Ne retournez pas voir votre voiture ; au contraire, donnez-moi les clés ; je m'en occupe ; revenez en fin d'après-midi, vers 18 heures, en vérifiant que vous n'êtes pas suivis. J'aurai réservé d'autres chambres dans un petit hôtel à côté. Vous savez que les petits hôtels sont beaucoup plus difficiles à pénétrer que les hôtels des grandes chaines. Nous souperons ensemble ici et je vous raconterai tout ce qu'il faut savoir sur les béguines et qu'on ne vous dit jamais. Tiens, à propos, vous savez que Lilith était une religieuse au Canada ? Son ordre a simplement fait faillite, leur comptable était un escroc. Eh bien, les autorités ecclésiastiques les ont délivrées de leur vœux et renvoyées à la rue sans les aider le moins du monde. Inutile de vous dire que Lilith a rapidement perdu la foi, dans les hommes encore plus que dans Dieu. Allez-vous promener. Je vous attendrai. Voici un numéro de téléphone pour me joindre. Inscrivez le dans votre carnet en deux ou trois petits bouts séparés, qu'on ne puisse pas voir de quoi il s'agit.
-Je ne sais comment vous remercier, dit Hermine. Mais vous m'inquiétez ; j'ai l'impression de me trouver pendant la seconde guerre mondiale, au milieu d'un circuit de résistants.

- Vous n'avez pas tort. Partez.

oOo

La Crète n'est pas la Grèce.

En venant en Crète, ne vous attendez pas à trouver de larges temples comme le Parthénon, ou de grandes statues de Dieux comme Zeus lançant la foudre, ou encore des représentations des aventures mythiques de tous ces héros masculins.

Non, la Crète était une île réservée aux femmes et elle a été détruite par la brutalité des hommes. Cela a commencé très tôt, quand Rhéa, lasse de voir son époux Cronos dévorer tous ses enfants, s'en fut accoucher de Zeus en Crète, donnant à son retour, à la place du petit Zeus, une pierre à avaler à Cronos. Il n'est pas étonnant que la déesse de l'accouchement, Ilithyie, soit originaire de Crète.

Non, la Crète, pendant la grande période de sa civilisation Minoenne (de – 2200 à -1400), a été couverte de Palais (Cnossos, Malla, Phaistos), magnifiquement décorés de fresques qui ne représentaient jamais des divinités, mais au contraire la nature avec des singes, des oiseaux, des dauphins, ou bien des jeunes gens charmants, jeunes hommes à taille fine ou jeunes filles souriantes comme la fameuse «Parisienne». Leurs déesses sont représentées par des figurines étonnantes : ce sont des femmes aux seins nus, élégantes, préfigurant nos femen, mais brandissant aussi des serpents dans chaque main, comme pour se moquer de l'histoire d'Ève. Elles sont doublement libres.

Le seul signe d'autorité que l'on trouve partout en Crète est la hache à double tranchant opposé, ou Labrys. On dit qu'elle a servi à la construction du labyrinthe. Il n'est pas étonnant non plus que le Labrys soit devenu le symbole des lesbiennes.

Cette civilisation s'est éteinte peut-être à la suite de l'éruption du volcan de l'ile de Théra. Mais il ne faut pas sous-estimer aussi l'invasion des Mycéniens du nord. On retrouve cette invasion dans la mythologie classique : Thésée, qui vient tuer le Minotaure, ne le fait qu'avec l'aide d'Ariane qui lui procure une épée et lui permet de sortir du labyrinthe grâce à son fil. Mais Thésée oublie ses promesses et l'abandonne à Naxos (« Ariane, ma sœur, de quel amour blessée … »), pour ensuite épouser qui ? Phèdre, la sœur d'Ariane. Phèdre, comme on le sait, venge sa sœur. Cette brute de Thésée, qui a causé la mort de son père Égée, de son fils Hippolyte et des deux sœurs crétoises, a été récupéré par le patriarcat athénien qui en a fait un sage et un roi.

La femme crétoise a été la dernière femme libre.

La globe-trotter solitaire.

oOo

Chapitre 25

Pierre Lesur avait décidé, comme il disait, de prendre quelques jours de repos. Cela voulait dire se concentrer sur son métier de libraire, s'immerger dans la littérature et ne plus penser au monde extérieur. Mais ce qui était encore, il y a peu, un divertissement agréable devenait une souffrance perpétuelle. Les goûts des lecteurs changeaient et ça l'agaçait. On ne lui demandait plus l'Éthique à Nicomaque ou l'Éthique de Spinoza, Non, on voulait Lesbian Ethics de Sarah Hoagland. On négligeait Schopenhauer, on oubliait Nietzsche. Kant ? Mais qui connaissait encore Kant ?

Non, on voulait, encore et toujours, le Deuxième Sexe de Simone de Beauvoir, on demandait The Feminine Mystique de Betty Friedan et en anglais encore ! Il devait interroger son écran à propos d'autrices, car il fallait dire « autrices » maintenant, aussi obscures, au moins pour lui, que Jane Rule, Kate Millett ou Germaine Greer. Ah ! si elles pouvaient devenir toutes des Female Eunuch, comme la vie serait plus simple !

Chaque jour, sa torture augmentait. Il avait beau voir des films de James Bond ou essayer de se passionner pour les épisodes de Star Wars, il avait le sentiment d'être englué dans une sorte de féminisation envahissante.

Il devait réagir. D'ailleurs, il le sentait bien. Les conseils lui revenaient plus insistants. Il fallait se libérer.

oOo

Chapitre 26

Quand on quitte Notre Dame, dans l'île de la Cité, pour explorer certains lieux moins touristiques, on peut encore trouver en cherchant bien quelques ruelles qui semblent avoir échapper au XXème siècle. C'est le cas de la rue du Milieu des Ursins, près de l'ancien port Saint Landry qui nourrissait l'île. Au milieu de cette ruelle, coincée entre deux bâtisses de construction médiocre qui illustrent l'après-guerre, on trouve, au numéro 11, une petite maison biscornue, haute de deux étages et large de quelques mètres, qui n'a pas changé depuis les années 1830. Une porte délavée, des fenêtres hautes et tristes, des murs jaunes et salis de quelques graffiti. C'est qu'habite Rodin.

L'intérieur est plus moderne : on y trouve des canapés, des meubles choisis, un bureau dans un coin avec des écrans, des imprimantes, une bibliothèque de livres modernes, et même dans un coin, un bar.

Rodin est soucieux. Tout ne marche pas comme il le voudrait ; les ordres sont difficiles à suivre. Il a perdu la trace de cette journaliste et de son compagnon qui sont peut-être moins naïfs qu'il ne semble. Le rapport que lui a envoyé Daniel à propose de Lessines est décourageant. L'hôpital est gardé comme une forteresse depuis les rénovations. Il n'a plus aucune nouvelle d'Alim. Il va s'enfoncer dans son fauteuil favori, près du bar, quand le téléphone sonne. Encore ! Que va-t-il bien pouvoir raconter ? Comment se justifier encore ? La lassitude le gagne, mais il faut décrocher ce combiné, car on sait qu'il est là.

oOo

Chapitre 27

Hermine et André revinrent des musées vers 18 h 00. Els avait l'air très soucieuse.

-J'ai entendu les informations à la radio, dit-elle. On a trouvé deux morts dans la Mercedes qui s'est écrasée contre le camion. Vous l'avez échappé belle, mais je suis sûre qu'on ne vous lâchera plus maintenant. Il va falloir vous rendre invisibles pendant un bon moment en espérant qu'on vous oubliera. Vous allez tout de suite enlever les piles de vos téléphones, ça les rend entièrement muets. Je vous ai acheté des burners, vous savez, ces téléphones qu'on ne peut pas tracer. Ils ont chacun des numéros différents. Utilisez-les au minimum et jetez-les au bout de trois-quatre jours. A l'hôtel, vous donnerez une fausse identité, ils sont d'accord. Ne téléphonez pas de l'hôtel. Demain, vers 8 heures, on viendra vous chercher. Et on vous amènera en France.
- Et notre voiture ?
-Je m'en occupe. Ensuite, prévenez Lilith et votre amie de la police en ne donnant aucun détail qui permettrait de vous localiser. Si besoin, vous les appellerez encore. Et puis, trouvez vite un endroit où vous cacher quelque temps.
- Eh bien, moi, je sais, dit André, je vais faire une retraite.
- Chez les trappistes, sans parler ? demanda Hermine.
-Je ne réponds pas.
- Tu vois, tu la commences déjà, ta retraite. Bon, pour moi, je crois que je vais me payer une thalassothérapie.
-Je vois que vous avez l'air d'être en forme. J'ai préparé à souper et je vous parlerai ensuite des béguines.

Après le repas, ils s'installèrent de nouveau dans l'arrière-boutique et Els reprit la parole.

- Je vais essayer d'abord de vous dire qui nous sommes. Dans le grand combat féministe, vous savez, la plupart des femmes ne sont pas des combattantes et on ne peut pas les critiquer. Les autres, celles qui luttent pour le succès du féminisme suivent des chemins très variés. Ça va depuis celles qui veulent l'égalité absolue avec les hommes et les radicales, lesbiennes ou non, qui veulent plus, ou plutôt qui découvrent que le combat ne se résout pas à obtenir des lois, et encore des lois, favorisant les femmes. Le patriarcat est toujours là et les progrès sont lents. Regardez où on en est encore pour l'égalité des salaires. Mais, toutes ces combattantes, je les appelle ainsi pour simplifier, appartiennent à des clans, des écoles de pensée, des groupes tellement divers qu'on s'y perd. C'est à la fois réjouissant et un peu triste.
Nous constituons un petit groupe à part. Nous n'apparaissons nulle part en tant que groupe organisé. Nous sommes une sorte d'armée secrète qui peut agir si la situation devient très grave, si les atteintes contre les féministes deviennent très violentes voire criminelles. Je dis exprès armée secrète parce que cela évoque bien sûr la résistance, en France comme ici en Belgique. Nous sommes organisées, nous avons des moyens d'action auxquels vous ne pensez pas. Nous sommes des sortes de cellules dormantes quand tout est relativement calme, mais nous sommes prêtes à agir s'il le faut. Et je dois dire que, depuis quelques mois les incidents, les agressions, voire les tentatives d'intimidation, comme pour vous, se multiplient. Je ne sais pas ce qu'il y a derrière. Un groupe ? Une confrérie ? Des religieux ? Des gens si riches qu'ils ont l'impression qu'ils dominent le monde ? Je ne sais pas. Lilith a bien fait de vous indiquer notre adresse ici. C'est notre responsabilité. Nous n'avons pas d'organisation centrale. Chaque groupe est autonome. Je ne connais que peu d'entre eux et je ne veux pas en connaitre plus.
- Et la guilde de Lille, qu'en pensez-vous ? demanda Hermine.
- Eh bien, justement, c'est un de ces groupes.
- Et le recrutement ? Je pense à la possibilité de noyautage, de trahison.

- Pour être recrutée, il faut à la fois avoir souffert et préférer l'action réelle aux paroles. Nous ne recrutons pas des femmes qui se contentent d'action symbolique. D'ailleurs, pour agir, il ne faut pas être très nombreux.

Parlons un peu des béguines maintenant si vous le voulez. Il faut se mettre dans l'ambiance du Moyen-Âge. Les femmes avaient très peu d'autonomie et celles qui savaient lire et écrire étaient très rare. Il y avait très peu de moyens de s'instruire en dehors de la religion. D'ailleurs, il faut savoir que la notion d'athéisme n'existait pas au Moyen-Âge. On pouvait se moquer des prêtres ou des moines, mais cela n'allait pas plus loin. Ça a été le génie de ces béguines de trouver une sorte de niche sociale qui leur donnait un peu de liberté. Elles ont dû inventer un habitat en commun qui ne soit pas un couvent, se faire respecter parce que c'était surtout des veuves, des célibataires, pauvres ou riches. Elles travaillaient et vivaient de leur travail. Elles étaient indépendantes et cela, sans avoir à prendre de vœux, ce qui est extraordinaire. Un ecclésiastique s'occupait d'elles, de loin. Évidemment, les autorités de l'église n'étaient pas contentes et ont réussi à faire interdire les béguinages partout en Europe, sauf en Flandre. Sans doute, l'une des raisons est que les béguines ici venaient de familles très riches et, avec l'appui de certains évêques, les béguinages ont pu persister sans problèmes au moins jusqu'au XVIIème siècle.
Mais qui étaient ces béguines ? On trouvait de tout. Des femmes religieuses très certainement. À l'inverse, certainement aussi des luronnes, pour parler gentiment, qui profitaient de cette vie libre au milieu de la cité et qui pouvaient recevoir qui elles voulaient. Il n'y a qu'à lire ce qu'en disent Villon ou Rutebeuf pour se faire une idée de la réputation qu'elles pouvaient avoir. Il y avait des femmes très pauvres que l'on recueillait. Enfin, il y avait des femmes suffisamment lettrées pour vivre de la copie de livres, ou alors suffisamment éduquées pour penser par elles-mêmes. Et c'est là où ça devient intéressant. Voilà des femmes qui pensaient, qui osaient penser par elles-mêmes et cela des siècles avant Kant! Est-ce que c'était des féministes avant la lettre ? Certainement!

Mais comme je vous l'ai dit, la notion d'athéisme n'existait pas et on pouvait penser seulement dans le cadre de la religion. Et voilà des béguines qui se sont mises à réfléchir sur les dogmes religieux, sur les pratiques, sur la relation entre Dieu, ou l'Église, et la femme. Certaines ont inventé une sorte de théologie plus féminine que celle proposée par les prêtres, tous des hommes par définition. D'autres se sont aventurées dans un mysticisme original. Elles ont écrit et parfois, elles ont publié ce qu'elles avaient écrit. Elles ont pris des risques qu'elles ont souvent payés très cher. Plusieurs ont été condamnées et brûlées par l'Église. Oui, il n'a pas eu que Jeanne d'Arc. On a brûlé vivantes des béguines qui avaient osé penser.

Je vais vous parler de ces deux béguines qui ont été brûlées. Elles étaient françaises, donc beaucoup moins protégées qu'ici.

Na Prous Boneta est née en 1296 et a vécu comme béguine avec sa sœur à Montpellier. Elle a de nombreuses visions du Christ et elle se convainc que le salut de l'humanité vient non pas du sacrifice de Jésus sur la Croix, mais de sa vie propre que l'on doit mener à l'imitation de Jésus. Cette doctrine était celle des Frères Mineurs franciscains et était très mal reçue par l'Église. Elle est arrêtée et passe devant un tribunal d'Inquisition en 1325. On a tout le détail des interrogatoires de cette pauvre fille mystique et inculte. Elle est emprisonnée pendant trois ans et finalement brûlée vive et en public en 1328, non pas à Montpellier de peur de révoltes populaires, mais à Carcassonne. Est-ce qu'un jour, l'Église en fera une Sainte ?

À peu près au même moment, c'est l'histoire de Marguerite Porete. Elle est de Valenciennes mais on sait très peu de choses d'elle, si ce n'est qu'elle a publié et même disséminé un livre de mystique, *le Miroir des simples âmes anéanties*, où elle défend l'idée que l'âme touchée par Dieu peut se passer des sacrements. Ce rejet de l'Église comme institution était partagé par ceux qui professaient le Libre-Esprit. Attention, cela n'a rien à voir avec les Libres-Penseurs de nos jours. Le Libre-Esprit, cela veut dire que l'esprit est libéré de tout superflu pour laisser toute la place à Dieu. Les autorités religieuses déclarent que tout cela est une hérésie et après un procès qu'inquisition, elle est brûlée en public avec son livre en 1310, Place de Grève à Paris. Quand on pense que Maître Eckhart, exactement à la

même époque, a prêché la même mystique que Marguerite Porete, là aussi, on peut se demander quand l'Église consentira aussi à en faire une Sainte.
Il faut citer d'autres béguines qui ont échappé au pire : On peut mettre sur le même plan deux béguines qui ont aussi vécu au XII-Ième siècle : Hadewijch d'Anvers et Mechthild (en français, Mathilde) de Magdebourg. Toutes deux ont été des mystiques prônant l'union avec Dieu, toutes deux ont critiqué des autorités religieuses, toutes deux ont laissé beaucoup d'écrits, toutes deux ont été persécutées. Hadewijch a dû quitter son béguinage. Mechthild a dû fuir se réfugier au monastère de Helfta. Une troisième béguine mystique, Heilwige Bloemart à la même époque, était adepte du Libre-Esprit et n'a pu d'échapper à l'inquisition que parce que sa famille appartenait au fameux clan des Lignages de Bruxelles, c'est à dire des plus nobles et influents du pays. Ça ne l'a pas empêchée de subir de violentes attaques de Jan van Ruysbroeck qui était chapelain de Sainte Gudule. Il a été malheureusement rendu célèbre sous le nom d'admirable par ce piteux Maeterlinck.
Tout cela est bien triste et pas à l'avantage de l'Église qui n'a pas fait grand-chose pour les reconnaitre et les honorer. Mais les béguinages ont permis un esprit d'indépendance par rapport aux autorités, toutes masculines bien sûr, et les béguines ont constitué le premier mouvement de femmes, sans le mot « libération » qui n'aurait pas eu beaucoup de sens à l'époque. On peut retrouver chez elles, ce que tu recherches, Hermine, ce souci de se distinguer des hommes et de maintenir l'idée d'une sagesse féminine.
Tiens, si vous voulez savoir ce qu'est la sagesse des hommes, allez à Amsterdam. Il y a près de la gare un énorme fronton, long de 100 mètres, avec une inscription en lettres de 3 mètres de haut :

Homo Sapiens non urinat in Ventum.
L'homme sage ne pisse pas contre le vent.

Voilà toute la sagesse de l'homme. Ça ne dépasse pas le pénis.

oOo

Chapitre 28

Ils descendirent dans le hall de l'hôtel dès 7h30 et donnèrent un coup d'œil dans la rue. Très peu d'animation. Personne encore dans la rue. Aucune voiture en attente. Un gros camion de dépannage bizarre devant la porte de l'hôtel. Une tête blonde d'une très jeune fille passa par la portière.

- Montez vite, dit-elle.
- Et notre voiture ? demanda André
- Elle est derrière, sous une bâche. Allez, vite. Et vous me direz où vous voulez aller.
- Eh bien, le plus proche est Lille. Je ne sais pas comment vous remercier. Vous êtes très efficace.
- Et en plus, je ne pense pas qu'on recherche un camion de dépannage. Allez, vous pouvez respirer. En avant ! Tenez-vous bien.
- Dites-moi, vous faites cela comme métier ?
- Non c'est mon père qui est dépanneur. Mais parfois il faut bien aider.
- Et ce que vous faites ?
- Je vends des timbres à la poste. On rencontre beaucoup de gens et on se fait une opinion.
- Je vous félicite. Vous avez du courage
- Pour le moment, ça m'amuse, tant que ce n'est pas trop grave. On verra.

Ils arrivèrent vers 10 h à Lille et Hermine l'orienta vers la rue Brûle-Maison. On descendit la voiture de la remorque et Hermine embrassa la conductrice en la remerciant.

- Dites bien, dit-elle, combien nous sommes reconnaissants à Els, la dame du magasin. Elle a été merveilleuse d'efficacité.

- Vous savez, malheureusement, elle a l'habitude et cela remonte à sa famille.
- Embrassez-la fort de ma part. je ne l'oublierai jamais.

Ils frappèrent à la porte des parents d'Hermine. Ils furet reçus avec plaisir et un peu d'étonnement.

- Est-ce que vous pouvez nous héberger quelques jours ? demanda Hermine. Vous voyez, on a eu quelques problèmes dans notre enquête et on préfèrerait se mettre au vert quelques jours.
- Quelque chose de grave ? demanda son père.
- Non, rien de grave. Et absolument rien d'illégal. Mais tu sais, avec ces enquêtes, parfois on agace des gens qui le prennent mal. Et je crois qu'on a beaucoup agacé. Il faudrait peut-être aussi que tu nous aides à cacher la voiture quelques jours, peut-être dans un garage. Qu'en penses-tu ?

Les parents d'Hermine n'étaient pas de grands intellectuels, mais ils avaient une finesse d'esprit qui compensait tout. Et de plus, ils avaient une confiance aveugle dans leur fille.

- Il y a notre garage à côté qui pourrait, je pense, garder la voiture. Mais si c'est l'immatriculation qui est repérée, alors il y un problème parce que maintenant les voitures gardent la même immatriculation toute leur vie, même si on les revend. Attends, laisse-moi réfléchir. Notre garagiste revend beaucoup de voitures d'occasion en Afrique du Nord. Rien d'illégal. Tout est en règle. Mais ce serait une manière de faire disparaitre la voiture sans souci. Là-bas, elle aura un nouveau numéro.

André fit une grimace et finalement acquiesça :

- Oui, dit-il, c'est une bonne solution et de toutes les manières, c'est une voiture de fonction de l'Agence. Meryl la remplacera sans peine.

- Alors, dit Hermine, c'est parfait. Papa, tu es notre sauveur. Et Maman, tu sais, on aimerait bien un café au lait avec de la bonne chicorée.

André fit encore une grimace.

oOo

Christine de Pizan à l'honneur

On nous annonce l'ouverture de plusieurs succursales de l'Institut Christine de Pizan dans notre pays. Rien ne nous pouvait réjouir davantage. On sait qu'elle est née à Venise en 1364, fille d'un médecin réputé. Celui-ci ayant été appelé à Paris par le Roi Charles V en 1368, elle devient française et se caractérise par un goût particulier pour l'étude. À l'âge de 15 ans, elle épouse un notaire du roi, Étienne Castel, dont elle eut 3 enfants. Mais en 1380, le roi meurt privant son mari de sa protection. Son père est lui-même dans le besoin et son mari meurt d'une épidémie en 1387. Elle traverse 14 années très difficiles, mais a le courage de devenir une écrivaine renommée tant en France qu'à l'étranger. Sa production est très importante, dans tous les domaines ; c'est une poétesse, une historienne, une sociologue, et de plus, elle vit de sa plume. Elle n'hésite pas à s'opposer à Jean de Meung, l'auteur du Roman de la Rose, à cause de sa représentation négative des femmes. Mais il ne faut pas en faire une féministe comme il y en a de nos jours.

Elle a suivi noblement les usages de son temps et a toujours respecté l'Église. D'ailleurs, Jean de Gerson (1363-1429), le fameux chancelier de l'Université de Paris, l'a toujours soutenue. Mais ses connaissances très grandes, son talent d'écrivain, son originalité, sa détermination dans des temps difficiles, en font non seulement la première femme de lettres française, mais aussi un exemple pour tous nos contemporains. Elle est décédée en 1430 à Poissy.

L'Institut Christine de Pizan a été créé il y a deux ans sous la houlette de plusieurs universitaires et philanthropes français, avec un appui discret des autorités religieuses. Il a pour but de diffuser la connaissance de sa vie et de son époque. Reconnue depuis à la place qui lui revient dans les lettres françaises, c'est-à-dire la première, Christine de Pizan mérite amplement que son œuvre soit mieux connue, mieux discutée et que sa vie enrichisse nos pensées et nos actions. D'ailleurs, de telles succursales sont prévues dans de nombreux pays, en Europe et en Amérique. Elles serviront d'encrage aux recherches de nos chercheurs et aux demandes de tous les amateurs éclairés. On ne peut que s'en féliciter.

Il Pellegrino, Avril, (traduction).

Chapitre 29

Le Cardinal était furieux. Mieux, il était hors de lui. On osait le critiquer. Le message était sans équivoque :

SMQLIVB ce qui signifiait
Sunt Mala Quae Libas, Ipse Veneria Bibas
Les breuvages que tu offres c'est le mal ; bois toi-même tes poisons.

On lui reprochait son indolence. Indolence ! L'accuser d'indolence, lui qui passait son temps à imaginer, à mettre sur pied et organiser les réponses qu'il fallait aux agressions multiples dont souffrait notre société. Et voilà qu'on lui reproche de n'avoir rien fait lors de l'exposition de cet imbécile de Andres Serrano avec sa honteuse photo de Piss Christ. Elle représente un petit crucifix de plastique immergé dans un petit bocal plein de l'urine de l'artiste, l'»artiste « , comme il faut dire. Quelle horreur ! Quel blasphème ! Mais pourquoi me demande-t-on, à moi, de réagir. Est-ce-que je suis responsable du fait qu'il a été financé par l'argent des contribuables ? J'ai demandé au président d'intervenir. Il n'a rien fait. Quand je pense que chacune de ses photos se vend au moins 50 000 dollars ! J'ai demandé à mes correspondants en France d'agir pour son exposition à Avignon, ils ont opéré parfaitement. Mais pour cette exposition en Suède et les néo-nazi, je n'y suis pour rien. Rien. Ah ! Quand il a fallu réagir au blasphème de la sculpture Christa de Sandy, à New York, mes agents ont fait ce qu'il fallait. Que veut-on de plus ? Et en plus, on voudra un jour que je m'occupe de ce vagin de béton rouge construit par Juliana Notari au Brésil. Je ne peux pas guérir tous ces fous qui trainent dans le monde et qui croient être des artistes ! Que les Brésiliens s'en occupant !

Il y a beaucoup plus important. Est-ce que l'on veut que j'appuie sur des boutons rouges ? Je le pourrais. J'ai mes contacts avec les Incels, avec les Heftige Pastoren, avec les Secretes Custodes Fidei, avec les

Meshugener fun got, avec les Pisani del Diavolo ? Ou bien encore avec mes amis de Davos ? Je le pourrais. Voulaient-ils la guerre totale ? S'il le faut, je le ferai. Mais il faut garder son calme. Reprenons notre lecture de Saint Paul dans son Épitre à Timothée :

Que la femme écoute l'instruction en silence, avec une entière soumission.

mulier in silentio discat cum omni subiectione.

Je ne permets pas à la femme d'enseigner, ni de prendre de l'autorité sur l'homme ; mais elle doit demeurer dans le silence.

docere autem mulieri non permitto neque dominari in virum sed esse in silentio.

Car Adam a été formé le premier, Eve ensuite;

Adam enim primus formatus est deinde Eva

Et ce n'est pas Adam qui a été séduit, c'est la femme qui, séduite, s'est rendue coupable de transgression.

Et Adam non est seductus mulier autem seducta in praevaricatione fuit.

Elle sera néanmoins sauvée en devenant mère, si elle persévère avec modestie dans la foi, dans la charité, et dans la sainteté.

salvabitur autem per filiorum generationem si permanserint in fide et dilectione et sanctificatione cum sobrietate.

oOo

Chapitre 30

À Lille, les journées se passèrent rapidement, dans le calme. Il n'y eut aucune nouvelle alarmante de Belgique. Les messages pour Paris furent bien reçus, sans susciter de réponse. La voiture fut bien vendue et André en racheta une autre au nom de l'Agence. Et surtout, Hermine et André préparèrent leur disparition provisoire.

André prit un rendez-vous ferme avec l'Abbaye du Bec Hellouin où il serait accueilli selon la Règle de Saint Benoît, c'est-à-dire, comme le Christ. Il avait toujours dans sa poche la médaille de Saint Benoît, la fameuse CSPB, Crux Sancti Patris Benedicti, la Croix de Saint Père Benoît qui écarte tous les dangers. Que demander de plus ? Il aurait tout le temps de se reposer, de suivre les offices, de prier, de reprendre son souffle, et peut-être de demander conseil. En tout cas, on ne le chercherait pas là.

Hermine, elle, prit un rendez-vous avec le centre de bien-être et de thalassothérapie Hildegarde de Bingen en Bretagne. Là, on lui promettait Détox, vitalité, plage, randonnées et gym douce (ce qu'il lui fallait). Elle en profiterait pour tout apprendre sur cette femme dont on lui avait dit tant de bien.

Mais avant de partir, ils essayèrent de faire le point. Que savaient-ils ?

- Tout cela a commencé avec cette sage-femme et ses secrets. On en veut aux femmes.
- Pourquoi ces statuettes dans le bureau de Meryl ?
- Il y a sans doute des secrets féminins. Depuis toujours ?
- L'Hôpital de Lessines joue, ou a joué, un rôle : lequel ?

- Les béguines ont sans doute perpétué des traditions féminines et d'indépendance, avec une originalité de pensée telle qu'elles ont été persécutées.
- On a essayé de les empêcher d'arriver à Bruges. On a trafiqué les freins, on a utilisé les deux Mercedes. On a essayé de nous tuer.
- On nous a espionnés. Est-ce toujours le cas ? Y-a-t-il encore des traceurs cachés quelque part ?
- Il y a des cellules féminines de résistance., par exemple à Bruges et ici à Lille.
- On en veut à l'Agence.
- Qui sont ces gens bizarres qu'ils ont rencontrés : ce vieil handicapé, ce type curieux à Louvain.
- Féminisme, résistance, révolte, libération, lesbianisme, théologie féminine, … Faut-il chercher un sens commun à tout cela ?
- Et malheureusement, on a l'impression que ces mouvements sont actifs essentiellement en France et en Amérique.
- Et enfin, il y a ce fou, ce tueur de femmes.

Que faire au retour de ces vacances forcées ? Eh bien, c'est facile: faire le point avec Meryl, Lilith, Leila, et se laisser guider! En espérant qu'on aura perdu leurs traces.

oOo

Chapitre 31

Ursula allait et venait dans son grand salon, celui du premier étage. Elle réfléchissait et faisait ses comptes. Cela n'allait pas trop mal. Le musée avançait bien. Les œuvres commençaient à s'accumuler, peut-être trop vite même. Les tableaux, les sculptures arrivaient tous les jours. C'est fou ce que ces femmes ont pu produire. De même sur le plan littéraire : Randy avait déniché des éditions originales de Jane Austin, de George Elliot. On avait mis la main sur des manuscrits originaux de Colette, de George Sand, de Lucie Delarue-Mardrus, de Djuna Barnes, Vita Sackville-West. Aucun problème de ce côté-là. Mais c'est du côté scientifique que cela pêche un peu. Oui, on a Marie Curie, Rosalyn Yalow, Barbara McClintock, Françoise Barré-Sinoussi et bien d'autres qui ont eu le prix Nobel ou des prix équivalents.

Mais comment parler avec justice d'Ada Lovelace, la fille du poète Byron, qui a inventé avant tout le monde l'informatique et la programmation des ordinateurs ? Et de tant d'autres qui ont été négligées par l'histoire ?

Et le pire, ce sont celles qui se sont fait voler leurs découvertes par des hommes. Cette malheureuse Rosalind Franklin dont les travaux sur la structure du DNA ont été volés par Watson et Crick. Ils publient « leurs » découvertes en 1953, et quand ils obtiennent le prix Nobel en 1962, elle était déjà morte d'un cancer de l'ovaire. Comment rétablir la vérité ? Et Mileva Maric, la première femme d'Einstein, qui l'a tellement aidé à établir la théorie de la relativité et qui a dû interrompre ses études parce qu'elle était enceinte ! Et Marthe Gautier qui découvre la trisomie 21 et que l'on oublie au profit d'autres. La liste est longue, sans doute. Comment corriger ces erreurs, ces oublis ? Cela devra être le rôle du Musée de rétablir la vérité.

Enfin, il y a la politique et la gestion de l'État. Énorme sujet. Comment l'aborder sans prendre trop de risques ? Encore qu'un bon scandale, c'est ce qu'il y aura de mieux pour lancer le musée.
Et puis, il y a ce problème avec le musée de Brooklyn. Il faudrait du doigté. Randy suffira-t-il ?

oOo

Chapitre 32

De retour à Paris, Hermine et André firent le point.

- Comment te sens-tu ? demanda Hermine.
- Je me sens bien, répondit André. Je me suis reposé et j'ai remis à jour mes connaissances sur Saint Anselme. Dans ces temps heureux, le XIème siècle, où la seule langue commune des intellos de l'époque était le latin, oh, pas un latin très difficile, voilà quelqu'un qui est né en Italie à Aoste, a été moine au Bec donc en Normandie et est mort à Canterbury. Et qui est connu de tout le monde parce qu'il est à l'origine du fameux argument ontologique de l'existence de Dieu.
- Heu, je crois que cela m'a échappé dans mes études.
- Tu es pardonnée. C'est un peu compliqué à expliquer. Et toi, qu'as-tu fait ?
- Eh bien, je me suis reposée, je me sens bien. Et j'en ai profité pour remettre à jour mes connaissances sur Hildegarde de Bingen. Dans ces temps heureux, au XIIème siècle, où tout le monde parlait latin, voilà une jeune fille noble qui est passionnée de religion, qui est mystique, devient bénédictine, est élue abbesse, fonde des abbayes, mais surtout s'intéresse à tout : la physique, la médecine, la philosophie, la cosmologie, la musique, les plantes. Elle a même imaginé un langage secret. Elle a écrit sur tout. Elle savait tant de choses qu'elle a même été proclamée Docteur de l'Église, exactement comme ton Anselme. Ça t'agace, hein ?
- Au contraire, cela me réjouit. La gloire de Dieu s'étend sur toutes ses créatures.
- Il faut dire que si ton Anselme est connu à cause de son argument, mon Hildegarde est considérée, elle, comme une sorte de patronne de la santé par les plantes et elle est beaucoup plus connue. Na !
- Tu gagnes, comme toujours. Et maintenant, que faisons-nous ?

- Allons voir la patronne, bien sûr.
- Et on lui raconte tout ?
- TOUT.

L'agence semblait déserte. La plupart des journalistes étaient sans doute en mission, loin des évènements parisiens. La patronne les reçut sans tarder. Et une fois bien installés, André lui raconta toutes leurs aventures ; les béguinages à Louvain et Bruges, les tentatives d'accident avec les Mercedes, les traceurs qu'ils avaient retrouvés sur eux, ce jésuite bizarre qui est si pauvre et roule en BMW, et l'aide qu'ils ont reçue d'Els à Bruges.

Meryl ne posa pas beaucoup de questions. Elle ne semblait surprise de rien ; même ce que leur avait raconté Els ne la troubla pas. Elle semblait lasse, pour la première fois, un peu ailleurs. Elle réfléchit longuement en regardant l'étagère en face d'elle avec ses statuettes.

- Il faut que vous partiez, dit-elle. Il est évident que vous êtes recherchés. Vous avez bien réagi avec la voiture, les traceurs. Els vous a bien aidés. Gardez les burners. Vous avez bien fait de vous cacher à Lille et ensuite dans vos retraites. Prenez contact avec votre amie de la police en faisant très attention de ne pas vous faire repérer. Et ensuite, partez à l'étranger. Je vais vous donner une bonne avance d'argent pour que vous n'ayez aucun problème, mais partez. Essayez de garder trace de tout ce que vous avez vu. Si nous n'avons pas le Pulitzer en France, on a le prix Albert-Londres. On ne sait jamais. Martine Soubise, dont vous vous souvenez je pense, va me remplacer quelque temps. Il faut que je prenne aussi de la distance. Mais, partez, tiens, allez en Angleterre. Il se passe quelque chose à Norwich. Je ne sais pas trop ce que c'est, mais il y a quelque chose pour vous. Partez. Il n'est pas dit qu'ils ont perdu votre trace. Ils vous attendent peut-être à Paris.

En sortant, André était perplexe.

- Il est évident qu'elle est angoissée, dit-il. Elle semble être au courant de toutes sortes de choses que nous découvrons petit à petit.

Elle a même une sorte de prémonition. Tu te souviens avec l'affaire de la sage-femme. Sur quoi se basait-elle ? Les béguinages, elle connaissait bien. Et maintenant, Norwich. Qu'est-ce-que c'est ? Pourquoi ? Sait-elle déjà quelque chose ?
- Tu as vu ? Il y a une statuette de plus.
- Regarde, je vais rentrer chez moi par le chemin le plus discret et je vais me préparer pour une absence plus prolongée s'il le faut. Tiens, vérifie aussi ton passeport. On ne sait jamais. Disons qu'on se revoit dans deux ou trois jours. Pendant ce temps, je vais essayer de travailler sur la suite de ce message secret.

Hermine décida aussi de rentrer chez elle par un chemin nouveau, où elle n'était jamais passée. Faisant bien attention de ne pas être suivie, elle déambulait autour de la gare Montparnasse et empruntait surtout les rues les moins fréquentées. Dans une petite rue, son attention fut attirée par un petit panneau près d'une petite porte *: Institut Christine de Pizan.* Comme elle en avait entendu parler, elle poussa la porte sans trop réfléchir et se trouva dans une pièce encombrée de meubles, de caisses, de dossiers, de matériel informatique. Regardant autour d'elle, elle avisa un homme, peut-être un livreur, et lui demanda si c'était bien l'Institut en question. On lui répondit très grossièrement qu'elle n'avait rien à faire ici. Au moment où elle s'apprêtait à partir, un homme grand, élégant, soigné, surgit d'une porte de fond et se positionna devant elle de manière un peu oblique. D'une voix très douce, il la pria d'excuser ce malotru et expliqua qu'ils étaient en train de déballer des envois pour l'Institut dont la boutique officielle était de l'autre côté de l'immeuble sur l'avenue. Elle le remercia de sa gentillesse et sortit lentement en fermant la porte. Mais une fois dehors, elle se mit à courir sans trop réfléchir : au moment où cet homme charmant se positionnait devant elle, elle avait vu qu'en fait il cherchait à masquer une petite caisse, bien marquée *BERETTA.* Beretta ! Des Armes !

Elle courait de plus en plus vite car elle entendait des bruits, des voix qui hurlaient. On l'avait repérée ? Elle commençait à être essoufflée. Elle ne voulait pas se retourner pour ne pas perdre de temps. Où aller ? Soudain, elle vit une pancarte : *Halte Aide Femmes Battues*. Elle entra, et, sans parler à personne, elle alla tout au fond s'affaler sur une chaise et se mit à pleurer. On n'essaya pas de la calmer. On la laissa seule pendant un long moment. Puis gentiment, une femme qu'elle ne chercha même pas à voir, lui demanda si on pouvait l'aider. Hermine raconta une histoire malheureusement vraisemblable : elle voulait quitter son ami qui devenait trop violent. Il l'avait menacée. Elle a fui. Il l'a poursuivie en hurlant. Il faut qu'elle rentre chez ses parents qui la protègeront. Que peut-on faire pour elle ? De quoi a-t-elle besoin ? Hermine en essuyant ses yeux remercia cette gentille dame et accepta bien volontiers les papiers divers avec tous ces numéros de téléphone à utiliser d'urgence qu'on lui fit prendre. Heureusement, on ne lui demanda pas son nom. Affirmant qu'elle se sentait beaucoup mieux, elle embrassa sa bienfaitrice et lui demanda encore un service : commander un taxi qui viendrait la prendre dès la sortie, pour qu'elle n'ait pas à marcher si on l'attendait encore.

Une fois dans le taxi, elle regarda souvent en arrière. Le taxi ne semblait pas être suivi.

Arrivée chez elle, elle ferma soigneusement sa porte. Ne décrocha pas son téléphone. N'alluma pas la lumière. Vérifia qu'elle avait encore suffisamment de surgelés pour survivre quelques jours. Et se fit couler un grand bain.

Une heure plus tard, elle prit son burner et appela Leila. Il lui fallut une demi-heure pour tout lui dire. Et quand Leila lui promit de la rappeler le lendemain, elle alla se coucher épuisée.

Le lendemain, un taxi s'arrêta en bas de chez elle. Une grosse dame vêtue d'une houppelande en sortit difficilement en s'aidant d'une canne. Elle sembla hésiter, puis entra dans l'immeuble.

Après les embrassades, et une tasse de café à la main, Leila rendit compte de ses recherches.

- Eh bien, dit-elle, tu vois ce que tu m'obliges à faire pour qu'on ne te piste pas trop vite ! Bon. Je suis heureuse de te revoir en bonne santé. Ce que tu m'as raconté est assez effrayant. Mais il faut que je te dise tous les problèmes de la police et de notre travail. Et ton histoire est typique de ce que nous rencontrons tous les jours.

Dans la Mercedes qui a essayé de vous coincer, on a trouvé deux morts. Bien. C'était deux bons pères de famille, sans problème, bien catholiques. Qu'allaient-ils faire sur la route de Bruges, on ne sait pas, mais ce n'est pas illégal et j'entends déjà la plaidoirie de l'avocat. Les traceurs, tu as bien fait de les jeter, mais on ne les a pas et on ne peut pas les analyser. Le pire, c'est l'Institut Christine de Pizan. Tu as vu une caisse de pistolets Beretta. Tu sais ce que dira l'avocat si tu dois témoigner ? Que tu as confondu avec Berretta, avec deux r, tu sais ces chapeaux à cornes que portent les ecclésiastiques et que l'on appelle en français des barrettes. L'avocat, lui, n'aura aucun mal à te rendre ridicule et à faire de toi une gourde.
Mais, bien sûr, je te crois. Dans la nuit, toute la boutique de l'Institut a été déménagée. On a essayé de vous tuer avec cette histoire de freins et ensuite avec les Mercedes, on a bien installé des traceurs. Mais tu vois nos difficultés. Il nous manque ce que les américains appellent un smoking gun, une preuve absolue qui ne peut pas être niée devant un juge. Les écoutes ? Mais ils sont aussi malins que vous. Les infiltrations, les filatures ? Ça prend du temps et beaucoup de personnes pour des résultats souvent nuls.
Par ailleurs, on a travaillé sur les coupures d'électricité dans votre agence. Ça progresse. On a des pistes. Ça va lentement. Je préfère ne pas t'en parler. Alors, on prend le problème par l'autre bout. Et on se demande qui ou quel groupe, en général, peut en vouloir aux femmes et à votre agence. Eh bien, il y en a beaucoup et on n'a pas fini seulement de les distinguer et de les classer en dangerosité. Ah ! Si on avait un seul bon ennemi, bien visible, comme dans une guerre, avec un bel uniforme. Ou alors un horrible mec avec un couteau entre les dents. Mais non, cela peut être n'importe qui, par exemple ce monsieur bien poli qui t'a parlé à l'Institut. Ce jésuite à la BMW, c'est peut-être un sadique misogyne avec du sang sur les mains. Pour le tueur en série, on pense qu'on a un peu plus d'indices, mais là encore, je ne te dis rien. Mais, non, je ne veux pas t'affoler, tu sais.
- Tu ne m'affoles pas. Je suis morte de trouille maintenant.
- Bon. Regarde le bon côté. Je vais prendre contact avec André. Ne le fais pas. Je vais vous prendre des billets d'avion pour Londres et je

vais vous réserver un petit hôtel là-bas. Vous n'aurez pas à le faire vous-mêmes. On vous amènera directement à Roissy et comme cela, je suis sûre que vous commencerez une nouvelle vie en Angleterre sans aucune crainte. D'ici là, continue à vivre cachée. Tu fais bien, n'allume pas dans tes pièces sur la rue. Ne sors pas. N'ouvre à personne. On ne doit pas savoir que tu es là. Je vais laisser un message à ta patronne.
- Qu'est-ce-que je ferais sans toi ! Tu me sauves !
- Mais tu sais, ton métier est aussi important que le mien. La cause est la même.
- De bien grands mots ! Tu veux peut-être un petit café ?

oOo

Chapitre 33

Deux jours plus, une camionnette blanche anonyme vint la chercher. André était déjà à l'intérieur et le chauffeur ne s'attarda devant la maison. Hermine était contente de revoir son collègue mais préféra rester silencieuse, perdue dans ses réflexions. Elle fut alarmée quand André s'écria :

- Mais vous prenez l'autoroute du Sud ! Nous allons à Roissy, pas à Orly.
- Ne vous tracassez pas, c'est la technique du Parain N° 1. On nous suit peut-être, mais au dernier moment, je reviendrai en arrière.
- La vie commence à être trop compliquée pour moi. Faites ce que vous voulez.

Et en effet, arrivé à Orly, le chauffeur braqua soudainement, faillit déraper, et reprit la route de Paris.

- Et voilà le travail, dit-il.
- D'accord, une fois, mais pas deux, s'il vous plait.

Arrivés à Roissy, ils prirent leur avion de justesse, s'affalèrent dans leur siège et commencèrent à souffler. Et une fois à Londres, ils eurent l'impression d'être enfin en vacances. Changer un peu d'argent, rejoindre leur hôtel, acheter un guide, souper de cuisine indienne épicée, voilà une nouvelle vie. Hermine profita de ce temps libre pour tenir André au courant de toutes ses aventures et de sa conversation avec Leila. Et André soupira : et à moi, il n'arrive jamais rien !

Et dès le lendemain, il a fallu reprendre la route pour Norwich. Ce n'est pas simple. Il faut trouver la gare de départ, la *London Liverpool Street,* on a l'impression d'être dégradé quand on est habitué à Saint

Pancras, et ensuite il faut compter deux heures et demie pour faire 156 kilomètres. Mais au moins on a le temps de se reposer et de lire le guide : Ville très ancienne, beaucoup d'églises, une belle cathédrale construite avec du calcaire importé de Caen (quand même, la France !), un château, des juifs massacrés (rien de nouveau), la tour de la vache (c'est quoi ?). Mais pourquoi fallait-il venir là ?

En tournant les pages, Hermine tomba sur une photo, la statue de Sainte Julienne devant la Cathédrale. Eh bien, voilà où il faut aller. C'était une mystique (1342-1416) qui a eu des révélations de Jésus quand elle a été très malade, a pris ses vœux, mais a vécu en anachorète, c'est à dire en recluse, coupée du monde. Dans son cas, dans un micro-local, peut-être une ou deux cellules, accrochées à la Cathédrale, avec peut-être une servante. En principe, elle ne sortait pas. Mais elle a pu recevoir des visites, en particulier d'une autre mystique, Margery Kempe. Pour elle, Jésus avait toutes les caractéristiques d'une mère, ce qu'elle a bien décrit dans son ouvrage, *Les Révélations de l'Amour Divin*, qui n'été publié qu'après sa mort. Elle était toujours optimiste et répétait, dit-on : *Tout ira bien.*

- Ce qui est de bon augure pour la suite, dit André.
- Attends, dit Hermine, elle a eu de la chance de rester quasiment anonyme et cachée. Sinon, elle aurait été une pauvre hérétique et alors, …

Mais le train arrivait en gare de Norwich. Pour rejoindre le centre-ville, il faut passer le pont sur la rivière Wensum, remonter la rue *Prince of Wales Road* et tourner à droite dans *Upper King Street.* Et on arrive devant cette cathédrale imposante. Il y avait du monde, beaucoup de monde, du brouhaha, des cris, des bagarres ; beaucoup de gens prenaient des photos avec leur téléphone. En s'approchant, André et Hermine virent la statue médiocre de Sainte *Julian of Norwich*, encastrée dans une niche de l'édifice, avec sur son bras gauche, un exemplaire, en langue anglaise moderne, du livre qui n'avait pas été publié de son vivant. Cette statue avait été recouverte de peinture bleue et plusieurs hommes se débattaient en hurlant. Ils voulurent s'approcher davantage, mais André lui fit remarquer que plusieurs individus semblaient tourner leur téléphone vers eux, comme pour les photographier. Il fallait partir rapidement et retourner au plus vite à la gare. Ils se mirent à courir et se jetèrent dans le premier train pour Londres. Heureusement, une sorte d'express.

Inspectant le quai par la fenêtre, ils eurent l'impression de ne pas avoir été suivis. Mais une photo peut être envoyée instantanément et ils pourraient être reconnus à l'arrivée à Londres. Rien de très réjouissant. De plus, le téléphone de Hermine sonna. C'était la patronne, affolée. Elle venait de se rendre compte qu'on lui avait donné de mauvaises informations, que Norwich n'était surtout pas le lieu où il fallait aller. Elle les suppliait de fuir rapidement et d'aller vite se cacher à Londres. Elle les recontacterait.

- Eh bien, dit Hermine, nos vacances n'auront pas duré longtemps. Si c'était un piège, on nous a fait venir à Norwich pour nous reconnaitre et nous photographier. Voilà une bonne manière de contourner les burners.
- Si c'est le cas, dit André, ils sont rudement équipés et organisés. Mais nous devenons des pros, n'est-ce-pas ? On va s'en sortir une fois de plus, avec l'aide de Dieu.
- On est en train de lui demander encore beaucoup.
- À Londres, je te suggère de prendre un taxi très rapidement et de lui demander de nous promener un peu partout en vérifiant de ne pas être suivi. Dans les bons livres, on va se perdre ensuite dans un grand magasin et là, on est tranquille. Tiens, on va aller à Harrods. C'est suffisamment grand.
- Tu es vraiment un pro, maintenant. Tu as fait ça toute ta vie ?
- Non. Mais j'ai lu.

oOo

Chapitre 34

Le téléphone sonna, avec la sonnerie réservée à l'urgence de celui qui se faisait appeler Master. Il ne l'avait jamais rencontré. Certes, il aurait pu savoir qui c'était réellement. Il avait tous les moyens pour cela. Mais, dans le cas présent, il pressentait trop d'implications majeures et, pour le repos de son âme ou de ses coronaires, il préférait ne pas savoir.

- Vlad ! Je suis furieux. On les a encore perdus ! Quand je pense qu'on les avait sous la main à Louvain, à Bruges et que même à Paris, cette garce a découvert notre Institut et réussi à s'enfuir. Je ne parle pas de Norwich qui a été un échec cuisant. J'enrage. Cet Institut qui devait nous fournir la meilleure couverture est fichu maintenant. Elle a vu les pistolets.
- Master, laissez-moi faire. D'après mes informations, ils devraient être à Londres dans un hôtel situé dans le quartier de Russel Square.

Vlad ne dit pas qu'il y avait au moins 110 hôtels dans le quartier de Russel Square. Mais il avait confiance dans ses ordinateurs pour débroussailler le problème en quelques minutes.

- Je compte sur vous. Urgence absolue.

oOo

Chapitre 35

On peut prendre le thé agréablement à Harrods. Et dans le bruit ambiant, on peut discuter. La question est où aller en attendant une nouvelle communication de Meryl. L'hôtel est hors de question.

Ces gens qui s'intéressent tant à eux savent trop de choses.

- Moi qui ai lu Dickens et Oliver Twist, dit Hermine, je sais que le meilleur endroit pour ne pas être vu à Londres est le quartier le plus pauvre, l'East End, Saffron Hill si je me souviens bien. Fagin et ses enfants voleurs !
- Malheureuse ! s'écria André qui consultait son guide, c'est maintenant un quartier hyper-bobo, plein de théâtres. Attends, pour une fois, on va voir l'influence de mon sacerdoce.

Et ils prirent un taxi pour l'Église Notre Dame de France, l'une des rares églises catholiques de Londres. Elle est située en plein centre, entre Leicester Place et Chinatown.

À l'intérieur, pendant que Hermine restait assise sur un banc, André alla s'enfermer avec le prêtre de service. L'entrevue fut longue, une heure. Il y eu plusieurs coups de téléphone, pour Londres et aussi pour la Mission de France, à Paris.

Enfin André vint la rejoindre.

- Tout est réglé, dit-il. Dans une heure ou deux, on nous dira où aller.
- Mais qu'as-tu dit ?

- Eh bien, le plus simple est toujours de dire la vérité. Dans le cas présent, c'est un peu compliqué, mais il m'a cru. Je dois dire que mes connaissances sur Anselme et la preuve ontologique que je venais de réviser l'ont impressionné. Norwich et Sainte Julienne, aussi. Mais la Mission de France a été parfaite. Ils m'ont fait confiance quand j'ai dit que j'étais ici, avec une jeune femme, et pourchassé par des individus inconnus.
- Et nos affaires, à l'hôtel ?
- C'est un écossais bien visible qui ira payer et prendre nos bagages. Il ne pourra pas être soupçonné si l'hôtel est surveillé.
- Tu dois avoir une réputation exceptionnelle.
- Tu sais, le problème de l'Église est qu'elle a tendance à faire toujours trop confiance à ses servants.

oOo

Chapitre 36

Le lendemain, alors qu'ils se trouvaient encore dans leurs chambres quasi-monacales du centre d'accueil pour religieux catholiques à Londres, la patronne les appela de Paris. Cette fois, elle semblait plus calme et décidée.

- J'ai bien réfléchi, dit-elle, et j'ai pris des contacts extrêmement fiables, cette fois. Nous avons affaire à des adversaires très redoutables et qui ont parfois une ou deux étapes d'avance sur nous. Bon. Voilà ce que je vous propose. Dans quelques heures, on va venir vous chercher en voiture et on vous amène à Heathrow. Vous irez à New York et tout est arrangé pour vous. Tout : billets d'avion, problèmes de passeport, etc. Vous serez attendus dès l'arrivée à New York par quelqu'un qui aura une pancarte pour Mr Linden. Suivez-le sans hésitation. Et bonne chance ! On a tout fait pour que vous ne soyez pas suivis.

Il valait mieux suivre ses recommandations car ils ne voyaient aucune alternative. En effet, trois heures plus tard, on les demanda en bas où une voiture les attendait. Et quelle voiture ? Une énorme limousine de l'ambassade des États-Unis avec un chauffeur à casquette et un accompagnant qui resta silencieux pendant tout le trajet. À l'aérodrome, il les mena jusqu'au guichet de la compagnie Delta. Là, l'hôtesse cocha les deux lignes programmées au nom de X dans son listing et leur donna leurs bons billets. Plus loin, à la douane, il prit soin de leur procurer des visas exceptionnels pour personnes exceptionnelles qui leur garantiraient une arrivée sans problème à Newark, l'aéroport international un peu moins connu de New York.

Évidemment, ils voyagèrent en première classe, furent accueillis comme prévu, transportés dans une énorme limousine longue comme un wagon avec un chauffeur aussi à casquette. Ils commençaient à s'habituer au luxe et ne furent pas surpris quand la voiture les arrêta devant le numéro 9 de la 71ème rue, East. Ursula ne fut pas surprise non plus de les voir arrivés, leur fit donner des chambres magnifiques au 2ème étage et promit de les revoir plus tard.

oOo

Huxley revisité

Il y a deux manières de prévoir l'avenir : on peut extrapoler en partant du passé ; on peut se fier aux romans d'anticipation. La première technique, contrairement à ce qu'a pu dire Marx, est assez efficace et très simple, mais elle nécessite des historiens compétents et une certaine flexibilité populaire. La seconde est indolore et absolue. Prenons l'exemple des deux grands romans d'anticipation du XXème siècle : **1984** de George Orwell et **Brave New World** de Aldous Huxley. Le monde décrit par George Orwell n'est plus une anticipation. Il s'est réalisé. Nous avons accepté d'être surveillées par des caméras omniprésentes, de voir nos activités enregistrées dans nos cartes de crédit et nos téléphones et de voter comme les sondages le prédisent. La novlangue s'est imposée tant dans notre philosophie que dans nos publicités. Le roman de George Orwell est devenu aussi fade qu'un roman de la comtesse de Ségur.

Pour le roman de Huxley, en revanche, on le lit avec un sentiment raisonnable d'inachevé. C'est dire l'intérêt de l'ouvrage récemment paru de l'arrière-petit-fils d'Aldous Huxley, Aldous Huxley Junior. Il reprend et complète brillamment l'œuvre de son ancêtre et s'efforçant de résoudre les problèmes qui se posent encore à notre société. **Brave New World** s'appuyait sur la fécondation et la gestation in vitro, dans des incubateurs artificiels, pour éliminer la douleur de l'enfantement comme dit la Bible, pour résoudre tous les antagonismes de lutte des classes, et pour ouvrir la voie à l'élimination de ce que nous appelons les maladies de la civilisation, obésité, hypertension, diabète, démence, etc. ainsi qu'à l'extinction graduelle de ce désagrément perpétuel qu'est notre angoisse existentielle ou religieuse.

Toutes ces techniques génétiques existent et sont en voie de développement final. Mais le livre **Brave New World revisited** résout le dernier problème de notre société, celui de l'antagonisme ancestral entre hommes et femmes ou plutôt celui de l'oppression des femmes par les hommes. Huxley Jr. se réfère à la pensée de Monique Wittig qui, en bonne marxiste et dialecticienne, identifie lutte des classes et lutte des sexes.

Pour elle, « la lutte des classes est précisément ce qui permet de résoudre la contradiction entre deux classes opposées, en ce qu'elle les abolit au moment même où elle les constitue et les révèle en tant que classes ». Cette observation lui permet d'envisager de la même manière la lutte des sexes : « La catégorie de sexe est une catégorie totalitaire qui, pour prouver son existence, a ses inquisitions, ses cours de justice, ses tribunaux, son ensemble de lois, ses terreurs, ses tortures, ses mutilations, ses exécutions, sa police.... C'est la raison pour laquelle nous devons la détruire et commencer à penser au-delà d'elle si nous voulons commencer à pense vraiment, de la même manière que nous devons détruire les sexes en tant que réalités sociologiques si nous voulons commencer à exister. « (**La pensée straight**).

Il est possible que Huxley Jr. aille un peu au-delà de la pensée même de Monique Wittig, mais il nous faut être indulgentes pour toute pensée masculine. Voyons ce qu'il propose. L'utilisation d'incubateurs artificiels permettra de supprimer, de néantiser enfin le conflit homme/femme. On obtiendra désormais non plus des garçons ou des filles, mais uniquement des androgynes doués d'un phallus, d'un vagin et de seins, cela à seule fin de plaisir et de d'harmonie. Nous arriverons ainsi à monde sans domination, sans féminicide, sans Sati, sans prostituées, sans oppressions, sans violences. La société sera enfin parfaite, car elle ne pourra plus « corrompre l'homme » comme l'avait bien vu Jean-Jacques Rousseau (il avait bien dit l'»homme», et non pas la femme). Et comme écrivait Monique Wittig pour conclure : « Je dis : qu'attend-on pour le faire ? «

The Ladder, Literary Supplement, June.

oOo

Chapitre 37

Pierre Lesur aimait se promener dans l'Île de la Cité, après ses heures de travail à la librairie. Ce soir-là, il regardait couler la Seine de l'extrémité du Square Jean XXVIII, derrière la Cathédrale Notre Dame. La nuit allait tomber vite et les lumières de Paris se réfléchissaient sur l'eau. Mais il n'était pas romantique, il se sentait angoissé, vide, inutile. En se retournant, il vit sur un banc deux jeunes femmes qui s'embrassaient. Sa fureur monta. Voilà sa mission que Dieu, si près, lui indiquait. Mais comment faire ? Il était venu à pied et n'avait pas ses armes habituelles. Désarmé, était-il impuissant ? Trouverait-il une solution ? Au bout d'un grand moment, elles s'en allèrent, enlacées. Il décida de les suivre de loin. Elles marchaient lentement, un peu au hasard. Il ne pouvait pas les perdre. Il avisa à droite une petite boutique de brocante et vit en vitrine un vieux marteau rouillé de géologue. C'était un peu voyant, mais cela ferait l'affaire et il le mit dans le sac que lui donna le vendeur. En sortant, il ne les vit plus. Angoissé, il se mit à marcher plus vite, à tourner en rond, à revenir sur ses pas. Et là, il les vit : elles étaient encore dans une boutique de fringues. Il se calma. Il devint sûr de lui, comme d'habitude. Se dissimulant, il les vit sortir de cette boutique et s'enfoncer dans une ruelle sombre. Cela devenait facile. Un seul coup de marteau fit tomber la première. Et il abattit la seconde du tranchant du marteau avant qu'elle ait pu crier. En quittant la rue des Ursins, il jeta le marteau dans la Seine et couru jusqu'au Pont de l'Archevêché pour passer lentement rive gauche et reprenant son souffle. Son angoisse avait disparu, il ne pensait pas avoir été vu, il avait été utile, encore une fois.

oOo

Chapitre 38

Très vite, Rodin fit la une de la presse et apparut à la télé. Il avait tout vu de sa fenêtre, il avait couru secourir ces filles, il avait appelé police et ambulances. Il était devenu célèbre. Vous pensez, un Jésuite ! L'archevêque voulut le rencontrer.

Il savait qu'il recommençait à boire un peu trop, mais il aurait aimé se cacher dans un trou de souris. Il attendait le coup de téléphone avec angoisse. Cela ne tarda pas. Au début, le ton était mielleux. C'était bien de sauver des vies. On pouvait être fier de lui. Mais ce n'était pas ce qu'on attendait de lui. Pour agir dans l'ombre, c'était un loupé impardonnable. Le ton devenait menaçant. Voulait-il que l'on raconte à la police toutes ses aventures, financières et autres, tout son passé pas très propre pour lequel la prescription est très longue ? Voulait-il terminer sa vie en prison et avec une réputation qui ne lui attirerait pas que des amis un fois au trou. Il devait rendre des services et ne pas se faire prendre. Au fond, maintenant, il y a un bon côté.

Sa notoriété allait lui permettre de prendre plus de risques, puisqu'il était maintenant insoupçonnable. Les ordres, on répéta : les ordres allaient suivre. Et son intérêt était de les suivre à la lettre.

Herbert était maintenant agacé. Langley ne se contentait plus de ses rapports. Pour des raisons qu'il ignorait, ils lui demandaient d'étendre ses investigations à la Russie. Ils semblaient avoir vent de quelque chose, sans aucunes précisions, et ils voulaient des précisions sur ce qu'eux-mêmes n'arrivaient pas à définir. Et pourquoi pas la Chine, ou la Nouvelle Zélande ? Où était le bon vieux temps quand le seul ennemi à espionner était l'URSS et seul ami à titiller était la France ? Il était obligé maintenant de devenir un spécialiste aussi bien de la théologie médiévale que des pratiques sexuelles des pays occidentaux. Cela faisait beaucoup et s'il fallait se remettre au russe ; même ses loisirs n'y suffiraient pas.

oOo

Chapitre 39

Leila était épuisée, mais son enquête avait eu un coup de fouet. Cela pouvait avancer très vite et elle sentait sur elle et sur ses collègues le poids de la hiérarchie, qui ne laisserait passer aucune faute, aucun retard.

Les victimes allaient mieux. On ne pouvait pas encore les interroger.

Le marteau : cette fois, c'était un marteau inhabituel, plus difficile à dissimuler. Il n'y avait pas d'atteintes au cutter. Quelle signification donner à cela ?

Rodin avait entendu les cris, mais n'avait pas vu l'agresseur.

Le gardien du square avait peut-être remarqué un type un peu bizarre, mais n'arrivait pas à le décrire.

Il fallait tout reprendre à zéro. Qui étaient ces filles? Est-ce qu'elles connaissaient un agresseur éventuel ? Et puis, refaire le parcours des filles depuis le début de l'après-midi, interroger ceux qu'elles avaient pu rencontrer. La routine. Le hasard pouvait être de son côté, ou non.

oOo

Chapitre 40

Vlad n'était pas souvent furieux. Mais ce jour-là, il eut du mal à cacher sa colère quand il appela Master.

- Je suis très en colère, dit-il, c'est la première fois que je me fais berner comme un gamin. J'avais mis plusieurs heures à identifier l'hôtel où ils se trouvaient et ce n'était pas facile, même avec tous mes ordinateurs. Mais qui aurait pu soupçonner qu'un écossais avec kilt et cornemuse, vous vous rendez compte, avec même une cornemuse, viendrait chercher leurs affaires à l'hôtel et disparaitre ? Qui aurait pensé à le suivre ? Mais je ne vais pas lâcher prise. J'ai appris, ne me demandez pas comment, qu'ils sont aux USA maintenant. Je ne sais pas où. Mais je le saurai. Je vous jure, je le saurai.

Et il raccrocha. Il prit ensuite un long moment pour réfléchir avant d'appeler Vera, à New York.

Car c'était sa dernière chance et il ne voulait pas la gâcher. Vera tenait une petite boutique située au centre de Brighton Beach, ce quartier de Coney Island investi par les émigrants russes depuis plus d'un siècle. Cette boutique, spécialisée dans les bibelots et accessoires design, détonnait au milieu des magasins de meubles vulgaires alentours. Il faut un trajet d'une bonne heure pour arriver à Brighton Beach, venant de Manhattan par la ligne Q du métro. Et il vaut mieux savoir parler le russe ou l'ukrainien si on veut avoir une conversation intime. Le tout fait que c'est devenu, très simplement, le centre de la mafia russe.

- Vera, dit-il, j'ai besoin de toi.
- Ce n'est pas la première fois, et tu sais que je déteste ça. J'ai ma réputation, qui est reconnue dans ce quartier, et tu sais que c'est exceptionnel. Je ne veux pas la perdre.

En plus, je me fais vieille et je songe à me marier. Et puis, il fait froid et il pleut.
- Vera, je suis sérieux. Tu sais, je serai le premier à te féliciter quand tu seras mariée. Mais j'ai un gros problème et j'ai besoin de toutes tes connections. Voilà, il s'agit de retrouver un couple qui est arrivé de Londres sans doute, il y a à peu près une semaine et peut-être sous des faux noms.
- Et tu penses que je vais, d'un coup de baguette magique, je vais trouver....
- Véra, il s'agit d'un service que je n'oublierai jamais. Tu me connais. Ce que je promets est important pour toi et ta réputation. Je te demande juste d'activer les quelques contacts que tu as. Je vais être franc et te donner toutes informations que j'ai sur ce couple. Mets en route le système et tiens-moi au courant. Si ça marche, peut-être que c'est moi qui te demanderai en mariage.
- Jamais de la vie. Je vais faire de mon mieux, mais c'est bien pour toi et c'est la dernière fois.

Vlad, pour la première fois, se sentit désarmé. Il dépendait entièrement d'une femme. Voyons, qu'avait dit Pouchkine sur les femmes ? Ah oui, « Avec les femmes, moins on les aime, plus elles deviennent charmantes. » Ah ces poètes, c'est bien vrai ! À moins que ce soit stupide.

oOo

Chapitre 41

Master avait accusé le coup, mais il n'était jamais désemparé. Il allait rebondir. Il avait toujours rebondi. Il fallait d'abord régler le problème de l'Institut Christine de Pizan. C'était idiot de perdre un tel investissement avec des succursales dans tant de pays différents. Au fond, il avait voulu aller trop vite. Créer d'emblée des sites entièrement à lui, c'était prendre trop de risques d'un coup. Par quelques coups de téléphone, il s'assura que les personnes les plus impliquées localement seraient éliminées. Comme cet imbécile qui avait essayé de dissimuler les caisses de Beretta.

Il reprit contact avec ses organisateurs pour faire repartir l'Institut comme si de rien n'était, avec comme slogan : *Christine de Pizan et son temps*. Des conférences, des expositions, des documentaires, des livres en prêt ; le tout avec des notabilités, des gens connus, des gens sérieux. Et pour marquer les esprits, une réédition retentissante surtout, sur papier de luxe, du livre majeur de Mathilde Laigle, « *Le Livre des trois vertus de Christine de Pizan et son milieu historique et littéraire* » paru en 1912 et resté inégalé. Le fait que Mathilde Laigle était considérée comme une écrivaine féministe et à moitié américaine n'était pas pour lui déplaire. Enfin, le moment venu, il pourrait faire nommer à quelques postes des gens à lui et reprendre le contrôle.

Il s'assura aussi que les actions violentes et visibles prévues dans un certain nombre de villes auraient bien lieu. Quant à ce couple infernal qui lui échappait, il faisait confiance à Vlad. Il savait que Vlad avait trop besoin de lui pour échapper aux enquêtes de la CIA.

oOo

Chapitre 42

Émil Nostromo avait pris l'habitude de ces rendez-vous au square du petit Sablon. Son correspondant à casquette et cheveux longs était toujours ponctuel.

- Alors, dit-il, quelles sont les nouvelles ?
- Le bois est parfait. Il est absolument d'époque. En grattant, j'ai laissé parfois un tout peu de la vieille peinture, sous le nouveau fond. C'est mieux. Le bois est bien coupé, les coins bien arrondis. J'ai la peinture et le vernis, ainsi que les pinceaux qu'il faut. Le plus facile sera de reproduire le tableau. Avec les systèmes de projection, on pourra faire un tableau identique au micromètre.
- Attention, pas trop ! Il ne s'agit pas de faire une photocopie.
- Bien sûr. Ensuite, le faire vieillir, ça, je sais faire. Le plus difficile va être de le cacher et de le faire découvrir. Est-ce que tu as des idées ?
- Pas encore. Et toi ?
- Il faut trouver deux choses, le local où le tableau aurait pu être caché et le propriétaire qui le revendrait. L'idéal serait de trouver les deux en même temps. Mais dans notre petit pays tellement civilisé, il y a de moins en moins de masures du Moyen-Âge ou de châteaux hantés.
- Et si c'était un fermier qui a encore un bout de grange ancestral qu'il n'utilise pas et qu'il a la flemme de détruire. Ou quelque chose comme cela. Je connais quelques notaires en province.
- Et moi, je connais un ou écolos qui font du camping sauvage un peu partout.
- Eh bien, rendez-vous dans un mois, même heure.

oOo

Je suis fou

Le présent texte nous est parvenu sous forme d'une simple feuille de papier imprimée dans une enveloppe sans aucune mention. Ni le papier, ni l'enveloppe ni le caractère d'impression n'offrent aucun indice quant à l'origine de ce texte. Nous l'affirmons. Néanmoins, à la demande explicite de l'auteur de ce texte, nous avons brulé tout ce matériel et le texte ne subsiste maintenant que sous forme de signaux électroniques envoyés à l'imprimerie de notre journal. Personne donc ne peut en revendiquer la paternité. Nous ne saurons jamais si c'est un homme, une femme ou un ordinateur intelligent. Nous le publions avec réticence, sachant combien il pourra outrager certains de nos lecteurs. C'est un risque que nous prenons. Espérons que nous ne le regretterons pas.

La géographie se réduit-elle à une terre plate? Le plomb se transforme-t-il en or ? Les étoiles sont-elles des trous dans un voile noir qui recouvre le ciel ? La terre est-elle au centre de l'univers ? Les maladies sont-elles expliquées par les troubles de quatre humeurs ?

Tout cela, nous ne l'acceptons pas. Tout cela est relégué dans de poussiéreux livres antiques que nous ne lisons plus.

Et pourtant, de nos jours, nous pouvons lire, dans des livres tirés à des milliards d'exemplaires et même distribués gratuitement, que la femme a trompé l'homme, qu'Ève est responsable de ce que l'on appelle le péché originel, que les hommes ont de la chance d'être nés hommes, que les femmes sont de petits êtres fragiles qu'il faut protéger en les enrobant dans des épaisseurs de tissus, que des vierges (des poupées gonflables, des robots ou des êtres humains ?) seront la récompense des hommes au Paradis, que la femme est la servante de l'homme, qu'elle doit se taire, etc.

On essaie de nous faire croire que ce ne sont que de vieilles assertions, qu'il faut prendre cela comme des symboles d'autres choses, que les temps ont changé, etc. Pitié ! Comme ces réponses lamentables, infantiles, grotesques, sont fausses ! Rien n'a changé. On lit encore tous ces livres en les apprenant par cœur, en en croyant chaque mot à la lettre !

Les livres scientifiques, ceux où l'état de nos connaissances est sans arrêt précisé et affiné, n'ont que faire du fatras ancien, symbolique ou pas. Pourquoi n'en serait-il pas de même pour ces livres qui se prétendent à la base de nos religions ? Non, car ils sont intouchables, ou du moins, ils ont été déclarés comme tels par des poignées d'hommes, il y quelques siècles. Et bien non, il faut oser les changer, les purger des erreurs, des insultes, des abominations. Pourquoi doit-on les conserver tels quels ? En quoi l'histoire d'Abraham est admirable, lui qui voulait sacrifier son fils et a prostitué sa femme pour se sortir de mauvais pas ? De nos jours, il irait directement en prison. Pourquoi lisons-nous des histoires où Iphigénie, où Antigone, où la fille **anonyme** de Jephté, et tant d'autres, sont sacrifiées par des hommes ? Pourquoi lisons-nous tout cela sans hurler ?

Pourquoi gardons-nous ces textes, contemplons-nous ces images ? Pourquoi perpétuons-nous cette haine des hommes pour les femmes ? Quand serons-nous assez grands pour voir l'évidence : il n'y a pas de différence entre hommes et femmes, et le sexe n'est qu'une astuce de l'évolution pour assurer notre reproduction. Quand comprendrons-nous qu'il aurait pu, qu'il pourrait, y avoir mille autres astuces, pour persister sur terre ? et que la différence de sexe n'est en rien une différence de qualité. Quel spectacle ignoble donnerions-nous au moindre extra-terrestre intelligent !

La vraie question est : qui sommes–nous ? Qui sommes-nous pour opprimer ainsi la moitié de l'humanité ? Comment nous révolter quand la pression sociale, religieuse, est tellement forte, tellement insidieuse, tellement permanente ?

Léon Chestov était en colère parce que la nécessité l'obligeait à croire que 2 et 2 font 4 et non 5. Eh bien, moi aussi, je suis en colère. Par quelle nécessité la femme doit se taire devant l'homme ? Par quelle nécessité enseigne-t-on que la femme a trompé l'homme, que la femme est inférieure à l'homme, que la femme est la servante de l'homme.

Comme le malheureux Ordinov dans son sous-sol, sommes-nous en face d'un mur, d'une nature qui ne demande pas notre autorisation ? Non ! Je suis en colère. Non, j'enrage ! Je crie ! Je hurle ! Je hurle ! Je suis fou de rage ! Je suis fou ! Je suis fou !

Je suis fou ? Je suis folle ?

Le texte ci-dessus provient d'un fragment de journal non entièrement brulé trouvé après l'incendie de l'imprimerie d'un journal libertaire parisien bien connu.

oOo

Chapitre 43

Ursula avait laissé ses visiteurs libres de faire ce qu'ils voulaient pendant une bonne semaine, le temps de se laisser oublier et aussi de trouver une solution. Elle tint aussi à les présenter à Randy qui fut extrêmement enchanté de les rencontrer.

André était déjà venu plusieurs fois à New York. Hermine, jamais. Ils n'avaient que cela à faire, visiter la ville comme des touristes naïfs. Bien sûr, les musées de la cinquième Avenue, la collection Frick, la Morgan Library, les Cloisters enfin. Là, ce qui intéressa le plus André, ce n'était pas les tapisseries de la Dame à la Licorne à fond vert, mais le triptyque de l'*Annonciation* de Robert Campin, œuvre typique du génie flamand, datant du début du quinzième siècle. Au centre du triptyque, la scène classique de l'annonciation de l'Archange Gabriel à Marie. Elle renferme tellement de symboles divers que des ouvrages entiers lui ont été consacrés. Au gauche, le portrait du donateur, un certain Imbrechts de la ville de Malines qui appartenait à l'ordre des Chevaliers Teutoniques et avait été aussi mêlé à une sombre histoire d'assassinat d'un prêtre. Il devait avoir pas mal de choses à se faire pardonner pour commanditer ce triptyque. Mais surtout à droite, on voit Joseph, le charpentier de profession, en train de fabriquer des petites tapettes à rat en bois pour attraper le Démon (Ah ! Si seulement c'était aussi facile !). Curieusement, ce qui sembla plaire le plus à Randy, quand ils lui racontèrent leur visite aux Cloisters, c'est ce que ce triptyque magnifique est en fait la copie d'une œuvre un peu plus ancienne du même peintre.

Une fois les musées scolairement explorés, le ferry pour Staten Island agréablement emprunté, l'Empire State Building consciencieusement exploré et Time Square soigneusement évité, il ne restait plus grand chose à faire et ils furent bien heureux d'être invités à souper par Randy. Celui-ci se révéla charmant et bon-vivant. Il semblait tout savoir sur eux, ce qui au fond n'était pas surprenant, du fait de ses fonctions d'expert permanent auprès d'Ursula. Il leur raconta tout ce qu'il savait sur les projets de la richissime héritière, le future musée et la défense des femmes dans le monde. Il voulut tout savoir sur l'atmosphère à Paris, avec ces crimes et ces attentats. Il écouta avec attention tout ce qu'ils savaient sur les béguines et l'Hôpital à la Rose de Lessines. Il fut passionné par ce tableau sur le Jésus barbu et féminin, et en particulier par ces personnages, un peu hors du commun, qu'ils avaient rencontrés, tant par le connaisseur en tableaux flamands que par celui qui s'intéressait aux serrures. Enfin, il leur donna sa carte de visite avec plusieurs numéros de téléphone. Le temps passait ainsi agréablement et ils en oubliaient qu'ils étaient pourchassés. Randy les persuada de faire ce que peu de visiteurs à New York font, aller à Brooklyn. Il faut prendre un long métro, et puis qu'y a-t-il à voir à part Prospect Heights, le quartier des bourgeois ? Eh bien, il y a le musée de Brooklyn.

- Encore un musée s'écria Hermine.

- Dans ce musée, il y a tout, depuis l'antiquité jusqu'à nos jours. Mais il y a surtout la *Dinner Party*, l'installation/sculpture/manifeste que l'artiste Judy Chicago a faite en 1974. Imaginez une grande structure triangulaire de 15 mètres de côté, en forme de table. Sur cette table sont déposés des objets qui peuvent être liés à une femme célèbre, souvent un sexe féminin seulement. Au total on a 3 fois 13 places soit 39. Mais au-dessous de chaque place, des plaquettes rappellent les noms de 999 autres femmes célèbres. On en a donc 1038 au total. On peut avoir la liste. Parmi celles qui vous intéressent, vous avez Hypatie, Hildegarde de Bingen, Christine de Pizan, et beaucoup d'autres. Il faut que je vous dise que l'accueil a été varié. Éloge du féminisme, mais aussi vulgarité, populisme. J'en passe. Inutile de vous dire qu'Ursala aurait bien aimé avoir cette œuvre pour son musée, mais c'est trop tard maintenant. Il faut aller voir ça. Ça fait partie de tout pèlerinage de toutes les féministes.

Malheureusement, ils ne purent pas y aller. Pendant la nuit, une série de petits explosifs, bien disposés et peu visibles, le long de la structure avait fait exploser la *Dinner Party* pendant la nuit. Le nombre de visiteurs, la panne inopinée des caméras de surveillance, tout cela augurait mal du succès de l'enquête. De plus, le jugement général du public était ouvertement outré et secrètement ravi. Seule, la direction du musée était sincèrement outragée, en raison de la perte prévisible de fréquentation.

Mais les autres nouvelles du jour n'étaient pas meilleures. Elles étaient même horribles. Huit Femen qui manifestaient un soir devant le Palais Bourbon à Paris avaient été mitraillées par une voiture qui avait vite pris la fuite. Plusieurs d'entre elles avaient été grièvement blessées. Les secrétariats de plusieurs journaux féministes aux USA avaient été saccagés. Le musée Colette barbouillé de peinture rose ainsi que la nouvelle statue de Mary Wollstonecraft à Londres. Beaucoup d'autres statues dans le monde avaient subi le même sort. Un béguinage avait brulé.

Et l'Agence à Paris ? Pour le moment, pas de mauvaises nouvelles. L'autrice d'un livre expliquant qu'elle détestait les hommes reçut la Légion d'Honneur. Une nuée de vieillards rendirent la leur. Les associations féministes exultèrent tout en expliquant qu'un hochet ne remplaçait pas les actes. Les jurys littéraires se plaignirent de cette atteinte à leur droit exclusif à l'originalité et à la transgression. Un communiqué abscons et court de l'Académie des Sciences Morales et Politiques rappela à la population que cette Académie existait toujours. Mais la cause des femmes au fond ne sortait pas différente de cette petite aventure parisienne.

oOo

Chapitre 44

L'enquête de Leila avançait. Au bout de trois jours, le boutiquier de la brocante se souvint qu'il avait vendu un marteau rouillé de géologue le jour de l'agression. Il put donner un signalement et un portrait-robot fut distribué. Grand, brun, pas de signes particuliers, ni d'accent étranger, ni de comportement bizarre. Il avait voulu un assez grand sac. Il avait payé en liquide. Il ne semblait pas agité ni inquiet. L'enquête avançait donc, mais très lentement. Leila avait établi qu'il n'avait pas pu garder son marteau longtemps et qu'il s'en était débarrasser au plus vite, soit dans une poubelle, soit dans la Seine. Les poubelles ne donnèrent rien. On fit des estimations de l'endroit où trouver le marteau au fond de la Seine, en estimant qu'il l'avait jeté à partir du Pont Saint Louis ou bien du Pont de L'Archevêché, les deux seuls ponts permettant de quitter rapidement le quartier de Notre Dame. Il n'avait pas pu faire de grands gestes ou de grands moulinets, ce qui limitait la zone à explorer. Et les plongeurs le retrouvèrent bientôt, déjà enfoncé aux trois-quarts dans la vase. Pas d'empreintes bien sûr. Mais le marteau correspondait bien aux blessures. Et en raison de la position des blessures, l'homme devait être grand, ou très grand. Pour la première fois, la police avait une pièce à conviction.

Pierre Lesur, lui, était extrêmement inquiet. L'annonce d'un portrait-robot l'avait anéanti. Il se sentait reconnu dès qu'il sortait de chez lui. Et puis ce succès n'en était pas un. Les filles avaient survécu. Il avait agi trop vite. Il devenait trop impulsif. On parlait maintenant trop de lui. Et la police laissait entendre qu'ils avaient beaucoup plus d'informations qu'ils gardaient secrètes. Il alla se recueillir dans la Cathédrale Notre Dame un soir et resta sans s'en rendre compte tellement longtemps qu'un diacre vint lui demander s'il avait besoin de quelque chose. Il bredouilla une réponse peu cohérente et s'enfuit. Il espéra que le diacre l'oublierait vite au milieu des autres paroissiens. Mais comment en être sûr ? Aller se confesser ? il n'en était pas question. Il rentra chez lui et ne retourna pas travailler dans la librairie, prétextant une grippe. Mais là aussi, cela pouvait être suspect, car il ne tombait jamais malade. Il retourna travailler sans entrain, ce qui encore attira l'attention, pensa-t-il.

Il décida de retourner à son ancienne technique: reprendre ses propres armes, reprendre son vélo et suivre des prostituées. Mais on disait partout qu'elles étaient devenues très méfiantes. La seule solution : s'extraire du monde, ne plus lire les journaux ni voir la télévision. Et en faire à sa tête, comme avant. Mais il remarqua vite que les attentats récents avaient multiplié le nombre de policiers en ville. Tout le monde pouvait devenir suspect, même un simple cycliste circulant un peu tard. Eh bien, il allait prendre son temps et faire un grand coup. On sera surpris. Il retourna espionner de loin l'Agence des Amazones. Et il décida de réécrire aux journaux.

Alim avait pris l'habitude d'accompagner Lydie à son bureau le matin. Il rejoignait ensuite la faculté où il avait repris ses études de droit. Ce jour-là, à peine arrivés à une vingtaine de mètres de l'entrée de l'Agence, une grosse déflagration les coucha sur le sol tant le souffle était puissant.

- Lydie, ma chérie, réponds-moi, as-tu mal ? Réponds-moi, je t'en prie.
- Alim, ça va, je crois, j'ai mal, partout, mais ça va.
- Reste couchée, ne bouge pas.

Autour d'eux, une énorme agitation, des sirènes, des cris, des ruées vers les rues alentour, de la fumée, des flammes. Ils réussirent à se trainer un peu plus loin avant de se relever. Des blessés à terre, du sang, une carcasse d'un petit véhicule de livraison d'où sortaient flammes et fumée, et au fond, l'entrée de l'Agence détruite, béante. Ils s'éloignèrent encore plus au cas où une autre explosion surviendrait et s'effondrèrent sur un banc, sans parler.

Deux heures plus tard, un bilan provisoire était fait par la police : une dizaine de blessés, dont Martine Soubise qui avait remplacé Madeleine Duval.

Dans la journée, les blessés étaient hospitalisés, la porte de l'Agence barricadée, la police prenait témoignages et empreintes, et tous les journalistes encore là étaient renvoyés chez eux pour une période indéterminée.

- Alim, dit Lydie, je ne pourrai plus revenir ici. Ce n'est plus possible. C'est trop dangereux. Je ne peux pas ainsi risquer ma vie, et la tienne. Quand tu penses qu'on n'a plus aucune nouvelle d'Hermine qui doit se cacher quelque part. Ce n'est plus raisonnable de faire ce métier. Je veux aller en province, dans un endroit tranquille. Tout de suite, parce que…
- Oui, ma chérie, ce que tu veux. Nous partirons.
- Oui, je ne te l'ai pas encore dit. Je le sais depuis hier. Je suis enceinte.
- Ma chérie, oui, nous partirons. C'est merveilleux. Je suis heureux.

Daniel Schwartz était excédé des ordres contradictoires de Rodin. Il n'en voyait pas le but. Il faisait du repérage qui ne servait jamais à rien, il suivait des gens insignifiants, il photographiait des sites ou des immeubles ternes ou minables. Il faisait rapport sur rapport. Et pendant ce temps, la ville était en émoi et les attentats continuaient. Que voulait Rodin ? Et que voulait-il lui, Daniel ? Ce qui lui avait semblé une mission commune, secrète, digne du MI5 ou du Mossad, commençait à n'avoir plus de sens.

Rodin voulait occuper le terrain et essayer d'échapper aux critiques, en saturant ses correspondants de rapports et de messages. Il sentait son rôle se dissoudre dans ses mains. On ne l'appelait plus. On ne lui demandait plus rien à part ces broutilles de surveillance inutile. Il voulait donner l'impression d'être toujours actif. Il avait peur de devenir tellement inutile que l'envoyer devant les juges pourrait apparaitre comme LA solution. Surtout, au moment où ces attentats se multipliaient, il se rendait compte qu'on les avait utilisés comme des leurres, oui, comme des leurres, pour divertir l'attention. Oui, comme des leurres, après les avoir si soigneusement sélectionnés. Comme des leurres ! Quelle honte, après toutes ces années, pour quelqu'un comme lui. Un Jésuite ! Oui, comme des leurres dont on se débarrasse quand ils ne sont plus utiles. Il en aurait pleuré.

Herbert commençait à être surchargé de travail et ce que lui demandait Langley devenait sans limites. Ses agents devaient maintenant espionner ce qui se passait dans une certaine Agence de journalisme à tendance féministe, essayer d'infiltrer la Nonciature du Pape à Paris ainsi que le syndicat des Métiers d'Art. Il obéissait, car c'était le travail pour lequel il était payé. La seule question qu'il se posait était de savoir si une intelligence humaine à Langley était capable d'intégrer toutes ces données disparates ou bien si un ordinateur surchargé d'intelligence dite artificielle n'avait pas subrepticement pris le contrôle de l'Agence. Il penchait pour la deuxième hypothèse.

oOo

Chapitre 45

Madeleine Duval avait repris son travail à l'agence pour remplacer Martine Soubise encore hospitalisée. Il y avait peu de monde, surtout des ouvriers pour réparer l'entrée et des personnels de sécurité. Elle avait reçu des témoignages de sympathie d'un peu partout, et la visite de membres du gouvernement. Et puis des promesses, encore des promesses, d'action rapide.

Elle avait du mal à faire le tri entre les actions symboliques et les attentats violents. Elle était réticente à communiquer avec ses correspondants habituels par les voies habituelles, car il était clair qu'un système puissant de traçage, d'espionnage était en place. Il s'y ajoutait des tentatives de désinformations. L'indication fausse qu'elle avait reçue à propos de Norwich et qu'elle avait transmise à Hermine lui laissait un goût amer.

Heureusement André et Hermine s'en été tirés, de justesse. Où aller ? Que faire ? Au gouvernement, elle connaissait bien la Secrétaire aux Droits de la Femme. Mais le gouvernement était-il décidé à faire de ces problèmes la grande priorité du moment. Les effectifs de la police étaient-ils suffisants ? Peut-on faire confiance au gouvernement ? Et cette histoire de tueur de femmes en série qui n'en finit pas. De plus, les statuettes s'étaient tues depuis quelques jours. Elle était lasse. On vint lui dire qu'un livreur voulait lui parler.

On le fit fouiller, on s'assura qu'il n'avait rien de métallique sur lui, avant de la laisser entrer. Mal habillé, barbu, un peu sale, il ne fit que déposer un petit papier sur son bureau, avant de partir rapidement. C'était un message au crayon, mal écrit, *« ursula vous dit que tout va bien. Brulez. »* Oui, c'était réconfortant. Mais, quelle misère, on en revenait aux pigeons voyageurs.

oOo

Chapitre 46

Ursula les convoqua. On venait de vandaliser sa belle porte en chêne. Ses adjoints se plaignaient maintenant d'être suivis. Il fallait partir. Trouver un autre lieu où ils seraient en sécurité. Retourner à Paris était hors de question. Elle avait bien une idée, mais qui allait prendre un peu de temps. Pour le moment, il fallait les mettre à l'abri. Et le mieux était Greenwich Village. On habilla Hermine d'un longue jupe gipsy, les cheveux déroulés, un maquillage très visible et des bagues à tous les doigts. André lui, dut se raser la tête complètement, se laisser pousser sa moustache, mettre des t-shirts rayés de marin, prendre l'habitude de gonfler le thorax et de se comporter comme un gay. Il échangea sa croix pectorale pour une beaucoup plus grosse, beaucoup plus voyante, mais recula quand même devant la boucle d'oreille. On les logea dans un petit appartement de la Christopher Street, au-dessus d'une sex-shop. On leur recommanda de ne jamais utiliser leur téléphone, de tout payer en liquide, de ne pas chercher à joindre Ursula. On viendrait les chercher plus tard et on leur souhaita bonne chance.

Eh bien, Hermine et André trouvèrent vite leur place dans le quartier. Le fait qu'ils parlaient français, qu'ils n'étaient pas compliqués, leur amena beaucoup d'amis. Ils se fondaient dans la population, se forçaient sans trop de difficultés à aller dans des boîtes et les clubs de jazz, comme le Blue Note sur la troisième rue, pour leur éducation prétextaient-ils. Ils ne voulurent pas retourner, plus au nord, entendre Woody Allen jouer de la clarinette au Café Carlyle sur la 76ème rue, car cela les aurait trop rapprochés de l'immeuble d'Ursula. De plus, ils ne se voyaient plus comme de vulgaires touristes, avides de raconter une rencontre croustillante à leur retour. Et quand Hermine remit sa broche Labrys, ils furent même respectés sans qu'on songe à les draguer. André et Hermine avaient l'impression de passer leur meilleur temps à New York. Les soucis étaient loin. Ils n'avaient plus de responsabilités. Ils étaient en vacances. Ils se mirent même à redouter qu'on vienne les récupérer trop vite.

oOo

Chapitre 47

La lettre avec le tampon rouge URGENT arriva à une dizaine de journaux de Paris et de province. Elle était plus longue que la précédente et le style sembla aux spécialistes moins bien tenu, moins contrôlé. Il y avait une évolution. L'auteur se déclarait non impliqué dans l'explosion devant l'Agence des Amazones. Il repoussait ces attentats aveugles qui ne répondaient pas à la volonté de Dieu. Il n'en voulait qu'aux femmes perverses qui détruisaient peu à peu la société. Il annonçait des évènements proches qui illustreraient sa mission. Il dénonçait une police dont l'incompétence devait être châtiée.

Leila et ses collègues ne purent rien tirer de cette lettre, peut-être un certain affolement et un peu de confusion de l'auteur. La diffusion du portrait-robot ne menait à rien, si ce n'est à une série de dénonciations sans intérêt.

Les enquêtes sur les différents attentats progressaient mieux ; on avait des pistes sûres impliquant des groupes ou des personnes qui ne se connaissaient pas. On ne pouvait pas remonter à un donneur d'ordre unique. On interpellait attentats, sans les faire disparaitre. C'était un résultat médiocre. Un photographe amateur qui avait maladroitement tenté de filmer la réunion de l'Académie Femina fut presque lynché par une poignée de dames d'un certain âge. L'ambiance restait lourde.

oOo

Chapitre 48

Emil Nostromo s'habilla de vieux vêtements usagés, mit un chapeau sans forme et se rendit en métro dans un hangar désaffecté de la commune de Molenbeek. La porte ne s'ouvrit que pour le laisser passer. Son correspondant à casquettes et cheveux longs lui dévoila le tableau. Nostromo ne fut pas déçu ; le comparant aux agrandissements du tableau de Lessines qu'il avait sur lui, il pouvait noter les fines différences qui en faisait un original de la main du maître par rapport à une copie. Le bois était parfait. Il fallait maintenant faire vieillir l'objet. Cela prendrait quelques mois. Pendant ce temps, il fallait trouver le lieu. Des randonneurs lui avait signalé dans la région d'Eupen, juste à la frontière allemande, entre Kaiser Karls Bettstatt (le Lit de Charlemagne) et Monschau, un bout de ferme qui semblait abandonné. Il allait se renseigner. Dans ces régions frontières, tout était possible.

Pierre Lesur reprenait son calme. On n'avait pas parlé de sa lettre dans la presse, mais cela ne le gêna pas. Il avait lancé un défi et il allait le tenir. En s'attaquant à cette policière Leila, qu'on voyait maintenant sur tous les écrans, il allait faire coup double. Il l'avait vue suffisamment pour la reconnaitre facilement. Il la guetterait à la sortie de l'hôtel de police mais sans grande chance de succès, car elle serait surtout en voiture. Non, il fallait la guetter chez elle, mais où. Google lui indiqua qu'elle n'était sur aucun des réseaux sociaux. En revanche, on la citait dans quelques interviews à la presse. Elle apparaissait dans quelques photos de groupe lors de quelques cérémonies officielles. La 10ème page de Google lui donna enfin une indication : elle était listée parmi les anciennes élèves du Lycée Romain Rolland à Ivry sur Seine. Comme elle n'était apparemment pas mariée, Pierre fit l'hypothèse qu'elle habitait toujours dans cette commune, peut-être pour ne pas être trop éloignée de ses parents. Une autre hypothèse, elle voyagerait en métro. Encore une hypothèse, elle descendrait à la station Mairie d'Ivry en bout de ligne et non à la station précédente Pierre et Marie Curie. Enfin, parmi les trois sorties de la station, Pierre se décida pour la sortie N° 2, celle qui donne accès au centre commercial, dans l'idée qu'elle ferait des courses en rentrant chez elle. Le tout étant tellement hypothétique que c'en étant presque pathétique. Mais il ne pensait à aucune autre solution. Elle ne le connaissait pas, ce qui était un avantage majeur. En sortant de la librairie, il prit donc l'habitude de prendre la ligne 7 du métro en direction de la station terminus Mairie d'Ivry. Il parcourait les wagons, il descendait et remontait, il passait du temps à lire le journal dans cette station ou à l'extérieur. Il ne fallait surtout pas qu'il se fasse repérer. Il n'y avait que très peu de caméras de surveillance et il les évitait machinalement. Il ne devait pas non plus rester trop longtemps au même endroit. On peut être vite repéré. Il y a tellement de pédophiles qui trainent. La nuit tombant vite, cela devenait difficile de faire semblant d'attendre quelqu'un. Il n'avait pas d'autre choix. Il fallait continuer.

oOo

Le présent n'est que la copie du passé

Croyons-nous avoir un accès direct à notre passé ? Rien n'est plus faux. Nous avons accès à un passé frauduleux, réécrit dans un espace et une temporalité élastiques, et en nous fiant à des vestiges laissés par des vainqueurs ou par des vandales. On sait que la plupart de ce que nous considérons comme des chefs d'œuvres de la sculpture grecque sont des copies romaines. Quant aux originaux, ils nous déplairaient par leurs couleurs criardes. Nous sommes fascinés par les ruines. Allons-nous à Nashville admirer la vraie copie du Parthénon ? Par une fausse prière sur l'Acropole, nous préférons essayer de nous rattacher à un passé qui n'est pas le nôtre. Notre Versailles nous projette dans un monde irréel, sans les odeurs d'urine dans tous les coins du château. On croit se promener avec nos bons auteurs classiques dans des villes d'où la puanteur des excréments divers est chassée. Mais, je m'égare. Je radote. Je m'embrouille. Je vieillis. Je dois me reprendre.

La littérature n'échappe pas à notre vision du monde. Et de même pour nos revendications. Croyons-nous réellement à l'originalité de nos revendications ? Croyons-nous réellement que chaque vague du féminisme (nous en sommes à la cinquième) inclut et dépasse la précédente ? Nos grandes anciennes, Simone de Beauvoir, Betty Friedan, Germaine Greer, Judith Butler, Denise Riley, Monique Wittig, et tant d'autres, Andrea Dvorkin, Luce Irigaray, Emma Goldman, Audre Lorde, Gloria Steinem, sont-elles dépassées par nos jeunes collègues ? Peut-on aller plus loin que SCUM de Valerie Solanas ? Elles (les jeunes) n'ont pas eu le temps de tout lire, on les comprend.

Mais dans quelle mesure n'avons-nous pas seulement réinterprété leur pensée ? La véhémence de Mary Daly, qui doit tellement à Sally Miller Gearhart, se retrouve imitée par nos jeunes féministes sans référence aucune. On ajoute toutes sortes de lettres à LGBTQ. Il faudra bientôt ajouter les non-queer, NQ, et on achèvera bientôt l'alphabet en incluant pour des raisons d'égalité démocratique les H (hétérosexuels) et les A (asexuels). Freud a oublié les souffrances de femmes, les marxistes les ont utilisées, les écrivaines ont trop fait de la littérature, les blanches ont négligé les noires. Même les plus violentes, les plus hard parmi nos jeunes contestataires, ne font que redécouvrir l'eau tiède. On défend ou non le transracialisme, les différents lesbianismes s'entrechoquent, le féminisme se dilue. Plus il y a de féministes, plus ça piétine. Les hommes ricanent. J'enrage.

Il faut réorienter notre combat sur les bases actuelles, avec des revendications actuelles qui correspondent à notre situation actuelle, et cela dans le monde entier. Peut-être faut-il imaginer notre projet de vie en oubliant les mots comme marxisme, structures, littérature et rhizomes. Souvenons-nous que nous sommes d'abord de sœurs.

Une Vieille Radicale Éplorée et Perdue. (Blog).

oOo

Chapitre 49

On vint récupérer Hermine et André car les nouvelles n'étaient pas bonnes, tant à New York qu'à Paris. Les cas de vandalisme et d'agressions se multipliaient. À Paris, l'agence était complètement fermée et Ursula elle-même allait se réfugier en Californie, car son immeuble à Manhattan était maintenant trop connu. Elle l'avait fermé et barricadé. La côte Est étant loin de Paris, elle leur proposait de rester chez son frère, près de Boston à Hyannis port, au Cape Cod. Randy devait rester à New York surveiller les affaires de sa patronne. C'est lui qui vint les chercher. Sans grand tapage et dans un véhicule banal, ils rejoignirent Boston d'abord, puis ensuite Cape Cod dont Hyannis est en quelque sorte la capitale.

Dans ce quartier extrêmement riche, la maison de Robert Walden ne détonne pas. Imposante au milieu d'une grande pelouse, elle comporte au moins deux étages et sans doute un grand nombre de pièces et de dépendances. Une sorte de butler vint les accueillir et leur montra leur petit appartement au premier étage, leur donna clés et indications diverses, et ajouta que Monsieur Walden les verrait dans l'après-midi. Tout cela les changeait bien de Greenwich Village et ils firent en sorte de s'habiller en conséquence.

Quand ils rencontrèrent Robert Walden dans son bureau, ils furent extrêmement impressionnés. Ils avaient en face d'eux un homme d'une grande beauté, des traits de patricien comme si la nature l'avait destiné à commander et à être obéi. Une aisance manifeste dans son comportement et son langage. Sa chaise roulante ne semblait le gêner en rien d'autant que les espaces étaient parfaitement adaptés.

Il faut dire qu'il avait été victime d'un accident dans un escalier alors qu'il était encore un enfant. Ses parents le destinaient bien sûr à une carrière politique ambitieuse et de ce point de vue, étaient en quelque sorte en compétition avec la famille Kennedy. Il était le seul fils alors que les Kennedy avaient une réserve de quatre garçons. Mais le sort en décida différemment puisque l'ainé des Kennedy, le plus brillant, mourut pendant la seconde guerre mondiale, les deux autres furent assassinés et la quatrième, que l'on considérait comme un simple bon garçon, eut aussi des problèmes plus personnels. Comment Robert Walden réagit à tous ces évènements est douloureux. Parvenu à l'âge adulte, il réalisait ce qu'aurait pu être sa vie, tout en montrant fierté et générosité. Ce n'était pas simple. La maison où il vivait était assez proche du *Kennedy Compound.* Cet ensemble de trois maisons, pas très belles, attire l'intérêt de tous les touristes et curieux, ceux qui n'ont d'yeux à Hyannis que pour ce qui s'appelle Kennedy.

Il en souffrait et tenait à voyager à l'étranger autant que possible, passionné qu'il était par les arts. Cette passion était réelle et, à l'inverse, sa sœur, elle, était détachée de toute implication sociale ou politique. Ses gouts avaient évolué. Il n'appréciait plus les portraits de jolies femmes, pensives, silencieuses, désirables de Albert Moore ou de John William Godward. Il s'était pris de passion pour la peinture plus sauvage du Caravage, dont l'ombre et la lumière caractérisaient la vie comme l'œuvre. Il en admirait la devise *Nec spe nec metu, Ni espoir ni crainte*, devise terrible dont le peintre avait dû s'emparer dans quelque manuscrit moyenâgeux. Il aurait bien aimé la faire sienne, mais reculait devant sa dureté. Il rentrait d'un voyage à Malte où il faut aller pour admirer les grands tableaux du Caravage dans l'oratoire de la co-cathédrale Saint Jean à La Valette. Mais l'époque des Chevaliers de Malte était bien passée.

Robert venait de découvrir récemment l'œuvre de Cornelis Cornelisz van Haarlem, un peintre flamand du XVIème siècle longtemps méconnu. Ses tableaux à Amsterdam, à Copenhague, montrent sous des prétextes mythologiques ou bibliques, des hommes ou des enfants, musculaires aux belles fesses charnues. Il faut même aller jusqu'à Quimper pour voir le plus beau d'entre eux. Cette réincarnation récente d'un petit maître de l'art maniériste en un champion de l'art homo-érotique le fascinait.

Quand Hermine et André le rencontrèrent, il était encore pensif devant sa grande cheminée ancienne. Mais il se reprit vite et demanda qu'ils lui racontent toutes leurs aventures. Il leur conseilla de se promener simplement en ville, mais à titre de précaution, les exhorta aussi à ne tenter aucune communication, par aucun moyen.

oOo

Chapitre 50

Parmi les collaborateurs de Nostromo, Vincente tenait une place particulière. Pour des raisons qui remontaient très loin, il lui était farouchement dévoué et d'ailleurs ne pouvait pas faire autrement. Nostromo le nourrissait, le logeait et lui garantissait une vie sans encombre, loin de toutes interférences policières. C'est donc Vincente qui alla visiter cette maison à Eupen. Il retrouva en cherchant un peu cette ferme abandonnée. Il était facile d'y pénétrer. C'était un bâtiment à l'ancienne, dont les murs de torchis reposaient sur quelques rangées de pierres. Le toit un peu éventré, une petite cuisine, deux petites pièces. Mais cependant, la pièce principale assez grande, avec son plafond soutenu par des solives encore robustes et une vieille cheminée montrait que le propriétaire avait dû être relativement aisé. En fouillant bien, Vincente mis à jour quelques traces de l'appartenance allemande des lieux, une sorte de blason illisible au-dessus de la cheminée. Un parquet grossier recouvrait le sol. En levant la tête, Vincente finit par trouver une trappe. Comment l'atteindre était un problème, sans chaise ni échelle. En tournant auteur de la maison, il trouva une sorte de billot de bois, reste d'une coupe ancienne. Il le traina dans la pièce, s'assura qu'il avait bien une lampe en état et grimpant sur le billot, il poussa de toutes ses forces la trappe qui s'ouvrit en craquant. Se hissant à mi-corps, il inspecta ce qui était un grenier plutôt bas. Pas de squelette, heureusement, mais des bouts de meubles, une chaise cassée, un coffre bien vermoulu en bois, le conduit de la cheminée. Il parvint à se glisser dans le grenier, inspecta le coffre dont le couvercle était encore relativement intact et prit ses mesures exactes.

Il restait à identifier le propriétaire. Dans un pays où l'administration fonctionne bien comme la Belgique, cela demande du temps mais on y arrive. Le propriétaire du lieu était un jeune fermier dont la propriété était située près de la commune dite La Calamine. Dans cette région de parcs naturels et de pistes de randonnées, le prétexte d'une visite était facile à trouver. Vincente s'en expliqua. Il avait découvert cette maison au cours d'une promenade et avait eu l'idée d'en faire un petit logis pour lui, voire un petit lieu d'accueil ou buvette pour les randonneurs. Il se proposait d'en acheter les murs, rien de ce qu'il y avait à l'intérieur, mais il voulait bien aider son interlocuteur de s'en débarrasser le cas échéant. Le jeune fermier, qui avait les dettes de tout jeune entrepreneur, fut heureux d'accepter cette offre, d'autant que la maison avait été abandonnée depuis au moins un siècle. Elle était même trop isolée pour avoir été squattée.

L'affaire fut vite conclue. Il ne restait plus qu'à installer le tableau avant que le fermier ne nettoie la maison. Le tableau était bien vieilli et prêt à être découvert. Mais il fallait décider de la date de sa mise en sureté dans le grenier. Nostromo eut de longues conversations et réfléchit beaucoup. Il convenait d'abord de s'assurer de la date de construction de la maison et de ses différents propriétaires, car on pouvait penser qu'elle avait été rattachée au cours de son histoire à une série de terrains ou de forêts. Même en Belgique, cela prit du temps d'autant que la région était allemande jusqu'en 1919, retournant en Allemagne pendant la seconde Guerre Mondiale et redevenant belge ensuite. Il fut impossible de remonter aux différents propriétaires avant 1930. Quand donc le tableau avait-il été caché ? La période de transition mouvementée entre 1918-1919 était idéale. En prenant toutes sortes de précautions, Vincente installa le tableau recouvert d'un très vieux drap déchiré dans le coffre et y laissa aussi des fragments d'un journal en allemand qui au bout de longues recherches pourrait être identifié et daté de la période voulue. Enfin, Vincente mit un soin minutieux à effacer toutes ses traces.

Il ne restait plus qu'à attendre et à laisser le jeune fermier découvrir ce que contenait son grenier.

oOo

Chapitre 51

Le fermier retrouva vite le tableau et téléphona immédiatement à Vincente. Celui-ci vint voir le tableau, l'examina longuement, avoua son ignorance et se borna à indiquer quelques noms d'antiquaires à Bruxelles, dont Nostromo. Les antiquaires furent intrigués par le tableau dont la qualité artistique dépassait celle de la copie à Lessines. Se fondant sur toute une série d'arguments, ils affirmèrent que c'était sans aucun doute l'œuvre originale de Jan van der Straet (1523-1605), peintre flamand bien connu. Nostromo eut soin de s'opposer à cette hypothèse sur la base d'une autre série d'arguments qu'il savait faciles à réfuter. Il suggéra de solliciter l'avis d'experts du Musée Royal des Beaux-Arts, du Rijksmuseum et de la Fondation Getty. L'avis des experts, flattés, fut unanime : il s'agissait bien de l'œuvre originale de Jan van der Straet, peintre flamand mineur.

La décision fut vite prise. Le jeune fermier qui devait se marier prochainement et avait de gros besoins d'argent fut d'accord pour une vente aux enchères. La date fut fixée.

Nostromo communiqua tout ceci discrètement à Randy. Son rôle avait pris fin. C'était à Randy de jouer maintenant au moment des enchères. Quant à la rémunération, utilisons les voies habituelles.

Quand il devait réfléchir, Randy avait pour habitude de marcher un peu au hasard dans les rues de Manhattan. Cette fois-ci, il marcha beaucoup et peut-être un peu moins au hasard.

oOo

Chapitre 52

Lilith avait suspendu toutes ses activités et ses réunions souterraines. C'était plus prudent. Elle recevait de Belgique et d'Allemagne des messages d'alerte par des voies extrêmement discrètes. Elle avait appris ce qui s'était passé dans cette boutique de l'Institut Christine de Pizan. Si réellement on devait faire face à une organisation structurée au point de se dissimuler derrière des paravents aussi sérieux que des héroïnes du féminisme, Il fallait prendre des décisions plus claires, plus nettes. Dans un premier temps, elle décida de s'éloigner de Paris. Elle avait eu de la sympathie pour celle qui se faisait appeler Luisa. Lui avait-elle donné un bon conseil en l'orientant vers la théologie féminine ? elle qui semblait un peu naïvement être à la recherche du secret des femmes. Elle l'avait orientée sur Bruges et la boutique d'Els. La décision s'imposait, elle irait à Bruges et prendrait contact avec Els. Peut-être pourrait-elle aider cette Luisa ? Et puis, cela l'éloignait de Paris.

Madeleine Duval essayait de reprendre toutes activités, normalement. Mais une chose la tracassait, elle n'avait pas de nouvelles d'André et d'Hermine. Elle savait qu'ils étaient bien arrivés aux États-Unis, mais elle se souciait car les nouvelles de là-bas n'étaient pas les meilleures. Finalement, elle se décida à téléphoner directement à Ursula, en dépit des écoutes possibles. Ursula la rassura ; ils étaient maintenant loin des gros problèmes urbains, dans la propriété de son frère à Hyannis. Il n'y avait pas à s'inquiéter.

oOo

Chapitre 53

Vlad prit contact avec Master :

- Master, je sais enfin où ils sont.
- Moi aussi, répondit Master qui raccrocha brutalement.

Hermine et André eurent le temps de se promener à Hyannisport, d'admirer les belles propriétés et d'apercevoir les splendides yachts. Cela les changeait bien des autres aspects des États-Unis qu'ils avaient vus, Greenwich Village ou la Cinquième Avenue. À peine rentrés, on vint les chercher pour revoir Robert Walden. Il les fit asseoir gentiment et prit la parole :

C'est une histoire triste que je vais vous raconter. Imaginez un tout jeune garçon à qui tout était promis : intelligence, richesse, succès. Et un jour, alors qu'il avait 7 ou 8 ans, on le pousse dans un escalier, il tombe, il ne peut pas se relever : il est devenu paralysé, ses jambes sont paralysées, il est invalide, il est paraplégique, il est handicapé à vie, il est impuissant, il est impuissant. On lui dit que c'est la bonne qui l'a poussé, mais il sait que c'est sa petite sœur et il ne dit rien, rien.
Oh ! On s'occupe de lui. Il a des professeurs uniquement pour lui. Des médecins viennent le voir régulièrement et laissent toujours entendre, qu'un jour peut-être, peut-être...Mais il sait qu'il ne récupèrera jamais, qu'il ne sera jamais un homme comme les autres. Il reçoit des visites, beaucoup de visites. Par pitié. Et il faut qu'il fasse bonne figure, qu'il les remercie alors qu'il les méprise. Surtout, il sait qu'il était fait pour un grand avenir. Il en a les moyens. Mais non, il ne sera jamais John Fitzgerald Kennedy, jamais. Même pas Bob, même pas Ted, vous vous rendez compte, même pas Ted !
Et il est impuissant ! Il ne connaitra jamais les femmes, il ne possédera jamais une femme. Il ne veut pas d'une femme infirmière et maternelle

! Il s'entoure d'hommes. Il voyage ! Il prend goût à l'art, comme sa sœur. C'est ironique, n'est-ce-pas ? Mais elle, Ursula, devient la chef de famille, elle règne sur New York. Pendant que moi, suis cloué ici, à quelques pas de la maison des Kennedy ! Un supplice perpétuel, un rappel incessant de ce qui aurait pu se passer, qui aurait dû se passer !
Et puis il voit tous ces mouvements féminins qui se développent, toutes ces femmes qui se prétendent réduites en esclavage, qui récriminent ! Si elles savaient ce que c'est d'être en esclavage ! Et maintenant, elles ne veulent même plus des hommes du tout, elles se suffisent à elles-mêmes, elles pensent que l'avenir de l'humanité, c'est les lesbiennes. Elles fondent des groupements politiques puissants, elles veulent réformer la société, elles prétendent que seules, elles, peuvent réformer la société, qu'elles doivent réformer la société et cela selon leurs critères uniquement !
Alors, vous comprenez, l'incompréhension, puis le dégoût, puis la haine, montent. On ne pas l'empêcher. On veut freiner cette évolution. Elles veulent tout, les hommes doivent disparaitre, même tous les hommes, et pourquoi ces malheureux hommes impuissants en premier. On a les moyens financiers d'agir et au début, on essaie de faire cela finement, de détourner la vague. Ah ! la vague, puisqu'on parle de vagues ! Ces vagues successives qui viennent essayer de rogner le pouvoir indispensable des hommes, ceux qui de tout temps ont fait avancer l'humanité. Mais non, elles deviennent de plus en plus agressives, on ne peut plus rien faire. Il faut passer à un autre niveau, au-delà de la morale, n'est-ce-pas ? Cette morale gluante de tous les jours et que nous, les paraplégiques, les impuissants, nous connaissons bien. Alors, j'essaie de faire plus, d'agir plus efficacement. J'en ai les moyens. J'ai des connexions, j'ai des réseaux. Je crée des mouvements souterrains, des foyers secrets d'insurrection, un réseau d'Instituts insoupçonnables !
Et vous les journalistes, les écrivaillons, vous qui vous mêlez de tout, vous intervenez, dérangez mes plans. Oh, pas pour longtemps, ces imbéciles de l'Institut de Paris, ont été éliminés et on repart sur de meilleures bases. Vous croyez tout savoir ? Vous ne savez rien ou si peu !

Mais vous en savez trop et ça n'est plus possible. Vous voyez, vous ne pourrez rien raconter dans vos stupides communiqués et vos journaux pour la foule et le prolétariat. Vous mourrez noyés, accidentellement, par un malheureux hasard, comme Mary-Jo Kopechne ! L'ironie ne sera pas perdue pour tout le monde !
Emmenez-les !

Et il se mit à jouer avec le pistolet qu'il avait sorti de son tiroir pendant que deux hommes trapus et peu souriants s'approchaient.

oOo

Chapitre 54

Les pas de Randy l'amenèrent au 243, Lexington Avenue. Il demanda à rencontrer en urgence le Vicaire et fut reçu presque immédiatement. Leur conversation fut longue et particulièrement détaillée.

- Comme vous le voyez, dit Randy, les informations que je vous donne sont délicates. Elles doivent rester secrètes, ce qui ne devrait pas être difficile dans votre organisation. Surtout, elles me semblent de la plus haute importance, pour l'Église d'abord, mais cela n'est pas de mon domaine, pour vos relations avec Rome et cela n'est pas non plus de mon domaine, enfin pour les relations entre nous et c'est pour moi, je devrais dire pour nous, ce qui m'intéresse au plus haut point. Dans l'état actuel du monde et de nos sociétés, nous devons nous entraider et partager nos fardeaux.
- Croyez bien, et je parle avec toute l'autorité que me donne la présence de Dieu ici, que ce que vous faites, nous, je dis bien, nous, ne l'oublierons jamais.
- Mon Père, je vous remercie. C'est exactement ce que je souhaitais entendre.

Et Randy Cohen prit congé et rentra chez lui en sifflotant.

Quant au Vicaire, il s'enferma à clé dans son bureau, prit son téléphone et eut une très, très longue conversation le Prélat, le plus haut dignitaire de l'Opus Dei à Rome.

oOo

Chapitre 55

Le soir tombait. Le Cardinal avait beaucoup travaillé et se sentait fatigué. Il revoyait les différentes mesures qu'il avait prises et n'en était pas mécontent. Mais la fatigue gagnait, avec un peu d'oppression. Il s'enfonça dans son fauteuil comme il faisait chaque jour pour se reposer et rêvasser, ce qui lui arrivait de plus en plus. Il pensait au passé tellement présent à son esprit. C'était une sensation angoissante, qui commençait à le gêner. Il pensait à cette époque, quand il était jeune. Comme il avait aimé aimer, ah oui, amabam amare ... La douleur devint plus aigüe, mais il pensait toujours à cette époque, quand ils étaient deux jeunes diacres. Son bras s'engourdit un peu et il répétait amabam, amabam, ...

Soudain, la douleur cessa complètement et il fit un effort pour se lever. Alors, il s'écroula, sa tête heurtant brutalement la vitre qui recouvrait son bureau pendant que son fauteuil se renversait dans un grand bruit sur le parquet.

Rodin, lui, était à la recherche d'une retraite. Il voulait avoir le temps de réfléchir. Il était dans un guêpier qui avait été financièrement très intéressant, mais dont il fallait sortir. Il recherchait un endroit calme où on ne le chercherait pas. La communauté de Taizé ? Trop de monde, trop de jeunes, trop d'activités. Il y avait bien des retraites pour hommes seulement, mais pour un week-end seulement. Les stages de yoga pour hommes semblaient s'adresser à une population spécifique. Il opta pour l'Abbaye Saint Pierre de Solesmes dans la Sarthe, à 250 kilomètres de Paris, donc suffisamment loin. Il ne dirait pas au début qu'il était jésuite, mais l'ambiance et les chants grégoriens pourraient peut-être réveiller sa foi. Et lui permettre d'envisager une fin de vie sereine.

Il fut particulièrement encouragé par un message de Daniel lui demandant de passer le voir à l'hôpital. Il y soignait ses blessures des suites du lynchage lors du Prix Fémina. Daniel en avait assez. La vie devenait trop dangereuse avec toutes ces femmes. Il avait moins risqué sa vie quand il était au Mossad. Il allait reprendre son rôle d'officiant dans une petite synagogue de rite constantinois du 19ème arrondissement. Au moins là, il serait tranquille. Rodin lui donna raison, d'autant plus qu'il avait reçu le matin même un message d'Alim lui annonçant qu'il allait être père et qu'il irait s'installer à Nantes avec Lydie.

Rodin rentra chez lui, se versa un bon verre de Jack Daniel's et s'endormit dans son fauteuil.

Chapitre 56

Sous la menace d'armes de gros calibre, on les fit monter dans une vieille voiture d'un modèle ancien, le type de voiture que les agences de location réservent parfois pour des clients européens craintifs et pointilleux qui ne veulent pas d'une voiture trop compliquée et à embrayage automatique. On mit André à l'avant à côté du chauffeur et Hermine s'installa à l'arrière avec l'autre homme. Personne ne parlait. Hermine avait la tête vide. André essayait de penser. La voiture roula très vite et aborda une longue descente.
André se retourna et demanda à Hermine :

- Tu te souviens de l'histoire de la Mercédès ?

Et quand il vit que Hermine hochait la tête et tendait les bras en avant, il tira très brusquement, de toutes ses forces sur le frein à main. La voiture dérapa avec un énorme grincement et vint s'encastrer sur une bouche d'incendie. Le chauffeur avait cogné le pare-brise devant lui et ne bougeait plus. L'autre saignait abondamment et respirait difficilement. André et Hermine s'extirpèrent de la voiture sans trop attendre et coururent devant eux, puis à droite, à gauche, avant de s'affaler contre un mur. Prêtant l'oreille, ils n'entendaient rien de spécial. Ils reprirent leur souffle.

- Que devons-nous faire ? demanda Hermine.
- Nous n'avons plus rien, ni papier, ni argent, ni téléphone. Je ne me souviens que du numéro de Randy. Il n'y a que lui qui puisse nous aider ; j'aurais tendance à lui faire confiance. Masi comment faire ?

Ils étaient dans une rue assez chic et passaient devant de beaux magasins.

- Laisse-moi faire, dit Hermine.

Et elle entra d'un pas décidé dans un beau magasin de décoration. Elle avisa une splendide table faite d'une grande dalle de pierre rouge polie à la perfection et contenant encore un fossile coupé en son centre. Elle en demanda l'origine, l'âge du fossile, prit exactement les dimensions, s'enquit des possibilités de livraison et tout à fin à la fin et comme par acquit de conscience, elle prit note du prix. Elle voulut alors prévenir son mari qui devait arriver dans la soirée et ouvrant son sac, s'écria qu'elle avait dû oublier son téléphone. La vendeuse ne la laissa même pas demander ; elle l'installa dans un coin du magasin en lui recommandant de prendre tout son temps.

Elle put heureusement joindre Randy et prit en effet tout son temps pour lui rendre compte d'une situation où ils étaient tellement en danger. Il comprit assez vite et le danger et la difficulté à maintenir des conversations téléphoniques. Il était à New York. Il allait venir aussi vite que possible mais cela prendrait des heures. Il ne fallait surtout pas qu'ils circulent trop dans les rues car on les chercherait sans doute en parcourant en voiture toutes les rues de Hyannis port. Ils peuvent se réfugier sans des magasins ou des centres commerciaux et essayer de le contacter par téléphone de la même manière ; qu'ils essayent d'aller au Hyannis Plaza Hôtel, sur Main Street numéro 662 qui doit être à un ou deux kilomètres de là où ils sont. Et là, qu'ils prennent une chambre en demandant qu'on lui téléphone pour la garantir par sa carte de crédit. Si cela ne marche pas, qu'ils essayent d'autres hôtels, il y en a plusieurs dans le coin ; qu'ils se méfient surtout des voitures en ville car on ne les rechercherait pas à pied. Ne pas joindre la police, on ne les croirait pas.

Être sans le sous dans un endroit aussi riche est une expérience. Essayer d'échapper à des tueurs une autre. Ils se mirent en route en se cachant tous les cents mètres pour surveiller leur route. André marmonnait quelque chose, et Hermine peut-être aussi.

oOo

Réjouissez-vous, mes sœurs !

La publication hier dans l'Osservatore Cattolico de la bulle de sa Sainteté le Pape, **Jubilate, sorores meae,** est un peu passée inaperçue. Il est utile d'y revenir pour nos lecteurs peu familiarisés avec la langue latine. Il s'agit d'une information très importante, la découverte, au bout d'une dizaine d'années de recherche par nos enquêteurs dominicains, de l'original de l'œuvre majeure de l'un des génies de la peinture flamande, Jan van der Straet. Une copie, relativement médiocre de ce tableau que l'on croyait perdu, se trouve actuellement à l'hôpital Notre Dame à la Rose, à Lessines, en Belgique. Ce tableau représente une scène classique, une **Lamentation autour de la dépouille du Christ,** et date de la fin du XVIème siècle. C'est surtout une représentation rarissime d'un **Christ maternel**, dont l'amour s'étend également à tous les hommes et toutes les femmes. Figure nourricière de toute l'humanité, le Christ est une vraie mère comme l'avait écrit en particulier Julienne de Norwich, la mystique célèbre du comté de Norfolk (1342-1416). Les dissertations théologiques à ce propos sont multiples depuis Anselme de Canberbury (1033-1109) et Pierre Lombard (1100-1160), mais les représentations iconographiques sont très rares.

À un moment où la théologie féminine trouve enfin sa place et où le rôle des femmes dans l'Église est de plus en plus affirmé, le fait que les autorités suprêmes du Vatican aient réussi à se procurer ce tableau, en l'arrachant à la possibilité d'une vulgaire mise aux enchères publiques, (**Potuit, Decuit ergo Fecit**, selon la devise Divine : **Il le pouvait, cela convenait, donc il l'a fait**), est une preuve insigne de l'importance que nous voulons donner à ce développement de l'humanisme universel de notre foi et une illustration supplémentaire de notre souci de nous adresser à tous et à toutes.

La décision a été prise de réserver à ce tableau une pièce toute particulière, uniquement à lui dédiée, avec éclairage et taux d'humidité spécialement contrôlés, et munie d'un petit amphithéâtre pour les visiteurs. Cet agencement est un digne témoignage de l'importance qu'il mérite. Il sera l'objet de visites guidées particulières, de publications de tous niveaux, académique et grand public, et des espaces de temps seront réservés aux chercheurs qui voudraient enfin étudier l'original de Jan van der Straet. Il s'agit pour l'Église d'un grand moment dans notre histoire.

Mes sœurs, réjouissez-vous !

L'Osservatore Cattolico.

oOo

Chapitre 57

Herbert devait téléphoner. Il n'avait jamais eu une tâche aussi difficile. Il hésitait, marchait de long en large dans son bureau. Il essayait de réfléchir calmement. C'était impossible. Il énumérait les options devant lui. Aucune n'était satisfaisante.

Il s'assura que son bureau était bien fermé à clé, s'assit, reprit in gorgée de single malt et décrocha le téléphone :

- Robert, c'est ton cousin Herbert.
- Herbert, quel plaisir de t'avoir au téléphone. Comment vas-tu ?
- Robert, il faut que je te parle.
-J'espère que tu vas bien, que ce n'est rien de grave.
- Robert, tu sais le métier que je fais.
- Oui, vaguement, à Paris
- Robert, c'est sérieux. Je représente la CIA à Paris.
- Toutes mes félicitations.
- Robert, c'est à ce titre que je t'appelle. Tu connais un russe nommé Vlad ?
- Moi, connaitre un russe ? Tu plaisantes.
- Robert, j'ai les transcrits de toutes vos conversations.
- Mais ce doit être une erreur, je ne connais rien de cela.
- Robert, non seulement je connais toutes tes connexions, je sais aussi qu'il y a un couple de français chez toi. J'espère qu'ils vont bien.
- Herbert, il faut que je t'explique. C'est compliqué. Tu comprendras.
- Robert, cette conversation est enregistrée. Ta situation est insoluble. C'est fini. Tu ne t'en sortiras pas. Le scandale sur toute ta famille. Tu iras en prison pour toute ta vie. Tu comprends, en prison pour toute ta vie.

- Qu'est-ce-que je dois faire ?
- Tu le sais. Je m'occuperai de tout.
- Maintenant ?
- Tout de suite. Ne raccroche pas.

Quand Herbert eut entendu la détonation, il appela Langley et eut une très longue conversation avec le grand chef. Celui-ci comprit vite. À ce niveau de respectabilité sociale, il fallait comprendre vite et agir vite. Tout serait nettoyé sans laisser aucune trace. On pouvait compter sur les services de la CIA.

oOo

Chapitre 58

Vlad essayait de joindre Master. Il n'obtenait qu'un signal occupé ou pas de signal du tout. Il s'était tellement investi dans ses relations avec lui. Mais arrivait le moment où il voulait en finir avec ses demandes biscornues et surtout être payé, par les voies habituelles.

Au bout de quelques heures, l'absence de réponse l'inquiéta et il se décida à appeler Vera. Une grosse voix bourrue lui répondit dans un russe vulgaire que Vera était partie pour de bon et qu'elle ne reviendrait pas. À ses demandes répétées, on lui répondit qu'elle été partie pour la Floride. Vlad connaissait bien Vera ; si elle faisait dire Floride, c'était pour cacher qu'elle était en Californie. À moins que, prévoyant cette conclusion, elle était réellement en Floride. Ou bien, elle pouvait être encore ailleurs.

Vlad décida que les femmes étaient trop compliquées pour lui, Pouchkine ou pas Pouchkine. Et quand un message inattendu, bizarre, alarmant d'un de ses correspondants aux USA arriva sur son écran, il décida de se cantonner à des activités beaucoup moins dangereuses, une bonne fois, avec le gouvernement légal russe.

oOo

Les départements d'études féminines et du genre : encore une conspiration ?

Jusqu'où n'ira pas l'imagination des théoriciens du complot ? On connait le succès grandissant des études portant sur la condition féminine et les nouveaux aspects liés au genre. Il n'y a pas d'université qui n'ait un département spécifique. En France et en Europe, c'est le Centre d'études féminines, créé par Hélène Cixous en 1974 à l'Université de Vincennes qui a été le premier. C'était à l'occasion de la création de cette université expérimentale et encore a-t-il fallu héberger ce centre dans le département d'études anglo-américaines. Depuis, de tels centres se sont multipliés un peu partout, à la traine, il faut le dire, des Etats-Unis. Pour rester en Amérique, il y a maintenant plusieurs centaines de tels départements universitaires et plusieurs dizaines de milliers d'étudiants ont obtenu des diplômes sanctionnant un travail de recherche dans ce domaine. En parallèle, existent maintenant des dizaines, peut-être des centaines de revues spécialisées.

Tout devrait donc aller pour le mieux. Eh bien, non ! Il n'y a pas de programmes systématisés pour de telles études. L'enseignement associe psychologie, sociologie, sciences sociales, sciences politiques, anthropologie, littérature, philosophie, arts… et les enseignants sont parfois dispersés. Il y a beaucoup d'étudiants, mais ce sont en grande majorité des femmes, de même que les enseignants. L'enseignement interdisciplinaire ne peut cacher le fait que les études féminines ont toujours été le lieu de débats passionnés et il ne produit parfois que du « bricolage intellectuel », pour reprendre les mots de la spécialiste de littérature Susan Friedman. A l'inverse, on peut voir les départements dits classiques se replier sur eux-mêmes et se contenter d'une sous-section «féminine». La théorie du genre vient compliquer les choses, d'autant que comme le dit l'historienne Leora Auslander, « les gender-studies risquent de devenir des white-studies », un risque difficile à corriger.

Comme si tout cela ne suffisait pas, se répand maintenant l'idée que tout le développement des « Women's Studies » a été l'œuvre d'une minorité agissante d'hommes, oui, d'hommes, qui, en poussant à la création de départements spécialisés, y ont orienté des jeunes femmes brillantes et ambitieuses qui auraient pu leur porter tort dans les grands départements classiques. A-t-on voulu ainsi créer de toutes pièces des sortes de ghetto universitaire féminin, pour permettre à des mandarins mâles, blancs et vieillissant d'éviter de se confronter à des jeunes femmes plus talentueuses qu'eux ? Cette hypothèse prend d'autant plus de poids qu'elle est curieusement peu discutée et encore moins combattue. Le silence est la preuve ultime d'une conspiration. Il est bon d'ailleurs de rappeler ici le jugement de Monique Wittig sur Lévi-Strauss à propose de son analyse de l'hétérosexualité : « Sa théorie révèle, avec beaucoup de clarté, toute l'intrigue, toute la conspiration des pères, frères, maris, contre la moitié de l'humanité… Il est clair qu'on a affaire à un régime politique pensé, prévu, calculé. » On ne saurait mieux dire.

Le Temps de Paris, 23 Mars.

oOo

Chapitre 59

Exceptionnellement, Leila rentrait tôt chez elle ce soir-là. Elle était fatiguée. Les enquêtes progressaient lentement. Elle faillit s'en dormir dans le métro et repéra de justesse la station où elle descendait. Dans le petit hall, elle vit le spectacle habituel, quelques SDF, une grande famille avec des enfants et un grand homme avachi dans un siège. Au moment, où elle passa devant lui, elle eut l'impression fugitive qu'il la reconnaissait. Avant de sortir, elle le vit, dans la vitrine du marchand de journaux, se lever lourdement. Elle marcha vite dehors, dans l'avenue, et il était là derrière elle. Elle pressa encore le pas et tourna dans la petite rue tranquille où elle habitait. Elle s'arrêta devant l'immeuble où elle habitait et fouilla son sac, sans doute pour chercher ses clés, car on entendait un bruit métallique.

Pierre Lesur se mit à courir, le marteau levé. Et au moment où il allait frapper, il vit trop tard le pistolet et s'abattit, une balle dans la tête.

Leila s'appuya sur un mur, appela ses collègues au téléphone et se mit à pleurer.

oOo

Chapitre 60.

André était endormi dans sa chambre quand le téléphone sonna. C'était Randy qui leur disait qu'il venait d'arriver, que tout allait bien et qu'il les verrait au petit déjeuner, en bas, vers 8 heures. Il décida de ne pas réveiller Hermine dans sa chambre et de la laisser dormir.

À 8 heures, Randy les attendait dans l'entrée en train de payer le caissier. Il les fit monter dans une énorme voiture aux vitres teintées et leur annonça qu'il venait d'apprendre, sans dire par quelle voie, que Robert Walden venait de se suicider. Ils décidèrent de voir de loin ce que devenait la maison. Il y avait devant, en dépit de l'heure matinale, une assez grande agitation et de nombreux véhicules. La police ? Non, car il ne s'agissait pas des voitures classiques de la polices, les fameuses Ford Crown Victoria, mais quelques SUV noirs, sinistres, et des ambulances.

Randy se gara, et descendit aux nouvelles. Il revint un bon moment plus tard et invita ses passagers à le joindre s'ils voulaient récupérer leurs affaires. Ce qu'ils virent en montant était étonnant : des hommes en noir qui fouillaient partout et jetaient dans le feu de la grande cheminée de nombreux papiers, qui assénaient de grands coups de marteau sur des computers ou des téléphones qu'ils jetaient ensuite dans des caisses, qui ouvraient tous les livres de la bibliothèque, qui secouaient les bibelots, retournaient les tableaux, regardaient sous les tapis et derrière les rideaux. Le bruit leur indiquait que la même chose devait se passer dans toutes les autres pièces. Des brancards circulaient, recouverts de toile blanche.

Un homme d'apparence aimable, rondouillard, vint les rejoindre et leur donna deux sacs avec leurs affaires. Il leur demanda de vérifier que tout était bien là. Puis il s'adressa à eux d'une voix douce :

-Je suis content que vous vous en soyez sortis et je vous félicite pour votre courage. Mais j'ai quelque chose à vous demander, à laquelle je tiens beaucoup. Il va falloir oublier tout ce qui s'est passé ici. Vous comprenez ? Ici, vous avez simplement visité Hyannis. Rien d'autre. Il ne s'est rien passé d'autre. Je voudrais que vous compreniez bien l'importance de ce que je vous dis. Robert Walden est mort d'une longue maladie et son butler d'une crise cardiaque. Les deux hommes qui étaient avec vous dans la voiture sont morts brulés, dans un accident de la route ; ils allaient trop vite, les idiots. On a retrouvé dans les sous-sols les corps de quelques employés qui ont péri, les malheureux, d'overdose au cours d'une partie sado-maso gay. Il ne s'est rien passé d'illégal ici, tout est propre, et c'est cela que vous allez retenir, n'est-ce-pas ? Notre compagnie a une très longue mémoire et je ne voudrais surtout pas qu'il vous arrive quoi que ce soit. Est-ce que je suis clair ? Est-ce-que nous nous comprenons bien ?

Livides, Hermine et André promirent tout ce qu'il voulait. Quant à Randy, il jugea qu'il était grand temps de les mettre dans un avion et de les renvoyer à Paris.

oOo

Chapitre 61

Quand ils arrivèrent à Paris, l'ambiance leur sembla irréelle. Le printemps commençait à pointer, l'air leur semblait clair, les gens déambulaient lentement dans les rues, comme s'il n'y avait aucun danger, nulle part. Des fillettes couraient en riant. Des couples s'enlaçaient. Les bateaux-mouches circulaient normalement. Les embouteillages dans les rues avaient un côté rassurant inhabituel.

À l'agence, le travail avait repris avec une sorte de train-train. On leur donna de bonnes nouvelles de Lydie à Nantes, bien grosse d'une fille pour le mois prochain, et de Leila qui venait d'avoir une promotion. Quand la patronne les reçut, elle leur dit d'emblée qu'elle ne voulait pas tout savoir. Ils lui racontèrent ce qu'ils pouvaient. Comme les attentats ne s'étaient pas reproduits, l'ambiance était plus calme et la mort du tueur avait rassuré tout le monde. Dans ces conditions, Madeleine leur conseilla, leur ordonna même, de prendre de longues vacances et les renvoya chez eux.

André réfléchit bien : il avait besoin de repos, de distance et d'oubli. Une retraite s'imposait. Il était très tenté par l'Abbaye de Solesmes, mais il eut peur, pensa-t-il, de ne connaitre personne. L'abbaye du Bec-Hellouin, où il avait maintenant ses habitudes, s'imposa. Mais auparavant, il alla rendre visite à son évêque, une visite qui dura longtemps. Il raconta toutes ses aventures et son projet de retraite. Cette entrevue, qui se passa bien, était nécessaire, car l'escapade de Londres avait quand même laissé quelques traces. Mais la hiérarchie l'approuva pleinement. La modernité n'est pas un mot inconnu de toutes les instances catholiques.

Hermine, elle, avait besoin de changement de lieu, de langue, de coutumes, de cuisine, même. Après avoir été embrasser ses parents, elle décida d'aller rendre visite à une cousine un peu éloignée, Neele, qui était médecin à Bad Wimpfen. Voilà qui allait la dépayser!

oOo

Obituary

Madame Ursula Walden-Rand, de New York, nous prie d'annoncer le décès de son frère, Robert Walden, 55 ans, survenu à Hyannis (Mass.) après une longue maladie. Très handicapé depuis un grave accident survenu dans son enfance, il s'était réfugié à Hyannis dont il appréciait le charme et la convivialité. Il était passionné par les arts, voyageait beaucoup et était surtout connu pour son humanisme et sa philanthropie. Madame Walden-Rand ne peut malheureusement pas donner d'interview. Son cousin, H. Herbert, qui travaille pour le moment à Paris, se propose de nous adresser sans tarder une biographie plus détaillée du défunt.

The New York Tribune.

oOo

Chapitre 62

Bad Wimpfen est une charmante petite station thermale de la région de Bade-Wurtemberg, sur le Neckar, qui regorge d'attraits: un Palais Impérial, deux Tours, une Bleue et une Rouge, une église Saint Pierre, des Arcades anciennes et mille autres choses. Neele fut très heureuse de voir sa cousine. Dès le premier soir, elle lui prépara des Rinderrouladen mit Knödel und Rotkohl, accompagnés de vin de Franconie et l'on parla de tout et de rien.

Comme on était en fin de semaine, elle l'emmena voir les environs et surtout visiter Heidelberg. Elles firent du tourisme shopping dans la Hauptstrasse, passèrent devant l'hôtel Zum Ritter bien connu de leur grands parents, le palais Boisserée où Goethe a séjourné, visitèrent le château que les Français avaient détruit il y a trois siècles, parcoururent le fameux Philosophenweg et terminèrent par le Vieux Pont sur le Neckar.

Le lendemain, Neele l'emmena voir le vieux cimetière juif de Bad Wimpfen et surtout, la curiosité locale, l'Association Zunftmarkt, spécialisée dans la connaissance et la reconstitution de la vie au Moyen Âge. Elle est située dans de très anciens bâtiments de la vieille ville, dominant le Neckar. La visite des locaux fut passionnante, bien guidée par Tanja, la secrétaire. On pouvait y apprendre les différents métiers et les différentes techniques en usage au Moyen Âge, on pouvait s'amuser à se vêtir à la mode de l'époque, on organisait des réunions, des manifestations, des défilés en costumes ou en armes. Enfin, on pouvait s'initier à la pensée de ce temps.

Au moment de se quitter, Tanja regarda fixement Hermine, eut l'air de se souvenir de quelque chose, s'éloigna quelques minutes et revint avec une petite enveloppe marquée *für Herminia* qu'elle lui remit avec un petit sourire.

Quand Hermine ouvrit l'enveloppe, elle y trouva deux mots :

Evere
Lerberghe

En consultant encore la carte au moment de partir, Hermine se rendit compte que Bad Wimpfen était situé exactement entre Mosbach et Heilbronn, et se souvint que la lettre contenant les *Offenbare Geheimnisse* trouvée chez la sage-femme se terminait par ces mots :

Console-toi, tu ne me chercherais pas si tu ne m'avais déjà trouvé.
Wo? Zwischen Mosbach und Heilbronn!

C'était clair. Son cœur se mit à battre un peu plus fort. Elle admira ce réseau de femmes, Sophie, Lillith, Meryl, Els, Tanja, et tant d'autres, qui se soutiennent, sans se connaitre. Elle avait eu beaucoup de chance. Elle avait été aidée constamment, sans en avoir conscience. Avait-elle été plus qu'aidée, choisie, sélectionnée ? C'est possible. Ces statuettes, ont-elles un rôle ? Existe-il un réseau mystérieux de femmes qui s'entraident ? Saurait-elle plus tard, faire de même ?

Mais, elle sut immédiatement ce qu'elle avait à faire. Il fallait aller à Bruxelles.

oOo

Chapitre 63

Mais d'abord, il lui fallut se renseigner sur ce Charles Van Lerberghe. Ce n'était pas facile, les rares travaux le concernant et en particulier sa biographie étant épuisés ou introuvables. Poète de la belle époque, mais aussi poète maudit, oublié, dont les wallons eux-mêmes ne savent plus le nom. Et pourtant, ne fut-il pas l'un des flambeaux de la nouvelle littérature belge avec Maurice Maeterlinck, Émile Verhaeren, Georges Rodenbach, ou Franz Hellens ?

Que s'est-il passé? Un simple complot de catholiques bien-pensants pour qu'un poète timide, philosophe et athée voit son œuvre mutilée, sa pensée dénaturée et son souvenir effacé. Dans ce complot, sa plus jeune sœur, Marie, bigote fanatique qui lui survécut plus de 4O ans, eut un rôle majeur, régnant sur l'utilisation de ses écrits personnels que l'on ne connut que tronqués, affadis, dénaturés.

Pauvre Van Lerberghe, que l'on qualifiait de son vivant de poète au crayon d'or, poète malheureux, hésitant dans sa vie et déterminé dans ses pensées, poète rêveur sacré, poète Pan-théiste, poète voyant, prophète, qui annonçait l'avenir, et qui est maintenant chassé de la mémoire des hommes !

Aurait-elle plus de chance à Evere ? Evere est une commune située juste au nord-est de Bruxelles dont la seule originalité est qu'elle abrite le grand cimetière où l'on enterre les bruxellois. Aussitôt arrivée, Hermine loua un vélo, se rendit à Evere, et trouva facilement le cimetière. Elle dut néanmoins laisser son vélo à l'entrée (mais où est donc l'écologie ?). En revanche, on lui proposait gentiment des urnes funéraires biodégradables.

Le guichet de renseignements est situé à gauche de l'entrée. Le petit guide des personnes célèbres enterrées là ne contient pas le nom de Charles Van Lerberghe. Elle dût convaincre les guichetiers de pousser les recherches. Ils exhumèrent les registres poussiéreux, vieux de plus d'un siècle. Et ils finirent par trouver où se trouvait la tombe de Charles Van Lerberghe : c'était la pelouse 16, allée trois.

Une grande tombe plate de marbre gris, couverte d'une grosse épaisseur de mousse qu'elle gratta avec un bout de bois. Elle put lire :

Charles Van Lerberghe
Poète
1861-1907

Au-dessous, était gravé cet extrait de la *Chanson d'Ève* :

C'était le premier matin du monde.
Comme une fleur confuse exhalée de la nuit,
Au souffle nouveau qui se lève des ondes,
Un jardin bleu s'épanouit.

Tout s'y confond encore et tout s'y mêle,
Frissons de feuilles, chants d'oiseaux,
Glissements d'ailes,
Sources qui sourdent, voix des airs, voix des eaux,
Murmure immense ;
Et qui pourtant est du silence.

Ouvrant à la clarté ses doux et vagues yeux,
La jeune et divine Ève
S'est éveillée de Dieu.

et là, Hermine comprit tout et sut le secret :

Ève a été créée la première, dès le premier matin du monde.

bien avant Adam et les hommes.

Sa pensée se mit à tourbillonner et elle mesura enfin l'étendue de la mission d'Ève. Cette mission, elle se la raconta :

Elle est la mère de toute l'humanité,
Elle a donné naissance à toutes ces femmes,
Qui depuis si longtemps,
Comme dans un relai,
Se passent de l'une à l'autre,
Les flambeaux innocents
De la vie.

Hermine s'assit sur une tombe voisine, celle d'un sieur Arthur Hellemans, et là, les yeux pleins de larmes, elle sourit.

oOo

Adages et Axiomes

Nous sommes fiers de présenter, dans la tradition de Montaigne, nos collections d'Adages et d'Axiomes. Cette série Féminisme existe en quatre dimensions : 4 cm (Bronze, argent ou or), 10 cm (Bronze ou plastique), 40 cm (plastique) ou 1 m (bois noble). Nous gravons aussi à façon.

Only good girls keep diaries. Bad ones don't have no time. *Tallulah Bankhead.*

Les lesbiennes sont immortelles, *Nelly Quemener.*

On ne nait pas femme : on le devient. *Simone de Beauvoir.*

Les lesbiennes ne sont pas des homosexuelles. *Alice Coffin.*

Mon Dieu, que les hommes sont bêtes ! *Meilhac et Halévy.*

Moi, les hommes, je les déteste. *Pauline Harmange.*

No Modernism without lesbians. *Diana Souhami.*

Les lesbiennes ne sont pas des femmes. *Monique Wittig.*

Well-behaved women seldom make history. *Laurel Thatcher Ulrich.*

Un homme sur deux est une femme. *MLF.*

Tous les hommes ont été DES femmes. *Johannes Peter Müller.*

La lesbienne n'a pas de vagin. *Gérard Zwang.*

Frauen, vertraut eurer Weisheit, *L. Commenda.*

La lesbienne est la seule dé/générée, *Michelle Causse.*

Until all women are lesbian, there will be no true political revolution, *J. Johnston.*

A woman needs a man like a fish needs a bicycle, *Irina Dunn.*

Le féminisme est la théorie, le lesbianisme est la pratique, *Ti-Grace Atkinson.*

Quasi cursores vitae Lampada Tradunt. *Lucrèce.*

Pro Domo Feminarum, Inc.

oOo

Interface

C'est un moment difficile. Je dois faire un aveu. Ce poids me pèse et il vaut mieux m'en débarrasser. Une postface convient mieux bien sûr, si mes lectrices m'ont suivi jusque-là. Une préface les empêcherait peut-être de commencer à me lire. Je commence donc en hésitant et en étouffant la honte qui me gagne.

Cet après-midi-là, il faisait beau et, grimpé sur mon tracteur, je coupais l'herbe de mon jardin : c'est la seule activité où j'arrive à ne penser à rien. Je sifflotais même et, de temps en temps, j'écartais les bras comme pour m'envoler.

La longue voiture noire qui s'arrêta devant le portail n'attira pas tout de suite mon attention : encore quelqu'un qui s'est trompé de route et va sans doute me demander un renseignement. Mais non, un grand personnage habillé de noir, un peu âgé sans doute, en sort et se dirige prestement, droit vers moi. Je stoppe le moteur et demande poliment:

- Monsieur ?

et la réponse ne tarde pas :

- Monsieur Hanoune, je pense. Je voudrais vous parler quelques instants.

Je dois dire que je n'aime pas qu'on me parle comme ça. D'autant qu'il continue, d'une voix très douce, un peu étouffée, et avec un accent que je ne reconnais pas :

- J'aurais une petite proposition à vous faire à laquelle vous ne pourrez pas dire non (*non, ça ne peut pas être le Parrain, quand même*). Permettez-moi de m'introduire chez vous un moment.

Et sans plus tarder, il se dirige vers la maison et s'installe dans un fauteuil.

- Mais je ne vous connais pas. Qui êtes-vous ?
- Mon nom ne vous dira rien. Mais je vais m'expliquer. Vous avez écrit un roman, *La Pragmatique Sanction,* je crois ?
- Heu, oui (je bafouille).
- Vous savez que ce titre a beaucoup de succès à Paris. Tout le monde en parle en ce moment. Un grand leader de gauche veut même remplacer, dans sa future sixième constitution, les mots « motion de censure » par « pragmatique sanction » qu'il trouve plus pertinent.
- Mais je n'en ai parlé qu'à une dizaine d'amis.
- Les mots vont vite, comme les morts (*et il se mit à rire sans raison*). Je sais aussi, reprit-il, que votre manuscrit a été refusé par cinq éditeurs.
- Non, au moins six ou sept, des gros, des petits et des minuscules. Personne ne veut de moi.
- C'est là où nous pouvons intervenir, et à votre avantage.
- Je me méfie de toute proposition. Vous savez, à mon âge …
- C'est très simple. En l'échange d'une petite modification de l'un de vos derniers chapitres, nous pouvons vous garantir une édition.
- Expliquez-moi.
- Monsieur Hanoune, (*je commence à le détester*), il s'agit de peu de choses. Les intérêts que je représente voudraient très simplement que vous parliez différemment du tombeau de Charles van Lerberghe.
- Expliquez-vous (je commence à dresser l'oreille).
- C'est simple. Vous écrivez, très justement, que l'on ne sait pas où le poète a été enterré, que son cercueil a été déplacé dans un caveau, que ce caveau lui-même a disparu et…..
- Et alors ?

- Eh bien, justement ; vous laissez ouvert la possibilité d'une suite à votre roman, à la recherche des restes du poète qui est, pour nous, notre plus grand ennemi. Vous vous rendez compte, dire que Ève a été créée la première ! Eh bien non, il faut que cela s'arrête ! On va encore dire que nous sommes impliqués. Ce que je vous demande est simple : enterrez une bonne fois Charles van Lerberghe à Évere et n'en parlons plus. Un simple changement de quelques lignes.
- Mais j'ai promis de ne dire que la vérité, de ne rien inventer. Je l'ai proclamé dès la première page. Vous me demandez de mentir !
- Mais en échange, Monsieur Hanoune, (*j'enrage*), je vous garantis que vous serez publié, et tiens, puisque vous vous prétendez féministe, le nom de l'éditeur aura peut-être une petite consonance féminine.
- Monsieur, je proteste : je suis féministe et j'en suis fier. D'ailleurs, je n'ai pas le choix, avec mes petites-filles qui me surveillent. Mais vous détestez tellement Van Lerberghe ?
- Oui, ce qu'il a osé dire à propos d'Ève nous a révulsés. Et comme beaucoup qui se sont trop approchés des mystères, il est mort, tiens, comme Adrian Leverkühn.
- Qui çà ?
- Mon Dieu, comme vous êtes peu instruit ! (*il commence à m'agacer sérieusement*). Tenez, comme Maupassant, Baudelaire, Rimbaud, Flaubert, Manet et beaucoup d'autres, de syphilis nerveuse !
- Mais Gabriel Fauré, qui a mis en musique *la Chanson d'Ève,* est mort en 1924, lui, de sa belle mort !
- Oui, mais on l'a rendu sourd, comme Beethoven, ce qui le pire pour un musicien.
- En résumé ?
- C'est simple, vous me signez un petit document et je m'engage avec mes amis à vous faire publier.

Il sort de sa poche une feuille A4 d'un papier un peu parcheminé, recouvert d'un texte écrit avec les tout petits caractères des contrats d'assurance, mais d'un style vaguement gothique. Il trouve aussi un stylo-bille à quatre couleurs et choisit la couleur rouge pour me faire signer.

- Comme le sang ?
- Mais pour qui me prenez-vous ? Je ne suis pas le diable. Regardez, franchement, (*comment le croire ?*), Monsieur Hanoune, (*je le hais !*), vous n'avez rien à perdre. Oh, ce n'est pas la peine de lire le texte, d'autant qu'il est en latin. Ce n'est qu'une petite formalité technique.

J'ai honte de l'avouer. Moi, qui suis au-delà de tout cela, moi, pour qui la notoriété ne compte pas, moi, qui ne vis que pour ma famille, moi, qui ne me soucie en rien de l'avis des autres, moi, je craque, je signe.

Mais je demande quand même :

- J'aimerais quand même savoir qui vous êtes.
- Je vais vous aider : vous vous flattez de bien connaître les armoiries des cardinaux (*me dire ça à moi, moi, qui me flatte d'être insensible à la flatterie !*), eh bien, que dites-vous de *Ignem in terram mittere ?*

Et il rejoint sa voiture, où un chauffeur l'attend, sans que je puisse le retenir.

Vite, je me précipite sur mon dossier secret « Devises des cardinaux » et j'ai ma réponse : *Ignem in terram* est la devise du Cardinal Walter Van Dongen. Il est né en 1929 en Bavière et il a été nommé cardinal par Benoît XVI en 2010. Mais surtout, il fait partie de la bande des quatre avec les autres cardinaux très, très conservateurs Meisner, Caffara et Burke qui se sont vertement opposés au pape François en lui envoyant une lettre intitulée *Dubia.* On sait qu'au Vatican, exprimer des *doutes* est la plus grande critique de l'on puisse émettre ; c'est presqu'une incitation au meurtre, spirituel, bien sûr !

Mais ce n'est pas tout. Il est le seul à avoir choisi cette devise. Pourquoi ? *Ignem in terram* provient d'un passage de l'évangile selon Saint Luc particulièrement délicat : Jésus y déclare qu'il est venu apporter le feu sur la terre, qu'il n'est pas venu pour apporter la paix, mais la division, qu'il opposera les enfants avec leurs parents, et je ne fais que résumer.

Ces lignes ont toujours posé de graves problèmes d'interprétation aux catholiques. Il est facile de prétendre, sur un ton bien lénifiant, que le feu est celui de l'amour, etc. bien que dans l'Ancien Testament le feu soit toujours associé à discorde et calamités. Mais que dire de la division dans les familles dont parle Jésus ? Il faut bien l'avouer, les théologiens pataugent un peu, tandis que les adversaires exultent (il suffit de lire la *Suppression des Jésuites* de d'Alembert) et certains évoquent même une influence satanique cachée.

Que faire ? Faut-il que je me méfie ? Moi, me commettre avec ces gens-là ? M'opposer au Pape, moi qui suis juif ? Me mêler d'affaires qui ne me concernent pas, avec tous ces cardinaux, encore que Ève soit proche de mon cœur ? Et si c'était le..

Mais je me rassure : le diable se présente toujours comme un homme d'âge moyen, plutôt miteux, aux vêtements râpés, ne sentant pas très bon ; un raté, quoi ! On est loin de la personne que j'ai vue, un grand monsieur élégant, presque racé, le verbe haut et d'une prestance inhabituelle pour son âge. De plus, il avait une petite croix au revers de sa veste et la médaille de Saint Benoît que j'ai toujours dans ma poche n'a pas tinté ni remué.

Je rejette donc avec force toutes ces arguties théologiques qui pourraient me faire douter de l'efficacité du document que j'ai signé. Je reprends le texte de la *Pragmatique Sanction* et j'invente une tombe de Charles van Lerberghe à Évere. Tant pis pour les visiteurs qui la chercheront et qui ne la trouveront pas.

Et si vous, chères lectrices, vous êtes en train de lire ce texte, c'est que le Cardinal a tenu parole.

oOo

Le grand secret

Chapitre 1

Le promeneur déambulant dans le dixième arrondissement à Paris ne remarque pas d'emblée cet immeuble un peu en retrait, un peu vieillot, mais qui parait néanmoins bien vivant avec toutes ces allées et venues, ces livraisons à toute heure, ces coursiers à vélo électrique. Mais si son intérêt s'éveille, il remarquera que les portes sont souvent bien verrouillées, que les fenêtres sont grillagées, et que des gardiens sévères contrôlent les entrées. Levant les yeux, il apercevra quelques antennes inhabituelles partant de la terrasse. On ne voit pas de policiers en uniforme devant le bâtiment, ni de voitures signalant la présence de forces de l'ordre. Au contraire, il est interdit de se garer devant l'immeuble. Ce n'est pas un commissariat. Ce n'est pas non plus le siège d'une annexe de la sureté intérieure ou extérieure du territoire. D'ailleurs, la rue est très animée, avec de nombreux bistros et restaurants. Nous sommes simplement devant l'Agence de presse *Les Amazones*. Elle a pour mission de relayer toutes les informations concernant les femmes, et cela partout dans le monde. Le personnel semble aussi bien masculin que féminin, mais l'entreprise est tenue d'une main de fer par un femme, Madeleine Duval, une Directrice Générale redoutée, autoritaire, dont les ordres sont toujours concis, rapides, définitifs. Elle semble toujours avoir des informations dont on ne connait pas l'origine et qu'elle n'explique jamais. On ne lui connait pas de relation intime et nul ne s'explique comment elle est arrivée à cette position. Une méchante langue lui a attribué le surnom de Felicia en raison du fameux vers :

Mon âme a son secret, ma vie a son mystère

et surtout en raison du dernier vers du sonnet :

Quelle est donc cette femme ? et ne comprendra pas.

En souvenir du film fameux sur une directrice de mode, on l'appelle aussi Meryl. Mais Madeleine Duval se fiche de ces racontars. Elle fait simplement bien son métier. Et ce métier est de plus de plus difficile. Les reportages sont dangereux, les attaques contre les femmes se multiplient, les journalistes femmes ne peuvent plus travailler seules. L'ambiance est morose et la question se pose : pourquoi cette haine des femmes partout dans le monde ? On les craint ? Elles commencent à prendre trop de place ? Elles agacent ? Les hommes se sentent-ils déstabilisés ? Perdraient-ils leur pouvoir ancestral ? Chaque progrès dans la lutte des femmes pour l'égalité semble s'accompagner d'un recul dans un autre domaine.

Le rôle des media devient envahissant: les journalistes femmes doivent de garder de toute critique possible: on va pardonner à un homme de boire une bière en public, de s'amuser ou de se costumer de manière un peu voyante, de faire des plaisanteries un peu vulgaires, de faire étalage de sa vie privée… la liste est longue. Tout cela est interdit à la femme journaliste dont le sérieux sera immédiatement mis en doute, voire trainé dans la boue. Elle doit être apparemment parfaite, comme ne cesse de le répéter la Directrice. Le moins possible de photos personnelles, pas de selfies, pas de sorties en boîte, pas d'amant voyant ou trop connu. Une vie de petite souris grise, voire de nonne si c'est possible. Car si on veut détruire l'information, le plus simple est de détruire la journaliste.

Hermine n'était pas très gaie non plus ce jour-là. Elle était revenue de Bruxelles depuis quelques jours où elle avait essuyé un sérieux échec. Contrairement à ses espoirs, elle n'avait pas pu retrouver la tombe du poète symboliste Charles Van Lerberghe qui était mort en 1909 et dont la tombe devait se trouver dans le cimetière d'Evere près de Bruxelles. Après toutes ses aventures au Royaume uni, aux USA, en Belgique, le secret du féminisme, son Graal personnel, s'éloignait de manière imprévue. Les dangers encourus, les rencontres avec des amies influentes ou efficaces qu'elle n'oubliera jamais : tout cela n'avait donc servi à rien ?

Elle remuait sans arrêt dans son esprit ces quelques données : Charles van Lerberghe est mort en 1909 et a été enterré la même année au cimetière d'Evere. Puis son cercueil a été déplacé l'année suivante pour être mis dans le caveau de sa belle-famille dans le même cimetière. Mais ce caveau n'existe plus et l'administration du cimetière n'en a aucune information. Cela fait plus d'un siècle. Les dossiers sont bien poussiéreux et les fichiers peuvent se perdre. Mais est-ce possible ? En Belgique ? Un pays calme et serein ? L'ignorance dépasse l'administration du cimetière. Les plus hautes autorités littéraires ou administratives avouent aussi leur désarroi. On ne connait pas la tombe de l'un des plus grands poètes belges. Pourquoi ? A-t-on eu intérêt à la faire disparaitre ? Depuis sa sortie de l'école de journalisme, Hermine est vite devenue méfiante, en quelques mois. Elle se méfie aussi d'elle-même. Elle a peur des complots imaginaires, mais elle sait qu'ils existent.

La convocation à la réunion générale ce soir, dans l'amphithéâtre du sous-sol, à la demande pressante de la directrice, ne fait rien pour la rasséréner.

oOo

Chapitre 2

La réunion était exceptionnelle. Tous les assistants, qu'ils soient journalistes ou sédentaires, avaient vu leur badge strictement vérifié à l'entrée dans la pièce du sous-sol. Ils avaient dû non seulement éteindre leur téléphone portable mais aussi en enlever les piles. Depuis la tentative d'attentat à la bombe des derniers mois, la pièce, comme tous l'ensemble du bâtiment, avait été munie d'un revêtement mural interdisant en principe, toute possibilité d'écoute de l'extérieur.

Madeleine Duval s'assit sur une petite estrade et prit la parole d'une voix étonnamment très douce et sans micro.

- Il faut que je vous annonce que l'heure est très grave. Nous avons vécu des moments très difficiles. Le siège de notre agence a été attaqué il y a quelques mois et j'ai moi-même été blessée. Certains de vous, journalistes, ont été poursuivis, chassés et n'ont échappé à la mort que par miracle. Comme nous avons essayé de taire le plus possible les sources de nos informations, je ne peux pas vous dire combien d'équipes d'entre vous ont été impliquées. Vous ne le savez pas et il vaut mieux que je ne vous le dise pas.

À cette époque, pourtant si proche, nous avions l'impression de lutter contre un ou plusieurs groupes d'individus qui en voulaient aux avancées du féminisme, et cela, pour parler simplement. Ils mettaient tout en œuvre pour freiner l'égalité entre homme et femme, et cela par tous les moyens, parfois très violents comme on l'a vu. Souvent, l'opposition contre les femmes partait de certains groupes religieux, extrémistes ou très conservateurs.

Aujourd'hui l'attaque est plus frontale. On peut résumer nos adversaires en les qualifiant d'hommes qui veulent leur revanche. On parle de manosphere, de mouvement MGTOW, ce qui veut dire Men going their own way. Il y a aussi les Incels, ou célibataires involontaires. Il y a aussi d'autres groupes beaucoup moins connus et encore plus dangereux. On ne sait pas qui sont les pires. Les motivations, les implications, sont multiples. La diffusion de ces mouvements néfastes se fait par toutes les moyens d'expression que donne maintenant Internet. Cela va depuis les blogs, les petits communiqués sur Twitter, les réseaux sociaux, les multiples apparitions de gens qui se prétendent influenceurs sur You Tube, sans parler des messages plus ou moins cryptés sur le Dark Net.

J'ai ajouté à notre bibliothèque plusieurs publications, souvent en anglais, qui décrivent bien ce phénomène qu'il s'agisse de masculinisme ou encore de MGTOW. Je vous prie de lire ces livres et de bien vous imprégner de tous ces détails, bien qu'ils ne recouvrent qu'une petite partie de la réalité.

En pratique, nous allons continuer notre travail, bien sûr. Vous vous souvenez de Martine Soubise, qui était venue me remplacer quand j'avais dû être hospitalisée. Elle va nous rejoindre d'une manière permanente pour faire la liaison avec un organisme gouvernemental dont je ne puis vous donner le nom. Elle vous aidera dans tous les domaines extra-légaux qui ne nous sont pas habituels.

Il ne nous appartient pas de lutter en bloc contre cette nouvelle conspiration. Mais nous pouvons jouer des rôles ponctuels extrêmement utiles. Ce sera souvent, et parfois à votre insu, en collaboration avec des organismes gouvernementaux.

Depuis nos précédentes enquêtes et le retentissement qu'elles ont eu, nous sommes particulièrement ciblés.

Nous allons modifier nos manières de travailler. Finies les enquêtes individuelles !

Je vais vous demander de ne plus travailler seules, mais toujours en groupe avec au moins un collaborateur. Ne vous trouvez jamais seules dans la rue, c'est triste à dire, mais c'est ainsi. Utilisez le moins possible vos téléphones. Partez du principe qu'ils sont tous sous écoute. Revenez le plus possible aux rapports écrits et n'utilisez plus vos propres ordinateurs. Utilisez le plus possible Telegram qui est bien crypté, mais attire aussi l'attention, ou bien Dust dont les messages peuvent s'effacer tout seuls. Malheureusement, il faudra de plus en plus taire vos activités, même à vos proches. Peut-être

faudra-t-il passer à Signal, ou bien encore à Olvid dont on me dit grand bien.
Mais nous sommes en quelque sorte dans une situation de petite guerre larvée et imprévisible. Nous ne revenons pas au Moyen-Âge. Nous avons aussi de nouveaux moyens puissants. Je n'en dirai rien, de même que je ne dirai rien des forces multiples qui nous soutiennent.
Je vais confier à certains petits groupes parmi vous des mini-enquêtes ponctuelles qui donneront, ou pas, des résultats. Nous verrons.
Je vais commencer par Hermine et André à qui je vais demander de me rejoindre dans mon bureau. Vincent et Sophie, préparez-vous à venir ensuite. Je préviendrai les autres plus tard.
Et maintenant, au travail.

oOo

Chapitre 3

Hermine et André, qui étaient revenus des USA quelques mois plus tôt, avaient retrouvé leur bureau ou plutôt le bout de bureau dans la petite cellule qui les séparait des autres journalistes. Ils venaient de raconter leurs aventures dans une version tellement adaptée, préservée de toute poursuite légale éventuelle et rendue tellement anonyme que le lecteur pouvait se demander si ce qu'il lisait était bien arrivé oủ bien simplement imaginé. Le vrai récit qu'Hermine avait tapé en seulement deux exemplaires sur du papier impossible à photocopier se trouvait dans deux coffres, celui de la patronne, quelque part et certainement pas au siège des Amazones, et l'autre dans des bureaux secrets des renseignements généraux, quelque part, dans un endroit tellement mystérieux qu'on pouvait se demander si quelqu'un l'avait même lu. Hermine se consolait en se disant qu'elle était toujours vivante, qu'elle avait appris beaucoup de choses, qu'elle avait rencontré beaucoup de gens intéressants et enfin, qu'elle s'entendait très bien avec André même si son appartenance à la Mission de France rendait leurs relations uniquement amicales.

Quand ils arrivèrent dans le bureau de Meryl (ils ne pouvaient pas penser à elle sous un autre nom), ils eurent à peine le temps de s'assoir qu'ils recevaient leurs instructions et des instructions bien décevantes après tout ce qu'ils venaient d'apprendre :

- Vous allez aussi vite que possible à Écouen au musée de la Renaissance et vous photographierez sous tous ses aspects la boîte à chiffrer d'Henri II qui s'y trouve. Vous rechercherez tout ce que l'on sait à ce propos. Mes informateurs me disent que c'est peut-être la base du codage de certains groupes. Je ne vous en dirai pas plus.

Tout cela était bien décevant : aller visiter un musée, eux qui avaient risqué leur vie dans tant d'endroits. Mais il fallait obéir, d'autant qu'avant de partir, ils avaient remarqué que le dessus de l'armoire-bibliothèque en face du bureau de la patronne s'était orné d'une cinquième statuette.

Vincent qui les suivait dans le bureau était le grand chef de l'informatique de l'agence : un grand gaillard chevelu, pire, toujours ébouriffé, avec une grosse moustache qui cachait mal un bec-de-lièvre important. Il était tellement reconnaissable qu'on ne pouvait jamais lui demander une quelconque mission anonyme. Sophie, en revanche, était le type même de la jolie fille passe-partout : ni grande ni petite, ni grosse ni maigre, ni belle ni vilaine ; l'œil des hommes et aussi des femmes passait sur elle sans s'arrêter. On aurait pu la surnommer de diverses manières si on ne savait que son esprit était hors du commun et ses connaissances bien supérieures à celle de son chef direct. Vincent le savait et se gardait bien de tout commentaire : il avait trop besoin d'elle.

L'intervention de la patronne fut plus longue et les instructions plus précises.

- Nous avons affaire, dit-elle, à plusieurs groupes plus ou moins organisés. Certains existent sur la place publique, ont leur site sur l'Internet et leur discussion sont accessibles par tous. D'autres sont parfaitement cachés et communiquent par des codes encore secrets, le plus souvent dans le Dark Net. Je vous demande d'explorer toutes des communications, de manière parfaitement anonyme. Il ne faut pas que l'on sache que cela vient d'ici, que l'on puisse identifier vos ordinateurs, vos téléphones. Nous pourrions prendre contact avec des organismes gouvernementaux. Je ne le souhaite pas pour le moment.
Vous allez donc enquêter d'une manière secrète que je ne veux pas connaitre. Je vous fais confiance. Faites-moi un premier rapport, oral bien sûr, dans quelques semaines.

Le premier problème que Vincent et Sophie avaient était de trouver des ordinateurs intraçables: ce n'était pas facile, pensa Vincent. C'était facile, décida Sophie.

Hermine revint lentement chez elle, accompagnée par sa copine Lydie qui vivait maintenant à Nantes, mariée à Alim et mère d'une petite fille. Elles eurent le temps de s'assoir pour se raconter les dernières nouvelles. Alim allait bien, toujours étudiant en droit à la fac et combinant avec un petit emploi à temps partiel chez un notaire. La petite fille commençait à aller en crèche et Lydie continuait à représenter l'agence des Amazones dans la région nantaise. De ce point de vue, il y avait peu à dire : le même pourcentage de féminicides, d'agressions ou de discriminations qu'ailleurs, malheureusement. Mais Lydie semblait inquiète, mal à l'aise, et Hermine ne put s'empêcher de lui demander ce qui n'allait pas.

Elles étaient au fond d'un café discret et finalement Lydie s'expliqua ; la patronne était venue la voir il y a quelques semaines, avant même la réunion générale du jour. Elle lui avait posé beaucoup de questions, sur sa vie, son mari, son environnement dans un bel ensemble d'immeubles où elle louait un assez grand appartement en prévision de l'adolescence de la petite fille. Et puis, finalement, la patronne lui avait demandé si elle ne pouvait pas héberger de temps en temps certaines personnes qui avaient besoin de se retrouver au calme. Lydie accepta, bien sûr, et comme elle l'expliqua à Hermine, elle ne se rendait pas compte qu'elle était devenue un lieu sûr, «a safe house» comme on dit dans les films d'espionnage.

Voilà comment cela se passait. Un message crypté sur son smart phone l'avertissait de l'arrivée d'une personne, le sexe jamais indiqué, mais avec un mot de passe bien précis et changeant à chaque fois. Au moment indiqué, une personne bien emmitouflée s'engouffrait par la porte qu'elle avait laissée entre-baillée, indiquait le mot de passe et demandait à s'installer de la manière la plus invisible possible. Pas de sortie, pas de communications avec l'extérieur sous aucune forme, des repas pris isolément et très peu de mots échangés, car on lui répétait : « moins vous en savez, mieux c'est ». Au bout de quelques heures ou de quelques jours, un autre message crypté avertissait Lydie qu'on allait venir chercher sa visiteuse, car c'était surtout des femmes, et celle-ci disparaissait sans dire mot.

Mais ce n'était pas tout, Alim lui-même recevait parfois des coups de téléphone d'un certain Rodin et alors Alim allait s'enfermer dans la pièce du fond et revenait parfois agacé, mais sans en dire plus.

Lydie commençait à se sentir devenir un personnage d'un film d'espionnage et ce n'était pas pour cela qu'elle était venue se réfugier dans une ville tranquille comme Nantes. Hermine était bien embarrassée pour la rassurer, après ses dernières aventures. Et les mises en garde de la patronne l'inquiétaient aussi. Que dire ? Qu'elle aussi avait survécu à nombres d'aventures ? Mais les problèmes des autres ne sont jamais une consolation.

- Lydie, je crois que la situation globale n'est pas favorable aux femmes et tout ce que je peux te proposer est de te servir de mon appartement à Paris comme lieu sûr en cas de besoin. Il va falloir apprendre à vivre différemment. Et fais confiance à Alim. Je ne le vois pas jouer un double jeu avec toi.
- Oui, mais être transformée en gérante de lieu sûr, c'est quand même un risque.
- Tu as eu combien de visiteurs en tout ?
- Trois, deux femmes et un homme.
- Tu peux les décrire ?
- Une femme assez grande, relativement âgée, comme une ancienne institutrice. Une autre plus jeune, plus petite, assez maquillée, mais semblant très timide, même craintive. L'homme ? Un petit monsieur genre retraité de la SNCF, bien sur lui. Tous les trois qui passeraient inaperçus dans une foule.
- Bien sûr, tu ne connais pas leur nom ?
- Rien du tout. Ils ont à peine parlé, sans accent d'ailleurs. Ils semblaient heureux d'être là, mais je crois qu'ils s'ennuyaient à mort.
- Et ils ont été contents de repartir ?

- Je n'en suis pas sûre. J'ai eu l'impression qu'ils repartaient pour un autre lieu sûr, comme s'il fallait les faire oublier un bon moment. Tiens, peut-être à l'étranger.
- Lydie, tiens-moi au courant, simplement en me disant que tout va bien, sans autre précision. Et utilise plutôt la messagerie Dust qui s'efface tout seul. Et tu as bien fait de me parler ici, car qui sait si mon appartement n'est pas sur écoute ?

Mais quand Hermine revint chez, elle ne se rendit pas compte qu'elle été suivie, de loin, de manière nonchalante, comme si c'était une corvée plus qu'une mission importante.

oOo

Chapitre 4

Le repas des anciens.

LB pris la parole :

Ne vous étonnez pas d'être réunis ici, dans un local en sous-sol un peu sombre, un vrai caveau. C'est un endroit idéal pour une réunion d'anciens universitaires ou fonctionnaires ; je n'ai pas été très précis avec le propriétaire et c'est voulu. Nous constituons une sorte de club, je vous propose comme nom le club des analphabètes, et je vous propose de nous réunir ici tous les mardi soir à partir de 20 h pour souper. Voici les règles de fonctionnement que je vous propose.

Je vais vous distribuer une liste de pseudos qui vous seront utiles pour créer vos sites sur gmail.com. J'ai vérifié que ces pseudos ne sont pas utilisés sur Internet. Une fois que vous aurez créé votre compte, inventez un mot de passe personnel que vous ne communiquerez à personne, je dis bien, à personne.

Essayez d'utiliser des ordinateurs différents de temps en temps. Essayez d'effacer toujours vos traces.

Sur ces sites ouverts, ne donnez jamais d'indications précises, mais uniquement des indications d'agrément, ou de discussion, sans préciser jamais le contenu exact des choses. Ne vous tracassez pas, on prend vite l'habitude d'une sorte de langue de bois.

Pour les informations plus précises, nous allons utiliser des techniques plus compliquées. La semaine prochaine, vous recevrez des instructions très précises concernant l'utilisation d'un internet particulier, ainsi que la manière d'être moins tracés. Nous utiliserons plus tard un code, pas très compliqué, mais qui prend un peu de temps à chiffrer et à déchiffrer. Vous aurez chacun petite machine à coder, extrêmement puissante, encore plus que la machine Enigma des Allemands. Je vous indiquerai comment la dissimuler chez vous et comment la détruire rapidement si cela est nécessaire. Ce codage sera à utiliser le moins possible et les textes codés que vous recevrez disparaitront d'eux-mêmes en 10 minutes. Il vous appartiendra de faire une copie d'écran, de déchiffrer le message et tout faire tout disparaitre par le feu ou l'acide.

Une fois les informations ou instructions reçues, il vous faudra tout détruire. J'insiste sur ce point. Il ne doit pas y avoir d'archives de nos réunions ou de nos décisions.

Certains d'entre nous se connaissent. Mais il faut se méfier de ses meilleurs amis.

Vous ne serez pas chargés de taches identiques Certains joueront un rôle de conseil ou d'orientation, d'autres feront plutôt des bilans d'évolution des situations. D'autres encore seront en charge d'opérations techniques ; d'autres enfin de nos relations internationales. Je ne vous cache pas que nous utiliserons soit des leurres, soit des idiots utiles. Ils pourront apparaitre dans la presse, mais ils n'auront jamais, je dis bien, jamais, de contact direct avec nous.

Comme nous sommes considérés comme une petite association d'anciens, j'allais dire d'intellectuels pour rester dans le vague, nous aurons lors de chaque réunion un petit exposé qui pourra vous sembler d'intérêt très général ou trop éloigné de nos préoccupations réelles. Soyez attentifs néanmoins, il faudra parfois comprendre entre les lignes.

Déguisement : si vous le voulez, ou bien si vous pensez être trop connus ou facile à suivre : soyez le plus discrets possible : une perruque si elle vous va bien, une boiterie si elle correspond un peu à la réalité, un embonpoint que vous pouvez augmenter un peu si vous voulez, des vêtements différents de ceux que vous portez habituellement. Surtout rien d'extravagant.

Essayez de ne pas venir ici toujours par le même chemin, ni à la même heure.

Je vais le répéter, seuls vous êtes concernés, et aucun de vos proches les plus intimes, ne doit savoir ce que vous faites ici.

Je vais maintenant vous distribuer une liste de pseudo : choisissez ce que vous voulez, cocher en face de votre lettre et rendez-moi la feuille.

Lors des prochaines réunions, vous aurez des instructions plus précises.

J'ai dit au serveur de toujours commencer à nous apporter les plats à 20 h 30. Il va venir maintenant.

Réservons les questions plus précises pour nos autres réunions, et pendant que nous mangeons, un peu comme les moines du Moyen-Âge, je vous propose d'entendre l'un de nos collègues nous parler des langages codés de Lessing à Ratzinger

oOo

Chapitre 5

Le goût du secret.

Nous sommes tous fascinés par le secret. Savoir des choses que les autres ne savent pas ! Le sentiment d'une puissance inconnue ! Le sentiment d'appartenir à une élite. Mais aussi pouvoir dire des choses qui échappent à la compréhension commune. Utiliser un code pour s'exprimer, un code qui ne sera compris que de peu de gens ou qui nous protège des piratages.

Cette notion du secret recouvre comme on le voit beaucoup de choses, dont certaines nous concernent ici, et ce sera à vous de les comprendre.

Et cela va du plus petit au plus grand, du banal au sérieux, du puéril au politique. On chuchote pour ne pas être écouté, on dissimule sa pensée sous l'ironie, on se protège par des mots de passe. Il n'est pas une seule de nos activités de nos jours où le secret n'apparaisse. On vote à bulletin secret. On ment aux autres comme à soi-même. On peut même avoir l'impression de vivre dans un monde qui ne nous appartient pas.

On peut envisager cette immense notion du secret de nombreuses manières. Le plus simple, me semble-t-il, est d'envisager trois aspects : le codage dans l'expression de sa pensée, surtout dans l'écriture, mais aussi dans tous les arts ; la réunion d'individus sous formes de sociétés secrètes ; les illusions sur notre environnement depuis ce que l'on appelle les fake news jusqu'à la création d'un monde virtuel.

Le codage est le plus simple exemple de parler en secret : c'est le plus souvent une nécessité politique ou militaire qui fait que l'on veuille transmettre des informations que seul le destinataire comprendra.

L'un des plus anciens codes est celui que l'on dit utilisé par Jules César : Il s'agit d'écrire un texte où chaque lettre est déplacée par une autre un peu plus loin dans l'alphabet. Dans le code original de César, le décalage est de trois : par exemple, A est remplacé par D, etc.. C'est très simple ; on n'a pas besoin d'aucun matériel, juste d'un nombre indiquant le décalage.

L'inconvénient est qu'il est très facile à décoder, soit manuellement soit grâce à des machines. On peut s'aider dès le début en utilisant la fréquence des lettres dans les textes.

En français, on a dans l'ordre descendant : e a i s n r t o l u…

Et en anglais bien sûr, l'ordre est différent : e s d n t r y o…

On peut compliquer les choses. C'est le type même des machine Enigma utilisées par les Allemands pendant la guerre et qui comprenaient plusieurs roues à rotor s'entraînant automatiquement, ce qui offrait de très nombreuses combinaisons de chiffrage. Mais il fallait une grosse machine au départ et une autre à l'arrivée.

Il faut noter que la fréquence des lettres joue un rôle important. On vient d'élucider le code utilisé par Marie Stuart, Reine d'Écosse, au seizième siècle. C'était un code compliqué utilisant une correspondance entre des lettres et des symboles, correspondance qui était changée régulièrement. De plus la fréquence des lettres était modifiée artificiellement et il existait des symboles sans signification. L'inconvénient est qu'il fallait partager un tableau de correspondance.

On peut combiner les deux systèmes : utiliser une petite machine avec plusieurs roues comme celle dite de Henri II conservée au Musée d'Écouen pour le chiffrage et modifier très fortement la fréquence des lettres. On peut le faire très simplement en changeant de langage en cours de route, par exemple du français à l'anglais, en utilisant plusieurs symboles pour remplacer les lettres les plus fréquentes, en faisant exprès des fautes d'orthographe comme doubler ou tripler des lettres, en utilisant des symboles pour indiquer que ce qui suit obéit à un autre code, etc. De même l'utilisation de l'alphabet latin ancien à 19 lettres est suffisante pour tous les messages et laisse possible l'utilisation des autres lettres de notre alphabet, soit pour doubler certaines équivalences de lettres, soir pour servir de leurres. L'inconvénient est qu'il faut deux machines comme pour l'Enigma. Mais dans ce cas, les machines sont petites. Alternativement, il faut plusieurs tableaux de correspondance. De plus, gardons l'essentiel : dans tous les cas, il faut des leurres. Et il faut que le décrypteur ait autant d'imagination que le crypteur. Le mieux est de réduire au maximum la taille et la fréquence des messages.

Exposé par D, lors d'un diner des anciens analphabètes.

oOo

Chapitre 6

Manuel n'était pas heureux, ni dans sa vie privée ni dans son travail. Des parents divorcés depuis longtemps et qui vivaient à l'étranger, chacun de son côté ; ni frère ni sœur avec qui partager sa solitude, des cousins bien éloignés en province et avec qui il ne se sentait aucune sympathie. Des études fragmentées et inachevées l'avaient laissé, comme il le disait lui-même, sur le bord de la route. Il avait réussi néanmoins à trouver un emploi de fonctionnaire, le rêve, lui avait-on dit, à la mairie du 13ème arrondissement de Paris. Mais cela avait été au contraire l'occasion du drame de sa vie : il avait rencontré une collègue de travail, d'origine sud-américaine, avec qui il avait vite eu une fille. Mais loin de renforcer le couple comme il l'espérait, cette naissance l'avait détruit. Très rapidement, sa compagne l'avait quitté. Elle était partie pour son pays d'origine : l'Argentine ? le Paraguay, il n'en était même pas sûr. Mais surtout elle était partie en emmenant leur fille et il avait vite compris qu'elle n'avait aucune intention de revenir. Il avait même appris de manière très indirecte (par la gardienne de son immeuble, mais quel crédit lui accorder ?) qu'elle vivait maintenant avec une autre femme.

Il avait eu plus de mal à comprendre qu'il avait été utilisé comme simple donneur de sperme, sélectionné sur sa bonne mine, sans plus. Il avait lu quelque part qu'il y avait eu, autrefois, un peuple de femmes, les Amazones, qui capturaient de temps en temps quelques hommes pour leur reproduction, les abandonnaient ensuite sans nourriture et surtout éliminaient ensuite toute descendance mâle. L'homme, simple outil de reproduction ! Mais il comprenait maintenant ! On pouvait se pavaner, de glorifier de ses conquêtes féminines (il en avait eu, peu). Mais comme on se trompait ! Quel aveuglement !

Le déclic était venu quand un jour au supermarché, il traînait dans le rayon désodorisant « homme » ; il avait machinalement mis la main sur un flacon *Mennen* quand il lui sembla entendre : tiens, vous aussi, vous être de la confrérie, pendant qu'un gros homme brun s'éloignait. *Mennen, Femen*, mais, oui, on avait affaire à deux types de dénomination pour des associations, des mouvements, des ententes, des groupements, parfaitement opposés. Et si cela existait ? Il en parlait régulièrement avec son psy, car il n'avait pas pu aisément supporter le départ de sa compagne. À court d'argument, le psy évoqua sans y croire l'association les *Hommes en colère*. Il ne lui fallut pas longtemps pour y adhérer, retrouvant non seulement des hommes plus ou moins privés de leurs enfants, mais aussi, étrangement des hommes, surtout jeunes, qui détestaient les femmes pour des raisons bien plus profondes. Et comme un jour, il plaisantait, le croyait-il, de sa préférence pour Mennen par rapport aux Femen, il s'entendu dire par l'un d'entre eux : tu sais, tu devrais raconter son histoire à Joseph Balsamo ; il pourrait t'aider et ce n'est pas un psy. C'est sérieux et tu pourras être utile. L'adresse est simple joseph.balsamo@gmail.com, mais elle risque de changer. Écris vite si ça t'intéresse.

Et de ce jour-là, sa vie a basculé.

oOo

Chapitre 7

La réponse de Joseph Balsamo, c'était sans doute un pseudonyme, n'a pas tardé ; elle venait d'un autre serveur que Google et était courte :

- Mon vieux, je te comprends bien. Je resterai en contact avec toi. Deux recommandations pour le moment : utilise uniquement Telegram et regarde régulièrement les émissions sur YouTube, ou bien suis les blogs consacrés à Mgtow (les hommes qui suivent leur propre voie). Lis aussi les livres de Jordan Peterson. Je te rappellerai dans deux mois pour te demander ce que tu en penses.

Et Manuel plongea dans l'univers de la masculinité et il apprit beaucoup. Le monde de SOS Papa lui sembla trop étroit, celui de Mgtow un peu trop artificiel. Il pouvait lire toute une série de divers arguments en défense des hommes et il les faisait siens : Les hommes meurent beaucoup plus jeunes que les femmes ; ce sont eux qui font les métiers les plus pénible ; ce sont eux essentiellement qui souffrent d'accidents du travail ou qui meurent à la guerre ; un tiers des violences conjugales sont dues aux épouses et un petit cinquième des cas mortels. Quant aux soi-disant féminicides, fait-il accuser les hommes en tant qu'hommes ou bien prendre en considération le fait qu'ils sont sous influence de l'alcool ou de stupéfiants quand ils sont violents ? Le problème est-il la masculinité ou bien le fait que la société en général est de plus en plus droguée et, de ce fait, perd ses repères et devient incapable de toute décision lucide. Causer un accident en voiture, refuser d'obtempérer à un policier ou être violent avec sa femme, le problème (l'alcool, les drogues) n'est-il pas le même ? Alors, faut-il redonner la parole aux hommes et essayer de défendre leurs droits, comme le fait le MRA aux États-Unis (Men's Rights Activists) ? Ne pas se contenter d'un manichéisme élémentaire et borné, c'était déjà un bon début et une manière de résister à la pression de la société.

Le mouvement Mgtow veut s'opposer aux féministes, mais d'une manière passive ; les hommes doivent prendre leur propre route, et arrêter de s'intéresser aux femmes dont ils n'ont plus besoin : plus de séduction, plus de galanterie, plus de mariage, plus d'avenir en commun, avec différents niveaux de comportement. Mais le mouvement se dissimule et il faut rechercher sur You Tube l'interview initiale en anglais des fondateurs, Ragnar et Solaris. Surtout, on ne parle pas de la misère sexuelle des hommes seuls. Là, il faut s'intéresser aux Incels ou célibataires involontaires : ils détestent non seulement les femmes, mais aussi les beaux gosses à succès. Ils peuvent être violents. Où se situe-t-il, lui Manuel, au milieu de tout cela ? Sur un fond de colère rentrée, il devient enragé quand il pense à sa fille qu'on lui a volée, oui, volée.

Deux mois plus tard, un autre message de Joseph Balsamo, avec une autre adresse e-mail, bien sûr, lui parvient :

- Alors, comment vas-tu ? Es-tu devenu plus déterminé à te battre ? Es-tu prêt à te rebeller ? Si c'est le cas et si tu veux t'engager, vas te promener après-demain, vers 18 h, devant l'entrée d'Orangerie aux Tuileries. Porte une casquette, mais on te connait déjà. Quelqu'un viendra discuter un peu avec toi. Note bien que c'est mon dernier message et que désormais je serai injoignable. Maintenant, tes contacts seront plus personnels, mais ce sera seulement ton choix.

Vers 18 h, à cette saison, la nuit commence à tomber. Il faisait assez sombre. L'homme qui vint vers lui sans hésiter portait quand même des lunettes de soleil et était bien couvert d'un pardessus ample. Il l'invita à déambuler dans les allées des Tuileries et il le fit parler. Comme pour vérifier ce que Manuel avait déjà écrit, il lui redemanda beaucoup de détails sur sa vie et surtout sur ses opinions tant en général que sur les aspects actuels du féminisme. Les questions n'étaient pas orientées et pouvaient faire penser qu'il ne s'agissait que d'un entretien à bâtons rompus, sans grandes conséquences. Finalement, il lui fallut répondre à la question : jusqu'où était-il prêt à s'engager. Manuel répondit sereinement qu'il ne voyait pas de limites pour le moment ; il avait assez souffert.

Son interlocuteur lui annonça alors qu'il allait recevoir un message écrit lui donnant rendez-vous dans un bar tranquille pour un autre entretien.

Deux semaines, plus tard, il trouvait dans sa boîte à lettres un court message tapé à la machine, non signé : *Chez Pierre, Place d'Italie, au fond de la salle, après demain à 16h.* Il dut demander l'autorisation de quitter son poste un peu plus tôt et alla s'assoir au fond de cette brasserie. Un individu qu'il ne reconnut pas vint s'installer en face de lui. Mais au lieu d'entamer une conversation, ce qui aurait commencé à le lasser, il se contenta de sortir de sa poche une grosse enveloppe contenant un assez gros dossier à remplir. Il s'agissait d'un questionnaire avec de nombreuses questions à choix multiples et Manuel comprit vite qu'il s'agissait d'un test de personnalité.

- Prenez un café et remplissez au mieux les réponses qu'on vous demande. Le mieux, c'est de répondre de manière instinctive, sans trop réfléchir. Cela vous prendra une heure et je reviendrai chercher le dossier.

Certaines questions étaient très simples. D'autres étaient bizarres, sans queue ni tête. D'autres enfin exploraient la nature de son comportement éventuel devant des situations imaginaires ou extraordinaires. Manuel savait que qu'aucune des questions n'était anodine, que les questions se croisaient et qu'il était très difficile de tricher avec elles. Il lui fallut deux cafés et en effet une bonne heure pour répondre.

- Je viens ramasser la copie, dit en riant un peu son interlocuteur. On vous recontactera peut-être. Je ne sais pas.

oOo

Chapitre 8

Aller visiter le château-musée d'Écouen n'est pas une mince affaire ; c'est une petite aventure. Hermine et André s'en rendirent bien vite compte. Le Musée National de la Renaissance n'est pas facile d'accès. On peut prendre un train aléatoire à la gare du Nord, descendre à Ézanville, continuer par un bus aussi aléatoire et arriver finalement au château. On peut aussi partir en voiture par l'autoroute du Nord, trouver la bonne sortie en direction de Sarcelles, traverser Saint Denis et Pierrefitte et ne pas oublier de trouver la bonne sortie en direction d'Écouen.

Pensez-vous être arrivé ? Non. Le Château est isolé au milieu d'une forêt profonde. Il faut dire qu'il s'agit de l'ancien château d'Anne de Montmorency. Une gentille dame, allez-vous penser ? Non, un connétable de France de grande renommée dans ce temps lointain où Anne pouvait être un prénom masculin, surtout dans l'aristocratie. Depuis sa construction au XVIème siècle, le château a eu des fortunes diverses : il a été racheté par la famille d'Angoulême, puis celle de Condé pour être abandonné à la Révolution. Napoléon le transforma ensuite en un établissement d'enseignement pour les jeunes filles de la Légion d'Honneur. Finalement, en 1962, Malraux y fait transporter toutes les collections Renaissance du musée de Cluny qui devint alors seulement dédié au Moyen-Âge.

Pénétrons. Il n'y a pas beaucoup de visiteurs, mais il y a énormément à regarder, à admirer, d'autant que l'on peut faire une pause pour déjeuner dans l'excellent restaurant À la table du Roi. Hermine et André étaient venus en voiture et le trajet s'était bien passé. Il y avait tellement de choses à voir, peintures, orfèvrerie, tapisseries, meubles, armes, qu'ils y restèrent toute la journée. Ils ne manquèrent surtout pas d'aller examiner de près ce curieux boîtier métallique en forme de livre qui était sans doute la machine à chiffrer de Henri II. Elle se présente comme un boîtier rectangulaire d'une quinzaine de centimètres comportant à l'intérieur 24 petites roues avec des lettres et d'autres avec des chiffres. Son origine remonte, comme il est écrit, à la période 1547-1559. Cela ressemble à un bel objet précieux plutôt qu'à une machine des services secrets.

Ils prirent beaucoup de photos et n'oublièrent pas d'aller se renseigner à la boutique en sortant. Ce ne fut pas inutile. Ils apprirent qu'ils n'étaient pas les seuls à venir se renseigner sur cet objet, en particulier au cours des deux dernières semaines, au moins trois personnes, hommes ou femmes, qui semblaient tous assez insistants.

Mais surtout, on leur communiqua une information importante : cette boîte, considérée comme un instrument astrologique quand elle était conservée au Musée de Cluny, a vu sa destination modifiée quand elle a été transférée au musée d'Écouen en 1977. D'ailleurs, on leur apprit qu'on grand spécialiste de la cryptographie, Hervé Lehning, avait publié en 2014, dans le bulletin de l'ARCSI, une étude détaillée de la machine et une hypothèse sur son utilisation.

Ça avait l'air sérieux, l'ARCSI, c'est l'Association des Réservistes du Chiffre et de la Sécurité de l'Information. 350 membres, beaucoup d'activités, rien à dire. Le texte de l'article lui-même était disponible sur Internet.

Quant à l'article lui-même, comme la machine n'est pas complète et en l'absence de mode d'emploi, l'auteur fait un certain nombre d'hypothèses raisonnables et aboutit aux conclusions suivantes. Les 24 roues comportent 24 angles correspondant aux différentes lettres, mais confondant l avec J et V avec W), mais aussi un symbole curieux, un C tourné d'un quart de cercle. Mais les autres pages comportent deux grandes roues divisées en 18 cadrans. Pour l'auteur, on a affaire à un système de substitution poly-alphabétique reposant sur une clé générale et un incrément pour le remplacement des lettres.

On peut y ajouter des techniques pour brouiller la fréquence des lettres et modifier l'incrément. L'inconvénient est qu'il faut deux machines pour le chiffrage et le déchiffrage, ainsi d'un mode d'emploi et une clé. Pour Hervé Lehning, le nombre d'essais à faire pour un déchiffrement était au-delà des possibilités de l'époque et le système apparaissait sans faille.

La conclusion d'Hermine qu'elle transmit à la patronne fut que, bien sûr, de nos jours, avec des ordinateurs très puissants tournant nuit et jour, le décryptage devenait possible. Mais les boîtiers sont petits et aisément transportables. Cela peut donner des idées de développements plus efficaces. Son rapport ne pouvait aller plus loin.

oOo

Chapitre 9

Rodin était revenu de sa retraite un peu ennuyeuse (s'il était sincère avec lui-même) à Solesmes. Il avait retrouvé avec plaisir son logement au 11 de la Rue du Milieu des Ursins, dans l'Île de la Cité. Affalé dans un grand canapé, un verre de whisky à la main, il écoutait de la musique légère (une opérette d'Oscar Strauss), récompense bien méritée après la musique grégorienne de son séjour à Solesmes. Il était détendu, rien ne pouvait plus troubler sa vie.

Mais le téléphone sonna, la ligne fixe qu'il n'utilisait jamais lui-même. Il blêmit et se donna du courage en avalant le fonds de son verre. Il était obligé de répondre, ça, il le savait bien car il ne pouvait pas échapper à une certaine hiérarchie qu'il aurait voulu oublier. L'interlocuteur fut d'abord tout mielleux:

- Mon Cher Rodin, nous espérons que vous avez été satisfait par votre retraite à Solesmes ; c'était un bon choix. Vous avez eu bien raison. Vous savez, si on vous appelle, c'est que vous êtes le seul à nous rendre ce service, oh ! une bien petite chose et tout à fait dans vos cordes. Vous vous souvenez, comme nous, que vous avez commencé votre sacerdoce comme secrétaire du chiffre de votre Supérieur de notre Ordre à Paris. Vous vous en souvenez très bien, j'en suis sûr, et rien dans le domaine de la cryptologie ne vous est étranger. Nous savons aussi que vous avez gardé des contacts particuliers avec des officines, comme on dit maintenant, disons des artisans travaillant à façon et sans bruit.
Voilà ce dont il s'agit : Il y a au Musée d'Écouen un modèle d'une certaine boîte à chiffrer, dite d'Henri II, qui une fois remise au goût du jour pourrait se révéler utile. Il y a un article de Hervé Lehning qui pourrait vous servir de modèle de base. L'idée est de faire fabriquer une vingtaine de ces machines, car il faut qu'elles soient en

double pour fonctionner. Une chose importante, ne faites rien graver sur les roues, comme dans la machine d'Henri II. Car on pourra ainsi remplacer les lettres et les chiffres gravés par des petits autocollants faciles à remplacer, ce qui rendra le codage impossible à prévoir.
La taille doit être réduite, 12 à 15 cm de hauteur au maximum, car il s'agit de les dissimuler, avec forcément un petit mode d'emploi, dans des livres dont l'intérieur a été creusé. 10 à 12 cm de large et pas plus de 2 à 2,5 cm de profondeur.
Mon Cher Rodin, tout ceci est dans vos cordes. Vous avec gardé les bons correspondants et la question du financement, bien sûr, ne se pose pas. Prenez votre temps. Réfléchissez bien au choix de vos contacts qui doivent rester mystérieux et surtout que nous ne voulons pas connaître. Nous reprendrons contact avec vous dans deux ou trois semaines. Et gardez bien en tête que tout cela est pour la bonne cause.

Rodin, en bon jésuite, ne pouvait jurer grossièrement, du moins à haute voix. Mais intérieurement, il était furieux. Quand donc cela allait-il s'arrêter ? Pourquoi lui ? Il ne pourrait donc jamais se détacher de son passé ?

oOo

Chapitre 10

En dépit de ses succès récents aux États-Unis, ou peut-être à cause d'eux, on avait maintenu Herbert Herbert à la direction de l'antenne de la CIA à Paris. Au fond, cela ne lui déplaisait pas. Il avait ses habitudes. Ses collaborateurs ne l'ennuyaient pas trop et ses supérieurs encore moins. Depuis la malheureuse disparition de Robert Walden qui avait un peu secoué la communauté tranquille d'Hyannis, la situation était redevenue calme. Un calme relatif, bien sûr ; il était toujours envahi de dépêches de Langley lui demandant des rapports sur des sujets incroyablement divers et dont il avait peine à trouver les liens.

Un mot revenait néanmoins souvent, le mot masculinisme : encore une invention canadienne celle-là, eux qui se plaignent tout le temps de tout, et, maintenant, c'était cette notion de misère sexuelle qui serait spécifique à cette contrée du Nord. Comme s'il n'y avait pas assez de problèmes avec les migrants, les minorités, les woke, les ultra-conservateurs, et la liste ne faisait que s'allonger.

Mais ses collaborateurs avaient pris la bonne habitude de faire des rapports très généraux, ne fermant aucune porte, à peine insidieusement alarmistes, qui semblaient bien satisfaire la hiérarchie. La France semblait encore à l'écart des Incels et autres Mgtow. Pour combien de temps ? La dernière dépêche était plus insistante que les autres. Il fallait faire quelque chose et pour cela, il convoqua ses deux collaborateurs préférés et leur donna la consigne d'enquêter. Il allait gagner quelques semaines avant de se faire trop de soucis. Ouvrant le dernier tiroir de son bureau, il mit à jour sa bouteille de Jack Daniel's. Un petit verre allait lui permettre de décrypter sereinement les toutes dernières dépêches de Washington et de Londres. Mais une chose le frappa tout de suite, le mot masculinisme semblait remplacer le mot féminisme qui l'avait tant occupé jusque-là. Il poussa un gros soupir et se reversa un autre petit verre.

Il sentit qu'il devrait maintenant entrer en contact avec son homologue français, un certain colonel Lambert (son vrai nom ? un pseudonyme ?), qui, comme souvent les Français, à ses yeux du moins, donnait une impression permanente d'absence de professionnalisme : toujours en retard, ne connaissant qu'à peine ses dossiers, et réglant les problèmes plus à l'intuition qu'à la réflexion. Le plus agaçant, c'est qu'il avait souvent raison, ou encore qu'il cachait bien ses échecs et ses erreurs. Tout l'inverse de sa propre méthode de travail qui reposait sur des données, des faits, des rapports, des écoutes, des dénonciations.

Un vrai travail d'espionnage, selon les règles. Lambert, comme il le disait souvent allait à l'instinct. C'est dire qu'il redoutait de le rencontrer, faute d'en tirer des indications précises. Mais, il fallait bien le faire et en soupirant, il décrocha son téléphonez ultra-sécurisé.

oOo

Chapitre 11

Sophie savait que les ordinateurs de l'Agence étaient très protégés. Mais pouvait-on les utiliser sans être dépisté, rien n'était moins sûr. L'Agence devait être la cible de nombreux pirates, hackers comme on dit. On avait beau accumuler les mots de passe, utiliser Telegram ou d'autres systèmes encore plus mieux cryptés ; on pouvait être sûr que l'origine des messages en tout cas serait reliée au siège de l'Agence, ou à son environnement immédiat, ce qui n'était pas mieux.

C'est alors qu'elle se souvint de sa voisine, une vieille dame qui venait de partir en établissement pour personnes âgées dépendantes. Elle l'avait aidée, juste avant son départ, à s'inscrire à la bibliothèque municipale du quartier et elle avait hérité de sa carte.

Avec ça, avec le N° de la carte et la date de naissance de sa voisine, elle pouvait utiliser les ordinateurs mis à disposition dans toutes les bibliothèques municipales de la capitale. La seule chose conservée dans les messages était le N° de l'ordinateur et une vague localisation. Elle pouvait donc créer un compte Internet avec un pseudo et changer de bibliothèque à chaque fois. Il devenait difficile de la suivre.

Et la première chose à faire, ce fut d'explorer les mots masculinisme, machisme, Mgtow et beaucoup d'autres sites. Elle utilisait deux comptes pseudo bien masculins, Enguerrand Demetz et Kevin Lapierre, pour donner l'impression de d'appartenir à des mondes différents.

Elle posait des questions générales ou pointues, avec, selon le cas, soit des mots un peu recherchés, soit des fautes d'orthographes voulues. Elle avait jeté son filet très largement et elle ne fut pas surprise d'avoir des réponses différentes selon son pseudo.

Au bout d'un mois qui lui avait fait traverser Paris dans tous les sens, elle se trouvait devant un ensemble de données difficiles à classer. Parfois, on l'orientait sur des sites You Tube bien connus ou des blogueurs plus ou moins intéressants. Parfois, on lui promettait un peu trop facilement d'appartenir à une confrérie prétendument secrète. Parfois, enfin, on ne bornait à lui poser beaucoup de questions.

C'était le moment de demander l'aide de Vincent. Il saurait mieux identifier et analyser les réponses de ses différents correspondants. Il eut vite fait de les classer et trois groupes, et souvent de manière contre-intuitive :

Il y avait l'essentiel des messages, « pure junk », comme il disait et à jeter au panier tout de suite. Il y avait de moyennement sérieux mais banals. Et il y avait une poignée de sites un peu insolites, à suivre donc. Certains proposaient même de continuer avec le navigateur TOR sur le Dark Web. Il fallait faire un choix, mais après avoir joué le jeu un certain temps, témoigné de l'intérêt et même se proposer à une rencontre. Vincent avec sa tignasse si reconnaissable pouvait passer pour un Kevin. Mais Enguerrand, ? Avec un tel prénom ! Le rejeton d'une vieille famille déchue sans aucun doute ? André avec son onctuosité de prêtre, s'il voulait bien l'exagérer, serait parfait.

Il fallait trier, encore trier, relancer éventuellement un interlocuteur fuyant ou peu loquace et puis finalement se décider autour d'une bière et enfin obtenir l'accord de Méryl pour se lancer dans une petite série d'enquêtes imprévues.

oOo

Chapitre 12

Le visiteur qui passe par Bâle n'aucune raison de s'attarder dans la Kleinhüningerstrasse dans la vieille ville. Une petite rue sans histoire, bien propre, avec son sens unique et ses interdictions de stationner pour les véhicules. Les habitants les plus anciens, je devrais dire les très, très, anciens, se souviennent d'une rue assez sale, bordée de magasins douteux évoquant un siècle à la Dickens plus qu'un siècle moderne.

Le soir tombait. Presque toutes les boutiques avaient baissé leur rideau ; toutes ? Non, dans un recoin d'une maison un peu décrépie, le rideau métallique n'était qu'à moitié baissé et un peu de lumière dépassait sur le trottoir.

Un homme plutôt maigre, assez grand, mais aux traits indistincts malgré son nez pointu dans cette pénombre, donna quatre petit coups et se baissa sous le rideau pour entrer en trébuchant. On l'attendait.

- Mon Cher Arthur Scherbius, je suis désolé de vous déranger à cette heure, mais vous savez …
- Mon Cher Rodin, je reconnais bien là vos vieilles habitudes de secret et de précaution…
- Avouez que cela a été toujours très utile et que nos affaires, comment dire, nos interactions, ont toujours été discrètes et n'ont jamais attiré l'attention. Vous n'avez aucun souci à vous faire, tout comme les autres fois.
- Eh, oui, j'ai été un peu surpris par votre courrier : écrire de nos jours pour demander un rendez-vous, c'est un peu dépassé, n'est-ce pas ?
- Peut-être, mais c'est imparable ! La preuve en est, je suis là ; vous êtes seul et personne ne peut se douter de notre rencontre.
- Il faut croire que c'est important.

- Honnêtement, je ne sais pas si c'est très important, mais d'abord cela doit rester entièrement secret et là, je sais que je peux vous faire confiance. C'est aussi assez technique et je suis sûr que c'est tout à fait dans vos cordes.
- Vous me flattez, peut-être ?
- Mais non. Voilà ce dont il s'agit.

Et Rodin sortit de sa serviette en vieux cuir usé, plutôt miteuse, quelques photos et un petit dossier.

- On me demande de faire faire une vingtaine de boîtes à chiffrer ressemblant à celle-là qui, dit-on, était celle de Henri II au XVIème siècle. On trouve cette boîte au musée d'Écouen, près de Paris. Elle n'est pas en très bon état, sans aucun doute incomplète. Vous voyez, un boîtier, une vingtaine roues, en double, sur deux feuilles séparées. Elles sont divisées en 24 cadrans avec des lettres ou des chiffres. Une grosse roue au milieu, avec une dizaine d'orientations différentes, le tout dans un étui très luxueux, mais ce n'est pas l'essentiel. Je vous ai apporté une étude d'un spécialiste de la cryptologie, Hervé Lehning, qui explique comment cela a pu fonctionner à son idée. Il ne sait pas si la grosse roue pouvait entrainer les petites mais, c'était déjà assez ingénieux pour l'époque. D'après lui, il fallait sans doute un petit mode d'emploi à part.

Voyez ce que vous pouvez faire. Il serait judicieux de rendre les petites roues solidaires avec la grosse roue du milieu. On pensait remplacer les lettres et les chiffres gravés par des autocollants faciles à remplacer pour changer complètement la correspondance entre les positions de la grande roue et les indications sur les petites.

Mais je crois qu'on peut rendre les petites roues déplaçables d'un endroit à l'autre sur la feuille tout en les laissant solidaires de la grande. Il faudra sans doute utiliser des feuilles de plastique assez solides. Choisissez le métal et les engrenages comme vous en avez l'habitude. Les dimensions, pas plus de 12 à 15 cm de haut et 8 à 10 de large, et pas plus de 2 cm d'épaisseur. Bien sûr, il faudra un mode d'emploi précis mais il n'aura pas à être très long.

Combien de temps vous faut-il pour faire un prototype qui marche ? Comme vous vous en doutez, le règlement de vos travaux n'a jamais posé de problème et n'en posera jamais. Ce sera à votre guise, en montant, en nature et en lieu.

- J'ai bien compris. Revenez dans un mois exactement, le mardi 23, à la même heure et je pense que j'aurai suffisamment avancé.

- Monsieur Scherbius, vous ne changez pas. Vous êtes parfait.

- C'est peut-être que j'y ai intérêt. Vous restez quelques jours ici, j'espère. Bâle est une ville pleine de charme. Et même, dit-on, pleine de délices. En tout cas, au revoir, Monsieur Rodin. Vous pouvez laisser votre serviette ici. Je la jetterai moi-même.

- Tiens dite-moi où je peux trouver un disquaire. Il faut que j'achète une version de la 4ème symphonie d'Arthur Honegger pour l'envoyer à quelqu'un qui comprendra.

oOo

Chapitre 13

Vincent, ou plutôt Kevin Lapierre, avec sa tignasse, sa grosse moustache pour cacher son bec de lièvre, accentua encore son style en se fit imprimer de nombreux tatouages, bien visibles, sur ses avant-bras, tatouages non-permanents on le lui avait promis. Il s'habilla encore moins bien que d'habitude et s'entraina à de raconter sa vie, une vie très triste, avec abandons, misère sexuelle, solitude, vide intérieur, dégoût de soi. Martine lui avait fait préparer quelques éléments d'identité à son nouveau nom, en cas de besoin. Le difficile, c'était de ne pas en faire trop. Mais il ne passait pas inaperçu.

Il ne lui fut pas aisé d'avoir accès aux Incels (les célibataires involontaires), mais après quelques contacts sur internet, il fut vite accepté dans un groupe qui s'en réclamait. Les réunions n'étaient pas secrètes, mais il comprit vite que c'était voulu : Inutile de perdre du temps à organiser de mystérieux rendez-vous quand tout le monde était au courant de l'existence de ce mouvement. Il lui fallut plus de temps, lui qui tachait de ne surtout pas apparaître comme un intellectuel ou un gars très futé, pour comprendre que certains membres étaient sélectionnés pour d'autres activités dont on ne parlait pas. Un soir, il aperçut par exemple un petit papier qui passait d'un membre du groupe à un autre.

Il fallait maintenir son personnage d'aigri et de rancunier. Il se déclarait volontiers volontaire pour une action si l'on avait besoin de lui. Et un soir, on lui demanda de rester après le départ des autres. C'était gagné. Celui qui s'adressa à lui était le plus apparemment anodin du groupe : petit, déjà en partie chauve, bégayant un peu ; on l'appelait Edmond.

- Tu as l'air bien malheureux. Tu as envie de faire quelque chose ?

- Oui, j'aimerais bien avoir un but dans la vie, me rendre utile, faire bouger les choses.
- Eh bien si tu veux, tu pourrais être dans l'action. Ne crains rien, rien de difficile mais on a besoin de gens comme toi.

Et deux semaines après, au cours de leur réunion, on lui passa un petit papier qu'il mit vite dans sa poche pour le lire à loisir chez lui.

Mercredi prochain, à 22 h, trouve-toi à l'angle des rues Stephen Pichon et Godefroy. On viendra te chercher.

À l'heure dite, il était là et n'eut pas attendre trop longtemps. Une petite voiture s'approcha et on le fit monter à l'arrière. Le conducteur et l'autre passager (c'était Manuel) ne dirent pas un mot. Au bout d'une vingtaine de minutes, la voiture d'arrêta dans une banlieue qu'il ne connaissait pas et le conducteur lui donna ses ordres.

- Nous allons nous absenter un petit quart d'heure. Toi, tu restes ici et tu fais un appel de phare si tu vois une voiture de police. Si tu te rends compte qu'il y a un gros problème, tu laisses la voiture là et tu t'en vas au plus vite. Il y a un métro au bout de la grande avenue.

Kevin s'installa à l'avant en espérant que personne ne lui demanderait les papiers de la voiture ni ses propres papiers. Mais rien. Le silence. A bout d'une dizaine de minute, il entendit une grosse explosion pas trop loin Sans qu'il s'en rende compte ses compagnons étaient déjà de retour.

- Démarre. Prends à gauche et va tout droit. Tu nous laisseras dans la contre-allée et tu pourras repartir tranquillement chez toi. Essuie bien le volant puisque tu n'as pas de gants ; mais tu peux laisser la voiture là, elle n'est pas à nous.

Et ses compagnons anonymes s'en allèrent lentement en sens opposé. Kevin/Vincent mit un temps à comprendre. Il avait participé à un petit attentat, sans doute sur une agence ou un magasin féministe et surtout, il avait été testé. Il était resté calme, n'avait pas posé de questions. On pourrait maintenant compter davantage sur lui.

oOo

Chapitre 14

Hermine, un fois revenue de son escapade à Écouen, tournait un peu en rond. Aucune grande enquête n'était prévue. Juste le suivi des communiqués des autres agences et des tweets les plus importants. La routine, quoi ! C'était le moment de reprendre contact avec sa copine Leila qui venait de monter en grade dans la police.

Le rendez-vous habituel, en fin d'après-midi, dans leur café préféré. Leila n'avait pas changé et elle a surtout posé des questions à Hermine qui dut tout lui raconter par le détail. Leila était intéressée et donnait parfois l'impression d'en savoir plus qu'Hermine elle-même. Elle était très réservée sur ses nouvelles responsabilités et n'hésita pas à lui dire qu'elle ne lui raconterait que des choses très anodines, qu'elle avait changé de logement maintenant mais sans lui dire où ; que son téléphone était toujours le même et que Hermine ne devait pas hésiter à l'appeler en cas de besoin.

Elles parlèrent plutôt de choses très générales ; Leila semblait d'avis que l'ambiance antiféministe avait changé, et sans le préciser davantage, elle faisait maintenant allusion à des menaces plus générales, plus politiques, moins ciblées, plus difficiles à cerner.

Surtout Leila revint sur une conversation bien antérieure :

- Tu te souviens, je t'avais dit que je ne croyais pas aux conspirations pour toutes une série de raisons que je t'avais énumérées. Eh bien, j'ai changé d'avis. Je crois à l'existence de conspirations maintenant. Elles sont très multiples, elles sont facilitées par les réseaux sociaux, les messageries chiffrées, le nombre d'asociaux qui se multiplient. Cela devient difficile à débrouiller, car on assiste à une multitude de groupements, de clubs, de sociétés, qui ont pignon sur rue et dont on ne sait que penser. L'idée qui s'impose à nous est qu'il y a des

sous-ensembles, logés dans des groupes bien visibles qui leur servent de paravent. Comment aller dépister les membres dangereux au milieu de quelques illuminés ou pseudo-anarchistes qui jouent à se faire peur. On ne peut pas arrêter tout le monde. Les réseaux sociaux dont on parle tant sont truffés de taupes, de vraies taupes, de fausses taupes, de trolls plus ou moins sérieux et manipulés.
- Et alors ?
- Et alors, on patauge en espérant tomber un jour sur le bon fil à dérouler. Ou bien on attend une action violente, on ne sait pas où, qui permettrait une vraie enquête classique. Tout cela est bien déprimant. Et à l'Agence, comment ça va ?
- La patronne vient de nos réunir et nous a fait la leçon : nous devons être de plus en plus vigilants. Je ne sais pas d'où elle tire ces informations. En tout cas, cela se résume à une chose : l'antiféminisme est remplacé par le masculinisme et ce serait beaucoup plus grave. Tu penses que c'est vrai ?
- Tout ce que je peux dire est qu'elle n'a pas tort. Tiens, va, donne-moi des nouvelles du bébé de ta copine Lydie ?
- Alors, là ; aucun problème. Elle est charmante et Alim est aux anges.
- Bon, tout ne va pas si mal.

Pour une raison qui lui avait semblé normale, mais qu'elle avait oubliée maintenant, Hermine se rendit compte en partant qu'elle n'avait pas signalé à Leila que l'appartement de Lydie était devenu un lieu sûr.

En retournant chez elle, elle ne se rendait toujours pas compte qu'elle était suivie, de très loin, comme pour s'assurer qu'elle n'avait pas changé de domicile.

oOo

Chapitre 15

Pour la suite de sa mission, Rodin se décida à appeler Daniel pour demander son aide ; car il ne pouvait pas tout faire, et surtout, il ne voulait pas apparaitre dans trop d'endroits différents. Daniel vint le rejoindre dans son logement de l'île de la Cité.

- Mon vieux Daniel, je suis content de te revoir. J'espère que tu vas bien.
- Pas du tout. Tu sais que j'avais trouvé un emploi de rabbin dans une petite collectivité du19ème arrondissement. Eh bien, figure-toi qu'ils m'ont renvoyé et le pire, c'est qu'ils m'ont remplacé par une femme rabbin. Je suis furieux. Où allons-nous ? Je me trouve sans emploi et mon ancien employeur là-bas (il ne voulait pas prononcer le mot Mossad) ne me connait plus depuis notre petite association, tu sais, celle qui n'a rien donné.
- Daniel, j'ai une petite mission pour toi que tu rempliras très bien et qui te rapportera un peu de soutien économique (il ne voulait pas parler d'argent).
- J'espère que tu ne vas pas me faire faire le clown, comme l'autre fois.
- Non, c'est très sérieux. Il s'agit de réunir une petite collection de livres reliés, de toute sorte, dépareillés ou pas, et de les faire évider pour en faire de jolies boîtes à cadeau.
- J'ai la plus grande méfiance.
- Mais non, dans les semaines qui viennent, tu vas te promener dans quelques brocantes provisoires, tu sais, quelquefois dans certains quartiers, ou bien chez les bouquinistes des quais de la Seine. Il s'agit de se procurer une trentaine de livres qui doivent avoir les caractéristiques suivantes : le livre doit avoir une bonne reliure, moderne ou ancienne, et être de taille suffisante pour être évidé en une cavité de 15 cm de haut, 12 cm de large et 2,5 cm de pro-

fondeur. Rassure-toi, c'est très facile à trouver : des rééditions modernes des livres de Jules Verne ou Balzac, des dictionnaires, des petites encyclopédies, etc. Ce n'est jamais très cher, car plus les livres sont gros, moins ils se vendent ; de plus, peu importe si c'est dépareillé. Tu les achètes, en cash bien sûr, par deux ou trois au maximum et jamais au même endroit. Quand tu les auras réunis, on le regardera ensemble et je te dirai qu'en faire plus tard.

- Mon vieux Rodin, je t'obéis, je crois que c'est dans mes cordes.

Ce soir-là, Daniel arriva en tirant ce qu'il appelait sa charrette et qu'il utilisait pour ses courses au supermarché.

- Voilà, tout est là. Qu'en penses-tu ?
- Eh bien, cela semble très convenable : trois Jules Verne illustrés, trois ou quatre dictionnaires français-allemand, plusieurs Larousse et deux dictionnaires étymologiques, et tout le reste à l'avenant. Tiens, tu as même pensé à quelques vieux missels du siècle dernier. Cela me fait de la peine, tu sais, d'en faire des boîtes, mais c'est une très bonne idée.
- Et maintenant ?
- Imagine-toi, je connais un vieux relieur du quartier de Saint Sulpice qui m'aidé autrefois. Je vais passer le voir pour lui annoncer ta visite et prendre un petit rendez-vous pour toi. Ce sera sans doute en toute fin d'après-midi. Je suis sûr que cela ne t'embête pas trop de te balader dans le métro avec ta charrette ?
- Rodin, je ne t'ai pas caché que cette mission tombe à pic pour l'équilibre de mes finances.
- Ne crains rien. Donc, en résumé, tu lui expliques bien les données chiffrées : 15 par 12 par 2,5. Il collera bien les pages ensemble tout autour de l'évidemment pour faire une belle boîte, et il renforcera la reliure s'il le faut. Quand ce sera fini, tu retourneras chercher les boîtes avec ta charrette. Ne t'occupe pas du règlement. On s'en occupera. Et puis, tu me rapportes tout ça ici et je t'inviterai à fêter cette mission au bistro du coin.
- Eh ! Eh ! On ne m'achète pas avec un petit steak saignant.

- Ne néglige jamais les bienfait de la Providence. Elle peut tarder, mais elle arrive toujours, parfois par des voies détournées.
- Je compte sur toi, mais surtout, je ne veux jamais savoir ce que vous ferez de ces livres.
- Alors là, je peux te dire que, même moi, je ne fais qu'obéir à des ordres obscurs que je ne cherche surtout pas à éclaircir.
- Nous sommes bien d'accord. Mais c'est bien pour toi.

oOo

Chapitre 16

Pour retourner à Bâle, Rodin, prit soin d'utiliser sa vieille voiture et de se trouver une bonne raison : une visite approfondie du Musée Vitra, consacré essentiellement au design contemporain. Le musée est situé, en Allemagne, mais juste à quelques kilomètres de la frontière et il vaut mieux passer par Bâle pour y avoir accès. Il me munit d'un texte assez long, un article qu'un vieil ami un peu présomptueux souhaitait soumettre aux éditeurs de leurs magnifiques catalogues et qu'il n'arrivait pas à faire publier ailleurs. Rodin commença par cette visite qui lui prit presque toute la journée et acheta force de brochures et de livres pour se justifier si besoin.

Mais à 18 h, il était chez Arthur Scherbius.

- Eh bien, cela n'a pas été simple. J'ai fait un prototype que voilà, avec des feuilles en plastique très solides, des roues crantées amovibles (24 de chaque côté) reliées par un engrenage à la roue centrale. La position de la cette grande roue commande donc toutes une série de positions des petites roues du codage. De plus, j'ai rendu les petites roues amovibles et interchangeables, ce qui chamboule (vous dites comme ça, vous les Français ?) complètement les correspondances du code. Bien sûr, il vous faudra un petit mode d'emploi, en fait une liste d'instructions, que je vous fournirai pour faire fonctionner la machine. Je dois dire que j'en suis assez fier. Mais, il faut que je vous dise que le texte que vous m'avez donné, l'interprétation de Hervé Lehning, est très incomplète. Elle est même complètement fausse par endroit et je me demande ce qu'il y a dernière. Soit, il n'a rien compris, ce qui serait étonnant pour un ancien officier des renseignements, soit il a volontairement omis beaucoup de choses, ou bien il a sciemment induit le lecteur en erreur. Est-ce que cela cache quelque chose ?

- Il faut vous dire que nous avons appris que Monsieur Hervé Lehning est décédé récemment, sans aucune autre indication.
- Ah ! Vous pensez….
- Monsieur Scherbius, je me garde bien de penser dans certains cas. Revenons à nos affaires, tout ce que vous me montrez me semble parfait. Quand vous aurez fait les 20 exemplaires, testez les bien, surtout. Qu'il n'y ait pas de problème d'engrenage !
- N'ayez crainte. Comment vous prévenir quand ce sera fini ?
- Envoyez-moi donc une carte postale, tiens, du vieux pont en bois de Lucerne. En souvenir d'une balade, par exemple. Je reviendrai une dizaine de jours plus tard.

Rodin, qui n'avait eu aucun problème à la frontière, reprit sa voiture pour revenir chercher les boîtes à déchiffrer. Il prit bien soin d'arriver un jour plus tôt, et il passa une bonne nuit dans un hôtel très correct. Il retourna le lendemain au Musée Vitra, racheta quelques nouveaux livres et catalogues (heureusement, la caissière n'était pas même que l'autre fois) et fourra tout cela dans une grosse serviette de beau cuir. Garer sa voiture n'est pas simple à Bâle et il la laissa au parking de l'hôtel. En fin d'après-midi, il entrait chez Arthur Scherbius avec un sac de sport vide et en repartit avec le même un peu plus lourd, après de multiples remerciements, salutations et allusions techniques pour le règlement.

Le surlendemain, de retour sans problème en France (quelle déception, le douanier n'avait même pas été intéressé par tous ses catalogues de Vitra. Qu'allait-il en faire ?), il s'enferma dans sa petite maison de la rue du Milieu des Ursins, tira les rideaux, décrocha son téléphone pour ne pas être dérangé, et, en sifflotant, il inséra les boîtes à chiffrer dans leur étui, et s'assura que tout était en place.

Le plus difficile restait à faire, écrire et reproduire une vingtaine de fois des instructions, précises, détaillées, mais trop longues. Le plus difficile, non ! Il fallait le plus précieux, ce qui lui avait demandé tant de recherches et d'efforts, mais il y était parvenu grâce à ses contacts spirituels comme ils les appelait : une cartouche d'encre spéciale pour son imprimante, une imprimante très banale, intraçable, mais une encre connue uniquement de quelques spécialistes : une encre apparemment invisible et qui ne se révélait qu'aux UV. Même les Russes ne l'avaient pas encore.

Il imprima ses vingt exemplaires en petits caractères sur une demi-feuille A4, les plaça soigneusement dans son missel et détruisit le plus complètement possible la cartouche de toner dont il alla jeter les restes dans quelques bennes à ordure du quartier latin.

Enfin, il remplaça la musique d'attente de son répondeur par un nouveau chant grégorien (il était très fier de cette astuce de signalement) et il alla enfin se promener. Il avait rempli sa mission et pouvait en espérer une récompense adéquate. Pourvu qu'on ait plus besoin de lui ! Une petite prière s'imposait : il entra dans Notre Dame au milieu des touristes et s'assit sur une chaise en face du chœur. Prier ne coûtait rien et pouvait être utile, au moins comme autorelaxation. Il se rappelait ce vieil ennemi acharné des Jésuites qui prétendait que prier, cela abêtissait. Quelle étroitesse de vue ! Au contraire, quel réconfort, quel poids en moins sur la poitrine, quel sentiment de libération, de compréhension, de levée des ambiguïtés de la vie, et même de pardon pour ses actions passées. Il se surpris même à se réveiller en sursaut au bout d'une demi-heure, après un petit somme réparateur, comme on dit.

oOo

Chapitre 17

Enguerrand eut beaucoup plus de mal que Kevin à trouver ses repères. Les indications que lui avait fournies Sylvie étaient bien imprécises. Il commença par aller se confesser (un peu, pas beaucoup) à l'Église traditionnaliste de Saint Nicolas du Chardonnet. Il espérait en tirer une indication, un petit fil rouge à dévider. Rien de tout cela. Le prêtre lui posa des questions précises sur ses habitudes sexuelles, tellement précises qu'elles pouvaient passer pour une enquête dans le meilleur des cas, par une tentative de racolage dans le pire des cas. Il s'enfuit.

Fallait-il se rapprocher de l'Institut du Christ-Roi Souverain Prêtre ? Une société bien traditionnaliste ? Oui, mais bien reconnue par le Saint-Siège et surtout vouée au sacerdoce et à l'évangélisation. Trop vague, trop générale. L'internet était bien circonspect sur ces aspects un peu trop intellectuels ou bourgeois.

Il décida de prendre le problème à rebours et de s'intéresser aux grands traditionnalistes. Un nom s'imposait, Joseph de Maistre ! On ne pouvait pas trouver plus contre-révolutionnaire, partisan de la monarchie absolue et du retour au droit naturel. Voilà l'homme qu'il lui fallait ! Il y a bien une Revue des Études Maistriennes, mais elle est publiée en Savoie. L'internet signale une Association des Amis de Joseph de Maistre, mais elle est dissoute depuis quelques années et son fondateur était mort depuis quelques dizaines d'années.

Enguerrand se décida alors à écrire à quelques-uns des signataires de la revue en espérant qu'ils n'étaient pas tous morts. Il voulait simplement témoigner de son intérêt pour la pensée de Joseph de Maistre et demandait s'il y avait une association dans ce sens à Paris. Il ne reçut qu'une réponse : on lui signalait l'existence d'un club bien peu connu sur la place, s'intéressant à Joseph de Maistre et à la Franc-Maçonnerie, le Club JDM.

Dès lors, la démarche devenait facile : s'enquérir, poser sa candidature, envoyer un CV. Martine Soubise dans ce domaine l'aida de manière professionnelle : un CV complet, impeccable. La prochaine réunion, où on l'avait admis sans trop de peines, se tenait dans un petit restaurant du quartier latin. Il comprenait pourquoi on l'avait admis sans trop de peines ; les membres étaient peu nombreux, six ou huit peut-être, certains d'âge déjà chancelant. Il se borna à écouter et il comprit que dans le brouhaha des conversations, souvent futiles, on pouvait distinguer un ou deux interlocuteurs plus sérieux. Prudent, il attendit la prochaine réunion pour se rapprocher d'eux. Comme ils faisaient allusion à un autre type de réunion, il put sans sembler trop indiscret demander si ces réunions n'étaient pas plus intéressantes. Il n'a aucune réponse directe, mais au moment de sortir on lui glissa dans la main un petit carton avec le libellé « L'actualité de JDM » et un n° de téléphone. Était-il en train de se rapprocher de son but ? Mais si c'était le cas, quel parcours inattendu !

Il n'eut pas facilement le N° de téléphone, souvent occupé ou absent. Il attendit un soir pour rappeler et là, il tomba sur un interlocuteur à l'accent parisien et de bon aloi. On lui demanda qui l'avait orienté et ce qu'il attendait de la petite société en question ; on ne lui cacha pas qu'elle était très exclusive. Et on lui proposa d'abord une entrevue dans un petit café de l'île de la cité. Aucun problème, il était prêt.

Celui qui le reçut dans une table du fond ne payait pas de mine. Mais on voyait qu'il devait avoir été un intellectuel de bon niveau : des questions précises, une évaluation de ses connaissances de Joseph de Maistre, des questions sur sa famille : très ancienne, mais malheureusement déclassée par de mauvais placements au siècle dernier ; il avait quand même un oncle dans la marine, la Royale bien sûr, et quant à lui, un petit parcours d'enseignant en province. Tout cela semblait crédible.

La réponse mit un mois à arriver sur le site Enguerrand que Martine Soubise lui avait préparé. On l'invitait à une réunion dans un appartement privé du 6ème arrondissement, chez un avocat très peu connu du grand public. Dès l'antichambre, deux grands gaillards le prirent à part, l'installèrent sur un bon fauteuil et en se confondant d'excuses (vous savez, on ne sait jamais ...), lui firent exhiber tout ce qu'il avait dans ses poches. Mais sa préparation avait été parfaite, carte d'identité, carte vitale, permis de conduire, carte d'électeur, deux ou trois reçus sans importance, tout cela était au nom d'Enguerrand Demetz. Quant à son oncle, il n'eut aucun mal à donner son nom ; c'était le contre-amiral Pierre-Olivier Delpierre. Il existait bien, mais ne pouvait en aucun cas être joint car il était d'exercice dans un sous-marin atomique pendant au moins six mois.

L'épreuve a dû être concluante, car il se retrouva invité dans cet appartement deux semaines plus tard. Là l'ambiance était très sérieuse : ils n'étaient qu'une demi-douzaine d'hommes plutôt âgés, à cheveux bien gris, mais donnant l'impression de savoir commander ; qui ils étaient, c'était impossible de le savoir. Ils semblaient remuer des concepts, ou bien des plans d'action, c'était difficile à dire. En tout cas, on ne parlait jamais d'action précise ou de prise de position. On aurait dit un état-major d'un exercice théorique. Ils ne s'appelaient pas par leur nom, mais on se donnait du cher ami sans réticence. À un certain moment, Enguerrand crut entendre parler d'un personnage désigné comme B, mais peut-être était-ce une mauvaise interprétation.

Quant au fond des choses, il était clair qu'on se souciait de l'avenir de l'homme, de l'Homme avec un grand H, et l'on abordait avec franchise les différents aspects que cette défense de la masculinité prenait selon les pays, les classe ou les évènements. On se gardait bien de tout discours antiféministe. On voulait avoir une vision à long terme de l'évolution de la société.

On essayait toujours de revenir à Joseph de Maistre, s'il s'agissait du goût du secret et de son appartenance à la Franc-Maçonnerie, de sa haine de la République, de ses croyances anciennes, et, bien artificiellement à ses yeux, on y revenait comme pour se donner un vernis de circonstance. Quant à lui, il prenait peu la parole et s'efforçait de se concentrer sur ce qu'il connaissait le mieux, c'est-à-dire, l'alliance entre l'état et le religieux. Il finit par devenir sans le vouloir le meilleur connaisseur des arcanes du Vatican.

Mais son impression restait floue : il avait l'impression d'un de ces jeux d'état-major où des gradés poussent avec des baguettes des symboles en plastique de corps d'armée ou de flottille sur de grandes cartes disposées sur des tables immenses. Était-on dans le rêve ? Dans des simulations théoriques ? Dans des projets réalisables ? À un autre moment, il entendit parler du club des analphabètes. Cela semblait ridicule.

Mais, si l'on avait affaire à une vraie conspiration, il fallait reconnaitre qu'elle était parfaitement cloisonnée. Il était loin de l'action si une action était prévue. Pour le moment, il se sentait entouré d'intellectuels de bon niveau, charmants, parfois un peu mystiques ou intégristes, souvent amusants, et qui pour la plupart ne semblaient pas se prendre au sérieux. Mais il jouait maintenant tellement bien son rôle de petit nobliau déchu, intégriste, un peu borné, qu'il se disait qu'il n'était sans doute pas le seul à jouer un rôle.

oOo

Chapitre 18

Le goût du secret (suite)

Mes chers amis,

Vous vous souvenez que je vous ai entretenus des machines à chiffrer. Je vous apporté ici les vôtres. Comme vous le voyez, il s'agit d'un dispositif avec des rouages, pas très grands, dissimulés dans des boîtes qui sont des livres évidés.

Choisissez le livre qui détonnera le moins dans votre bibliothèque. Vous trouverez à l'intérieur une petite notice d'utilisation. Elle vous surprendra car elle semble vierge de tout contenu. Elle est imprimée avec des caractères qui n'apparaissent que pour pour une heure ou deux, pas plus, après une exposition d'un quart d'heure à un petite lampe à UV.

Le mieux est que vous alliez à loisir acheter de telles lampes que l'on trouver dans tous les boutiques de philatélie. Vous en trouverez facilement rue Drouot et aussi en province. Achetez en même temps quelques loupes pour donner le change.

Sans le mode d'emploi, la machine est muette et trop compliquée à utiliser. Rangez votre livre parmi des livres analogues sans trop le signaler ni le cacher. Mon conseil est de conserver le mode d'emploi toujours à part, dans un autre lieu, par exemple dans une maison de campagne et comme il est parfaitement anodin, laissez-le, vaguement plié, comme un marque page dans un dictionnaire ou une encyclopédie.

Pour prévenir les cas d'urgence, on ne sait jamais, ayez toujours dans votre buanderie ou votre atelier ou bien encore, où vous voulez, deux bouteilles d'acide chlorhydrique qu'on peut facilement acheter même dans les grandes surfaces. Un peu plus loin, une grande boîte en plastique. S'il le faut, plongez la machine dans l'acide. En quelques minutes, il sera difficile de la reconstituer correctement. Quant à la notice, ayez toujours sous la main de quoi la brûler.

On en arrive aux exercices pratiques : dans quelques semaines, vous recevrez par Telegram des textes chiffrés que vous vous entrainerez à déchiffrer. Puis, on indiquera un code qui vous permettra de permuter les roues et les vrais messages arriveront. Ils seront indécryptables, soyez-en sûrs.

Exposé de D, lors du dîner du club des Analphabètes

oOo

Chapitre 19

Le colonel Benoit avait une fonction assez importante aux renseignements généraux. Il dirigeait plusieurs services et savait beaucoup de choses, beaucoup plus qu'il n'en était autorisé à dire. Les activités sur l'internet prenaient de plus en plus de son temps et il regrettait le temps heureux des rapports écrits, des comptes rendus d'entretien avec des taupes, des écoutes téléphoniques si faciles, des agents déguisés pour qui il fallait inventer une légende. Son esprit lui permettait d'intégrer tout cela et d'en faire une synthèse utile pour ses supérieurs avant qu'ils ne décident à passer ces bribes d'informations aux politiques.

Mais les messages cryptés, de plus en plus abondants, l'agaçaient. Jusqu'à quel point fallait-il les récolter, les étudier, les interpréter ? Plus rien n'était humain ; on n'avait affaire qu'à des messages anodins ou abscons. Tout cela occupait beaucoup de ses ordinateurs mais le temps était précieux. Jusqu'à quel point fallait-il les récolter, les étudier, les interpréter.

C'est un de ses adjoints, Michel, qui attira son attention sur un premier message crypté Telegram bizarre qui se présentait ainsi :

- Rheam sylviam ejus filiam vestae sacredotem fecit quae tamen romulum et remum uno partu edidit lupa ut famla traditum est ad vagitum accurit infnated lingua lambit ubera eorum ori admovit matremque se gessit

Michel avait un copain qui avait encore un vieux Gafffiot et il arriva à la traduction suivante :

- il fit de sa fille rhea sylvia une prêtresse de vesta néanmoins celle-ci mit au monde en une seule fois romulus et remus une louve selon la tradition accourut aux vagissements des enfants les lécha et se comporta avec eux comme une mère

Il n'y avait rien à en tirer, des plaisantins, peut-être.

Mais cela ne s'arrêta pas là. Au bout de deux semaines arriva un autre message :

- lucretiam collatini uxorem inter ancillas in lanificia inveniunt ea ergo ceteris praestare judicature paucis interjectis diebus sextus collatiam rediit et lucretiam vim attulit illa postero die advocatis patre et conjugo rem exposuit et se cultro quem sub veste texerat occidit

Ce qui fait en bon français :

- Ils trouvèrent lucrèce l'épouse de collatin au milieu de ses servantes en train de travailler la laine On juge donc qu'elle l'emporte sur toutes les autres épouses quelques jours plus tard sextus revint à collatie et viola lucrece le lendemain elle appela son père et son époux leur raconta la chose et se tua en se frappant avec un couteau qu'elle avait caché sous sa robe.

Benoit commença à s'agacer : une bande de fanatiques de la cryptologie qui s'amusent et nous mènent en bateau. On lui dit que ces textes provenaient du *De Viris* de l'abbé Lhomond qui avait servi à des générations de lycéens à apprendre le latin pendant tout le siècle dernier et sans doute jusqu'à maintenant. D'autant que le message suivant n'était pas plus intéressant:

- caius julius caesar nobilissima genitus familia annum agens et decimum patrem amisit paulo post corneliam duxit uxorem cujus quum pater esset syllae inimicus voluit caesarem compellere ut eam dimitteret et là encore la traduction était bien banale :

- caius julins cesar né d'une très noble famille perdit son père quand il avait seize peu après il épousa cornélie dont le père était opposé à sylla sylla voulut donc forcer césar à répudier son épouse

Benoît était prêt à de fâcher :

- Je crois qu'on nous amuse et que des petits plaisantins prennent un malin plaisir à occuper nos ordinateurs. Laissez tomber les autres messages de ce type. On n'arrive à rien de particulier ni d'alarmant.

Benoît et Michel n'étaient pas mécontents de mettre ce problème de côté. Il y avait tant d'autres signalements sur le web, beaucoup plus inquiétants. Ils ne savaient pas que le mot le plus important du texte était le mot césar et qu'il signifiait qu'il fallait modifier la position de toutes les roues dentées selon le mode d'emploi qui accompagnait les machines. Les messages futurs devenaient indéchiffrables.

oOo

Chapitre 20

Kevin eut sa prochaine mission assez vite ; Il avait donné satisfaction. Cette fois-ci, c'était plus compliqué. Il devait récupérer une voiture banale (volée encore sans doute) à un coin de rue du 15ème arrondissement. Deux collègues devaient le rejoindre et il ne les connaissait pas.

Le but était d'attendre le passage d'une jeune femme qui revenait tous les soir vers la même heure dans cette rue. Les deux compères, des grands gaillards solides, devait s'en emparer, la fourguer à l'arrière de la voiture, la droguer (chloroforme, autre chose ? aucune indication. Le tout sans bruit, sans esclandre, en douceur).

Puis il recevrait par Telegram sur son téléphone portable une direction à prendre.

Étonnamment, l'enlèvement se passa sans accros. Aucun cri, quelques gémissements. Il sortit de Paris par l'autoroute 13 et au bout de 60 minutes, il reçut l'ordre de prendre la sortie d'Évreux. Aucune voiture ne le suivait particulièrement.

Les autres instructions se suivaient de manière discontinue, comme si on ne voulait pas indiquer la destination finale en cas de problème. Les routes principales furent remplacées par des routes secondaires, puis des sortes de chemins vicinaux.

Bientôt, ils étaient arrivés à Romilly La Puthenaye, s'engagèrent dans un petit chemin défoncé et s'arrêtèrent devant un petit ensemble de bâtiments en longère autour d'un petit près. C'était là : deux individus que Kevin avait déjà croisés sortirent du bâtiment, transportèrent Hermine encore abrutie dans une cave bien isolée. Il y avait mis un gros matelas, deux couvertures, deux sceaux à usage hygiénique et dans un coin sur un tabouret, un litre de soupe chaude dans un grand bol en plastique, deux bouteilles d'eau aussi en plastique et un gros quignon de pain ; de quoi survivre, mais mal ; quant à la lumière, une fois qu'Hermine se fut complètement réveillée et eut pris conscience de son environnement, ils l'éteignirent de l'extérieur. Inutile de dire que la porte de la cave était blindée. Kevin reconnut Edmond parmi les compères. C'est lui qui semblait diriger les choses maintenant :

- Tout va bien maintenant. Il nous suffit d'attendre. Les ordres ont été très clairs. Cette agence des Amazones nous a assez ennuyés. Avec cette Hermine comme otage, on peut obtenir beaucoup de choses : la disparition de l'Agence certainement, une très grosse somme en bitcoins bien sûr, pour ne pas être tracés, et puis on verra ensuite ce que l'on fait. Les Incels n'ont pas la réputation d'avoir froid aux yeux et il faut marquer un grand coup maintenant.
Cette maison est à notre disposition de manière très indirecte, je ne vous en dis pas plus. Il n'y a aucune caméra. Mais portez toujours des gants et en plus des masques de carnaval quand vous descendrez dans la cave. On ne doit pas vous reconnaitre. Surtout toi, mon pauvre Kevin, avec ta grosse moustache.

Personne ne viendra nous embêter ici et nous avons suffisamment à manger pour au moins deux semaines sans problèmes. La télévision, pas trop fort pour ne pas affoler les voisins, mais il y en a très peu et ne s'occupent pas de nous. Je vais maintenant vous laisser pour suivre cette affaire de chez moi. Il y a une voiture tout près que je vais prendre.

- On devrait venir nous relayer, penses-tu ? demanda Manuel.

- Je crois qu'on va nous laisser tranquilles tant que les négociations sont en cours. Mais j'ai déjà donné le signal que tout s'est bien passé. Les messages ne vont pas tarder à arriver à l'Agence de ces Amazones.

À l'Agence, c'était le désarroi le plus complet : un message crypté sur Telegram, très menaçant ; aucune autre indication pour le moment. La première chose que Martine Soubise demanda aux ravisseurs était une preuve de vie, avant toute négociation.

Au bout de deux jours, elle reçut une photo floue d'Hermine qui semblait endormie. En même temps, une série de revendications : Il fallait saborder l'Agence, faire sauter le bâtiment et verser une rançon énorme de 250 bitcoins sur un site crypté du Dark Net.

Edmond était en charge des négociations. Il se présentait officiellement comme un étudiant en sociologie, en troisième année s'il vous plait, et bénéficiait à ce titre d'une chambre dans la cité universitaire au sud de Paris. C'était un étudiant médiocre, comme il y en a tant, et qui passait inaperçu malgré son bégaiement. Une chambre d'étudiant banale, des rangées de livres sur la sociologie, un ordinateur un peu vieux, rien pour attirer l'attention.

Il aurait fallu fouiller au fonds d'un tiroir pour mettre à jour des accessoires un peu incongrus : des boîtiers, des câbles, des prises, des extensions. En fait, Étienne était bien équipé : il était muni d'un super VPN parfaitement illégal et pouvait modifier la localisation de son ordinateur : en pratique courante, il passait par un site biélorusse, puis par un site nigérian avant d'envoyer un message. C'était difficile à retracer ; mais dans le cas présent, il ajouta une étape supplémentaire par un site peu connu du Kazakhstan et doubla le système de codage. Il se sentait en sécurité.

Bien sûr, il n'espérait pas faire sauter l'Agence, surtout au milieu de ce quartier de vieilles maisons, mais c'était une manière de gagner du temps et de prendre le dessus psychologiquement.

Martine Soubise répondit que bien sûr, c'était là demander l'impossible.

Edmond répondit que la vie d'Hermine ne tenait maintenant qu'à un fil et envoya une autre photo encore plus floue d'un otage en mauvais état.

Martine Soubise proposa alors d'augmenter la rançon si cela devait suffire.

C'était exactement ce que voulait Étienne : il avait pour ambition de développer sa petite cellule d'Incels pour en faire un groupe plus important, dont l'influence se ferait davantage sentir. Et pour cela, il fallait de l'argent, beaucoup d'argent pour aménager des logements pour abriter les nouveaux collaborateurs, des armes pour les actions violentes à venir et aussi pour payer des intermédiaires. Il demanda 500 bitcoins.

Martine Soubise répondit qu'il fallait plusieurs jours pour se procurer cette somme, mais demanda en échange une promesse de livraison de l'otage auparavant. Dès qu'Hermine serait remise en liberté, n'importe où, l'ordre de transfert serait donné.

Edmond avait peu à perdre et sa réponse revint très vite : si la somme n'arrivait pas dans la minute suivant la libération d'Hermine, celle-ci serait éliminée.

Martine Soubise avait fait le maximum pour gagner du temps. Elle avait déjà contacté le colonel Benoît, qui lui-même avait contacté le colonel Lambert qui lui-même était en contact avec Herbert Herbert.

Benoît semblait moyennement optimiste : le Dark Net n'avait aucun secret pour lui. Les bitcoins lui posaient plus de problèmes et la localisation du truand semblait impossible pour le moment. Mais les jours gagnés pendant la période de négociation n'avaient pas été perdus. Lambert et Herbert semblaient eux plus optimistes.

Martine Soubise reprit donc contact avec son interlocuteur inconnu et lui proposa le marché suivant : ils amèneraient Hermine dans un endroit très public où on pourrait s'assurer qu'elle était en bonne santé, même si elle pouvait toujours être sous la menace des ravisseurs. Dès qu'on était sûr de cela, en moins dix secondes, l'ordre de transfert des bitcoins étaient donné et apparaitrait visible au ravisseur, et Hermine devait être relachée.

Cela semblait raisonnable à Edmond. Hermine allait être amenée dans un endroit à déterminer le plus tard possible et la voiture qui l'avait amenée prendrait immédiatement la fuite si le transfert était fait. Sinon, il ne fallait pas compter revoir Hermine vivante.

Edmond choisit avec précaution l'endroit : la Basilique de Lisieux semblait idéale en raison de la proximité des autoroutes allant vers Paris ou vers la Normandie ; on pouvait se cacher derrière une statue pour s'assurer du bon déroulement de l'échange. Et pour empêcher toute possibilité d'intervention, il n'indiqua le lieu : le terre-plein de la Basilique, qu'avec une seule heure d'avance : l'échange était prévu pour 4 h du matin exactement. Sinon, tout serait annulé.

Cela entraîna un peu d'agitation dans les différents ministères. Benoît et Lambert semblaient sereins, Herbert Herbert pensait qu'on lui demandait des choses bien au-delà de ses capacités, Marine Soubise seule était extrêmement soucieuse et quant à la patronne, elle était devenue blafarde et ne parlait plus à personne.

Au jour dit, à 4 h du matin, une voiture blanche s'arrêta sur le parking désert de la Basilique. Un homme, c'était Manuel, descendit, s'engouffra dans une autre voiture beige qui semblait l'attendre et partit très vite vers l'autoroute. Hermine descendit de la première voiture en titubant et fit quelques pas en direction de l'ascenseur qui mène au second parking où là, une petite Fiat semblait inoccupée.

Dans sa chambre, à quatre heures du matin, Edmond avait bien reçu le message venant de Lisieux et il consultait son écran attentivement : soudain, l'écran s'éclaircit et le site ultraconfidentiel de la société de transfert lui indiqua que 500 bitcoins venaient d'être versés sur son compte personnel, compte dont lui seul avait la clé. Il envoya un message TVB.

Derrière l'un des piliers devant l'entrée de la basilique, un petit homme brun, vêtu de noir, difficile à déceler, consulta son smartphone sur sa messagerie cryptée. Il put lire les trois lettres TVB, tout va bien. Il déposa alors son pistolet qu'il tenait dans sa main gantée dans un des troncs pour les offrandes pour l'entretien de la basilique et se glissa à l'intérieur du bâtiment par une petite porte dont il avait la clé. Il pourrait attendre là le jour sans encombre et même être l'un des premiers à déposer un cierge en l'honneur de Sainte Thérèse.

Pour Edmond, tout semblait en règle et il commençait à réfléchir aux moyens de redistribuer cette somme sur d'autres comptes. Mais au bout de deux à trois minutes, le site qu'il consultait s'assombrit puis disparut. Rien à faire pour le faire réapparaitre. Éteindre et rebouter l'ordinateur n'eurent aucun effet. Le site semblait avoir disparu. Mais ce n'était pas tout, en pleine nuit, on frappa à sa porte, de plus en plus fort, puis on l'enfonça et des hommes masqués et en uniforme envahirent la pièce. Edmond n'eut que le temps de prendre le pistolet qu'il avait dans son tiroir, il tira quelques coups de feu qui furent sans effet sur les gilets pare-balle des gendarmes. Mais ceux-ci l'abattirent en quelque secondes.

On fit passer tout cela par les résultats d'une fête trop bruyante d'étudiants. Edmond avait peu de famille et se gardait bien d'avoir des amis intimes. Ses obsèques furent courtes. Ni Benoit, ni Lambert, ni Herbert n'en parlèrent jamais. Martien Soubise eut une courte entrevue avec Madeleine Duval et Hermine eut pour instructions de ne plus jamais retourner chez elle, de changer de immédiatement de logement (on l'aida à trouver un immeuble d'apparence anodine), de modifier tous ses comptes et numéros de téléphone, et, avant tout, d'être hospitalisée, sous contrôle policier, dans un état alarmant, dénutrie et sous-alimentée. Elle put enfin aller reprendre une cure hydrothermale dans un lieu qui, cette fois-ci, ne fut pas de son choix.

Kevin, lui, eut la chance d'échapper à la rafle du petit groupe d'Incels créé par Edmond, car il avait été hospitalisé pour un Covid long dès le début des négociations. Et il lui fallut rester hospitalisé longtemps pour la vraisemblance des choses.

Le bon côté des choses fut que les autres cellules Incels restèrent tranquilles pendant quelques mois. Manuel avait eu très peur et reprit avec plaisir ses activités officielles à la Mairie du 13ème. Une fois sorti de réanimation, Kevin ne retrouva aucun de ses contacts. Mais en haut lieu, on jugea que l'affaire n'avait pas été entièrement négative.

oOo

Chapitre 21

Troisième leçon sur le secret.

Chers analphabètes,

Jusqu'à présent, je vous ai parlé du secret des délibération et des messages, et nous avons envisagé comment communiquer entre nous. Mais il y a d'autres secrets beaucoup plus subtils et qu'il faut savoir décoder.

Le plus récent porte le nom du cardinal Ratzinger : il s'agit de convaincre le lecteur instruit de manière évidente mais subtile, que le Jorge Bergoglio n'est pas le vrai pape et que Benoît XVI n'a jamais renoncé à son rôle et à son titre de Pape, mais seulement à l'exercice de sa mission. Tout repose, pour ceux qui savent le latin, sur la différence entre les mots munus et ministerium. Ces deux mots sont présents dans la « declaratio » du 11 février 2013, acte par lequel Ratzinger a formalisé sa démission. Or, les deux mots munus et ministerium sont tous deux traduits par ministère. Or, si on lit bien le texte de Ratzinger, celui-ci renonce au ministerium c'est-à-dire à l'exercice de la fonction mais il ne renonce pas à son munus c'est-à-dire à son existence en tant que Pape. Benoît XVI reste donc à ses yeux Pape en titre, certainement pas Pape en retraite ou Pape émérite, titre qui n'existe pas dans la hiérarchie vaticane ; de plus Ratzinger indique que son siège est libre, vacet, du fait que son titulaire n'est pas présent, mais qu'il n'est pas vacant, ce qui indiquerait qu'il faut un nouveau souverain pontife. Il en ressort que Bergoglio est un usurpateur et que les cardinaux qu'il a nommés ne sont pas légitimes. On pourrait parler d'arguties sans intérêt, d'autant que Benoît XVI vient de mourir, mais le Vatican n'est pas une société comme une autre. Les mots laissent des traces et nous le verrons peut-être lors de l'élection du successeur du Pape François.

Je vais prendre un autre exemple beaucoup plus ancien, mais que nous connaissons tous. Il concerne Charles François Lhomond, dit l'abbé Lhomond, qui a vécu de 1727 à 1794. D'une famille pauvre, il fait ses études au séminaire, au collège d'Inville à Paris et finit ses études de théologie en Sorbonne. Mais après, il refuse toute promotion et pendant plus de 20 ans, il va être régent de sixième au collège du Cardinal-Lemoine à Paris. Il va passer toute sa vie à enseigner le latin à de très jeunes lycéens. Il a écrit des ouvrages d'enseignement comme une grammaire latine et surtout son fameux De Viris Illustribus urbis romae ab Romulo ad Augustum soit en français : Histoire des hommes illustres de la ville de Rome de Romulus à Auguste. Cet ouvrage paru en 1775 a été constamment utilisé et réédité car il est écrit dans un latin classique et très simple. Des générations multiples y ont appris le latin en même temps que l'histoire romaine, et cela jusqu'à maintenant. Sa réputation a été celle d'homme très simple, désintéressé et humble. On lui a élevé des statues et une rue du quartier latin porte son nom, entre le lycée Henry IV et l'École Normale Supérieure. Il est difficile de faire mieux comme réputation ! Et pourtant, il a refusé de prêter serment pendant la révolution et a été incarcéré sous la terreur. Il y a plus et le secret est droit devant nous : De Viris ...cela concerne le hommes, les vrais (d'où les mots viril, virilité,..et non pas l'humanité homme et femmes qu'on aurait désignée par De hominibus , ce qui aurait inclus les femmes). Non, l'abbé Lhomond ne s'intéresse qu'aux hommes et il laisse bien de côté les femmes qui jouent dans son histoire un rôle minuscule. On a donc affaire à ce que l'on appellerait maintenant un masculiniste, bien formaté par sa religion, et s'adressant habilement aux seuls enfants que l'on peut encore influencer, les élèves de sixième. Il est mort en 1794, mais on sait de source assez sûre qu'il a été en contact avec Joseph de Maistre bien que ce dernier eut 25 ans de moins que lui. Il est possible qu'il ait joué un rôle pour le faire libérer des geôles de la terreur.

Admirons l'habilité de l'abbé Lhomond, qui, sous couvert de simplicité et d'humilité, s'est attaché à former des hommes, des vrais (je vous rappelle que les lycées n'étaient pas mixtes dans ces temps heureux) et cela dès le plus jeune âge, quand les enfants sont encore malléables. Nul n'est besoin d'être jésuite pour arriver à ce but.

Je saute un peu du coq à l'âne pour vous parler de la franc-maçonnerie où la tradition du secret joue un rôle tellement important, d'autant que cela nous pose un problème particulier à propos de Joseph de Maistre. Il faut tout de suite aborder plusieurs aspects. On pense que la franc-maçonnerie française nous vient de Grande Bretagne et en particulier d'Écosse. C'est faux. Elle nous vient essentiellement d'Allemagne ; elle est apparue en 1735, a atteint son apogée entre les années 1750 et 1780 et elle a connu une prospérité bien plus grande qu'en France. Elle recrutait dans tous les milieux et accueillait volontiers les contestataires. S'isolant du reste des hommes, elle se voulait élitiste et tous les grands écrivains de Goethe à Hegel et Schelling ont été maçons. Elle se voulait aussi idéaliste et se distinguait ainsi complètement de la franc-maçonnerie française. De plus, à côté des églises, elle était la seule association internationale, ce qui n'était pas sans importance dans l'Allemagne morcelée de l'époque.

Il ne faut pas lui faire jouer, à la suite d'Alexandre Dumas et ses personnages de Joseph Balsamo et de Cagliostro, un rôle quelconque dans la Révolution française. Ceux sont des puérilités.

On peut alors se demander, à juste titre, pourquoi Joseph de Maistre, dont nous étudions la pensée, s'est joint à la franc-maçonnerie pendant si longtemps. Il a été successivement membre de la loge Trois mortiers à Chambéry, puis de la loge La Sincérité, enfin de la loge La Stricte Observance à Turin, et cela pendant plus de vingt ans. Mais il faut noter qu'il a toujours voulu concilier son appartenance à la franc-maçonnerie avec sa plus stricte orthodoxie catholique, d'une part, et d'autre part, il s'est toujours opposé à un rôle politique pour la maçonnerie. On peut faire l'hypothèse qu'il a toujours tenté, parfois avec succès, d'influencer de l'intérieur les activités extérieures de la maçonnerie. Il ne faut donc pas y attacher trop d'importance. Dans le même esprit, rappelons que Gotthold Ephraim Lessing, célèbre philosophe et penseur allemand, s'était affilié en 1771 à la loge Zu den drei goldenen

Rosen (Aux trois roses) et qu'il a ensuite essayé de se rapprocher des rosicruciens. Il s'en est vite détaché.

N'attachons donc aucune importance à tous ces mouvements, plus ou moins ésotériques ou complotistes : ils ne nous concernent pas.

En revanche, attachons plus d'importance à ce que l'on peut appeler le secret philosophique. Ceux d'entre vous qui ont lu Karl Popper savent comment on a pu accuser Platon d'être un précurseur du fascisme. Dégoûté de la démocratie après avoir vu le sort réservé à son maître Socrate, Platon s'est résigné à défendre un système de société dirigée par une élite et n'hésitant pas à mentir au peuple : il appelait ça le Noble Mensonge et on peut trouver toute sa pensée dans La République et dans les Lois.

Depuis, l'idée qu'il fallait dissimuler sa pensée, pour échapper aux critiques ou bien pour être compris uniquement des personnes initiées, s'est répandue d'autant qu'il fallait éviter d'affronter trop vivement les théocraties en vigueur, catholiques ou musulmanes. C'est ainsi qu'il faut peut-être lire les philosophes du Moyen-Âge.

C'est ce qu'a plus ou moins bien décrit le philosophe Leo Strauss qui a vécu entre 1899 et 1973, surtout aux USA, dans des ouvrages particulièrement difficiles à lire et encore plus à comprendre. Pour lui, il ne faut pas hésiter à discuter dans les moindres détails des points obscures ou mineurs de telle ou telle philosophie, afin d'égarer le lecteur critique ou le censeur, quitte à exposer par ailleurs, tout bonnement ou très ouvertement, une grande vérité paradoxale. Je ne vous conseille pas d'essayer de le lire. Mais il faut retenir, qu'après avoir critiqué et réfuté pratiquement tous les systèmes politico-philosophiques qu'il connaissait bien, il est revenu à un concept fondamental, celui du droit naturel dit ancien, débarrassé de tous les ajouts des philosophes du XVIIIème siècle. La chose amusante, ou triste si vous voulez, est qu'il a été alors récupéré par les néo-conservateurs américains, vous savez, ceux qui ont été à l'origine de l'intervention armée en Irak. On a parlé de conspirationnisme, voire de secte. Quelle triste fin pour un philosophe juif qui a dû quitter l'Allemagne en 1932, comme tant d'autres.

Oui, c'est le moment de dire un mot des autres philosophes juifs qui ont dû fuir Hitler et qui en fuyant, ont aussi tenté d'échapper aux réalités du moment. Erich Auerbach, l'apôtre de la philologie, a passé la période de la guerre à Istamboul et ne s'est intéressé qu'à Dante et à Vico, relançant ainsi les études sur l'historicisme, pris dans le sens où il faut tenir compte des circonstances du moment quand on juge l'histoire. Hans Baron ne s'est intéressé qu'à la Renaissance italienne. Karl Löwith, qui dénie tout sens ou but à l'histoire, le décrit curieusement à l'envers en partant brièvement du temps présent pour remonter vers la Bible. Quant à Ernst Cassirer, qui a tellement écrit sur les symboles et les mythes dans l'évolution de l'humanité, il ne consacre, dans son dernier livre, écrit en 1945 alors qu'il était réfugié aux USA, que quelques mots sur le nazisme où mythes et symboles resurgissent en force.

Le plus connus de ces philosophes, Karl Popper qui a échappé au nazisme en se réfugiant en Nouvelle Zélande, a surtout voulu démontrer que le fascisme remontait à Platon, ce qui est bizarre, mais pas entièrement faux. Il a aussi parlé d'historicisme, mais dans le sens d'une direction invincible et imaginaire de l'évolution de l'humanité. Je dis encore un mot à propos de Leo Strauss qui a tellement voulu déguiser sa pensée qu'il a prétendu que seul le philosophe arabe relativement mineur Farabi lui a permis de comprendre Platon, que le Traité théologico-politique de Spinoza est truffé de mystères cachés, alors que c'est l'ouvrage le plus clair qui soit et qui a aussi soutenu que c'est Lessing qui lui a montré comment dissimuler sa pensée, mais il ne le cite jamais. Laissons là ce philosophe médiocre dont j'ai déjà décrit la triste récupération par les milieux les plus militaristes des USA.

Il faut noter surtout l'aveuglement, volontaire ou non, de ces philosophes juifs qui, mieux que tout autre, auraient dû décrier de l'intérieur l'horreur du nazisme. Seule Hannah Arendt y est arrivée.

Retenons seulement que, souvent, derrière certaines obscurités voulues, se trouvent des vérités que l'on veut cacher. Vous le voyez, de Ratzinger à Lhomond et en allant jusqu'à Leo Strauss, soyons vigilants. C'est peut-être l'une des ambitions de nos réunions.

Et, comme on dit en allemand, « Sag niemals leise, sag niemals laut, was dir der Freund sein Bier vertraut ».

Exposé par D au cours du dîner du Club des Analphabètes

oOo

Chapitre 22

Enguerrand s'ennuyait. Il n'arrivait à rien de tangible. Le milieu qu'il fréquentait était tellement intellectuel, loin des actions pratiques, qu'il commença à se demander s'il était réellement sur la bonne piste.

Le déclic survint au cours d'une conversation très banale. Deux interlocuteurs se disputaient pour savoir si Evola était le gardien de but de la Juventus ou bien de Milan AC. Enguerrand n'eut pas de mal à indiquer tout simplement que tous deux se trompaient et qu'ils voulaient sans doute parler le Julius Evola, sans préciser bien sûr, qu'il savait, lui, que Julius Evola était le type même de l'extrémiste aristocratique, monarchiste, masculiniste, voire néo-fasciste.

Sans le savoir, sur le moment, il avait réussi son test. Dès la semaine suivante, on l'invita un peu mystérieusement à rejoindre le club des analphabètes avec la lettre J (comme jésuite ?) comme pseudonyme. Là, il se mêla à un groupe d'intellectuels bien différents et assista à quelques conférences dont le but n'était pas toujours évident.

Deux semaines plus tard, l'un des intervenants les plus intéressants du groupe (on l'appelait curieusement le professeur), le prit à part et l'invita dans une brasserie à proximité pour ce qu'il avait appelé un petit échange autour d'une tasse de thé. Il se présenta comme l'un des responsables laïques de Notre Dame de Paris, avec certaines responsabilités financières sur lesquelles il ne dit mot. Mais il vint droit au but :

- Monsieur Demetz, nous suivons avec intérêt vos activités et nous savons que les problèmes religieux ne vous sont pas étrangers. Comme vous l'avez sans doute compris, l'activité de notre club, si on peut l'appeler ainsi, dépasse les simples problèmes français. Pour être franc, nous avons affaire à un mouvement qui nous dépasse et

dont les ramifications internationales sont multiples. Il est possible que, même nous, nous n'ayons affaire qu'à quelques éléments de ce puzzle. J'aurais aussi pu vous parler de la pointe de l'iceberg. Notre rôle, pour le moment, est de suivre l'évolution des choses pour être prêts soit à y participer, soit à les freiner. Nous sommes sur la corde raide, mais nous ne sommes pas les seuls.
D'où l'intérêt de pouvoir communiquer au-delà des frontières sans encombre. Nous avons réussi à trouver ce qu'il nous faut et c'est là où nous avons besoin de vous.

- Est-ce que ce que vous allez me demander sera bien à ma portée ? Vous savez, je ne suis pas un battant.

- Au contraire, ce sont des personnes comme vous dont nous avons besoin : sans exubérance marquée, avec des goûts littéraires et une certaine connaissance des pratiques sacerdotales.

- Donc, en pratique, que me demandez-vous ?

- C'est très simple : vous allez prendre un billet de train en première, en wagon de nuit, pour arriver à Rome dans environ une dizaine de jours. En plus de votre petite valise, je vous donnerai une serviette en cuir à transporter. Tranquillisez-vous, elle ne contient que des ouvrages religieux ou philosophiques, en plus d'un missel du XVII-Ième sans grand intérêt. Sa reliure est attachée par une agrafe de métal de bronze. Vous pourriez l'ouvrir, mais surtout ne le faites pas. Arrivé à Rome, rendez-vous dans exactement 8 jours, c'est-à-dire lundi prochain, dans une trattoria au 21 de la Via Veneto à 18 heures.

Asseyez-vous au fond de la salle et disposez sur la table, bien visible, cette petite médaille de Saint Benoît que je vais vous donner. Vous disposerez par terre la serviette de cuir que vous aurez apportée avec vous.
Un homme que je ne connais pas et que je ne peux donc pas décrire, viendra s'installer à votre table et disposera une autre mé-

daille de Saint Benoît à côté de la vôtre, que vous n'oublierez pas bien sûr de reprendre.

Je vous propose de discuter de choses relativement anodines, comme l'argument ontologique de l'existence de Dieu proposé par Saint Anselme de Cantorbéry et de la réfutation qu'a cru en faire Kant dans la troisième partie de la Critique de la Raison Pure. Au bout d'un certain temps, je suis sûr que vous tomberez d'accord sur l'inactualité de ce problème et vous séparerez en vous serrant la main. Simplement en partant, il emportera la serviette comme si c'était la sienne, très naturellement.

Votre rôle sera alors terminé. Restez quelques jours de plus pour visiter églises et musées et revenez sans aucun souci.

-Je ne veux pas être indiscret ; je suppose que vous avez des contacts analogues dans d'autres pays.

- Non, vous n'êtes pas indiscret. Il se trouve que nous avons besoin d'un correspondant extrêmement fiable au Vatican. Nous nous reverrons au club et nous n'aborderons pas ce sujet qui dit rester un peu personnel entre nous.

- Eh bien, j'ai bien compris. Un mot, néanmoins, les dépenses ....

- Seront entièrement couvertes.

oOo

Chapitre 23

Au bout de quelques semaines, Kevin et Manuel se trouvèrent dans l'arrière-fond de la brasserie chez Pierre à attendre un mystérieux correspondant qui les avait convoqués en même temps. Ils se connaissaient très peu et n'échangèrent que quelques mots sans importance.

Au bout d'une demi-heure, un homme qu'ils reconnurent un peu comme l'un de leurs interlocuteurs précédents les rejoignit. Il s'assit sans façon en face d'eux et leur adressa rapidement quelques mots :

- Vous avez eu tous les deux de la chance. Vous avez échappé au coup de filet de la gendarmerie et vous n'êtes pas fichés, je m'en suis assuré. Je n'ai qu'une question. Êtes-vous prêts à continuer à servir ou bien voulez-vous vous retirer de notre action ? Je dois vous dire que, dans ce dernier cas, vous ne serez pas entièrement libres de votre vie, car nous continuerons à vous surveiller un certain temps.
En revanche, si vous voulez continuer à être utiles, ce sera dans des formes différentes de celles que vous avez connues. Il faut dire qu'Edmond a été assez imprudent, trop ambitieux avec ses propres moyens très limités, et beaucoup trop individualiste. C'était un grand naïf. Ce qui lui est arrivé n'est pas surprenant et doit nous servir de leçon. Cela nous sert quand même à désorganiser les poursuites qui nous menacent, car nous allons être beaucoup plus subtils. Prenez un quart d'heure pour réfléchir et pour me répondre, car je ne peux pas attendre davantage.

Il ne fallut pas longtemps à Kevin et à Manuel pour se décider. Il fallait continuer et ils étaient disponibles.

- Eh bien, puisque vous êtes décidés, nous vous recontacterons plus tard. Mais attendez-vous à des missions différentes.

Et ils se retrouvèrent seuls, et pensifs.

oOo

Chapitre 24

Leçon sur Héros et Race

Chers analphabètes,

Nous nous rapprochons lentement de nos thèmes d'intérêt majeur. Je voudrais simplement faire un retour historique sur l'évolution de l'humanité et je prendrai comme guide ce qu'a écrit Ernst Cassirer à Propos du Mythe de l'État. Son texte est un peu vieux, un peu dépassé sans aucun doute, mais il convient parfaitement à ce que je voudrais dire.

L'homme, dans son incompréhension fondamentale de son environnement physique, a trouvé le moyen de tout expliquer par des mythes, mythes qui se sont vite solidifiés par des rites.

Ce n'est qu'à partir de la Renaissance, en gros, je n'entre pas dans les détails, que les mythes ont reculé et que la connaissance s'est appuyée sur des éléments physiques, mathématiques, astronomiques, etc. En même temps, les rituels magiques qui étaient sensé influencer les autorités qui nous gouvernent, ont pris de moins en moins d'importance. Un exemple précis est fourni par la pensée de Machiavel qui a rompu résolument avec toute la pensée scolastique. Il a été le premier à réaliser ce que pouvait être une structure d'État nouveau créé par l'homme. Un état séculier existait déjà trois siècles auparavant, c'était le Royaume fondé par Frédéric II dans le sud de l'Italie. Aucune discrimination n'y existait entre race, sectes, religions, nations. Mais Frédéric II a toujours été considéré comme un hérétique et a perdu contre la Papauté.

C'est au siècle des Lumières, au XVIIIème siècle, que l'on abordera pleinement la possibilité de créer un état débarrassé de tout mythe, mais fondé sur des principes différents : comme le dit la Déclaration d'indépendance américaine : « des vérités évidentes que tous les hommes sont créés égaux, qu'ils sont dotés de droits inaliénables, comme la vie, la liberté et la poursuite du bonheur » (je résume, un peu). Les mythes ont disparu ; ils ont été remplacés par l'ensemble des systèmes dits de droits naturels. On pourrait longtemps en discuter car à ces droits naturels sont venus s'ajouter d'autres droits additionnels, comme le droit de propriété, etc. et je n'irai pas plus loin.

Ce que je veux dire néanmoins est que la philosophie des Lumières a été rapidement battue en brèche par le romantisme du siècle suivant et cela sous tous ses aspects.

Ernst Cassirer a choisi un peu artificiellement de privilégier deux individus comme exemples de ce retour en arrière. On peut le critiquer, mais néanmoins je le suivrai car ces individus annoncent le siècle suivant : Le premier est Thomas Carlyle qui, dans des conférences données en public en 1840 et dans un style bien peu rationnel, a annoncé la venue du culte du Héros, tandis que le Comte de Gobineau dans son Essai sur l'inégalité des races humaines, paru en 1853, entrevoyait la prédominance absolue de la race blanche. Aucun des deux n'étaient entièrement dupe de ce qu'il disait et aurait été fort surpris d'importance qu'on leur a attribuée au XXème siècle. Si le nazisme a pu apparaitre, c'est surtout en raison de la défaite militaire, de la crise économique, de l'inflation, des humiliations imposées par les alliés pour les réparations.

Mais quelle que soit la puérilité de ces deux approches, les fait sont là : tout au long de ce siècle sanglant, nous avons assisté à une renaissance inouïe des mythes et en même temps des rites ou des rituels politico-magiques. Je fais bien sûr allusion au fascisme, au nazisme, aux différentes formes du communisme.

Nous n'avons pas réussi à nous en débarrasser. Les slogans, les invectives, les croyances de toutes sortes, ont remplacé les discours rationnels. La pensée mythique est de retour, sous de nombreuses nouvelles formes, que l'on nomme féminisme, masculinisme, woke, Mgtow, Femen et je ne fais que citer quelques mots qui me viennent à l'esprit.

Parfois, il s'agit de sciences qu'on appelle molles, comme la sociologie, ce qui ne les rend pas moins dangereuses, ou encore de sciences qui sont encore en devenir comme l'écologie, mais où si souvent les slogans remplacent les raisonnements sérieux.

Et si les mythes ne sont pas apparents, les symboles, eux, existent toujours. Il n'est pas impossible que nous ayons à nous préoccuper encore dans l'avenir de Héros, de mythes et de symboles, et que l'évolution future de l'humanité nous ramène à des concepts aussi éculés à nos yeux que Héros, race, mythes et symboles. Nous devons être prêts.

Quant à nous, nous nous trouvons devant une aventure humaine, imprévisible pour beaucoup, programmée de longue date pour certains, et peut-être gérable pour certains individus dont nous sommes. Mais sommes-nous sûrs d'être dans le sens de l'histoire ?

Exposé de D au dîner du Club des Analphabètes.

oOo

Chapitre 25

Nous avons laissé Vlad, notre hacker russe, bien ennuyé. Il avait dû interrompre ses relations avec son patron américain, mort dans des circonstances mystérieuses. Sa correspondante personnelle russe, Vera à Brighton Beach, avait fui en Floride ou en Californie. Et lui-même avait dû reprendre des relations privilégiées avec le gouvernement de son pays. Mais il se lassa vite d'avoir uniquement à animer une armée de trolls dépourvus de tout esprit critique et obéissant aux ordres venus d'en haut.

Il n'était pas fait pour cela. Ses ambitions, ses capacités uniques, l'incitaient à chercher ailleurs sa voie. Il ne pouvait pas quitter la Russie, du moins officiellement. Il lui fallait recommencer une aventure plus personnelle ailleurs.

Un ami lui parla de la Biélorussie, avec sa splendide capitale Minsk, un pays coincé entre la Pologne la Lituanie, l'Ukraine et bien sûr, la Russie. Voyager entre la Russie et la Biélorussie était facile. Et à Minsk, il pouvait tout recréer.

Sa réputation l'avait un peu précédé. En quelques semaines, il put reconstituer une équipe de spécialistes de l'Internet, se procurer des locaux innocemment situés dans une ancienne brasserie de bière, installer à l'aide de quelques bakchichs une installation électrique de qualité et surtout, ce qui était peut-être le plus facile, réunir le nombre suffisant d'ordinateurs superpuissants, de connexions VPN de nature encore peu connue, de câbles et d'appareils de transcriptions en tout genre. La question financière se posa vite et il dut au début travailler à façon pour de petits trafiquants locaux comme il y en a partout.

Mais il voulait plus : il voulait devenir un centre important du trafic des bitcoins et aussi un site de relai difficile à contourner dans les communications ultra-chiffrées internationales. Le premier point était le plus difficile, car miner, comme on dit, les bitcoins demandait énormément d'électricité et il avait surtout garde de ne pas trop se faire repérer de ce point de vue. Il fallait attendre. Mais le point N°2 était plus facile : il fallait des connaissances techniques, beaucoup de connaissances techniques, et il les avait ; il fallait des outils informatiques de pointe (il les avait) et surtout, il fallait s'introduire dans un réseau très discret. C'est là où son entregent joua : il connaissait déjà deux ou trois spécialistes, comme ils disaient, et proposa ses services.

On l'utilisa d'abord pour des opérations mineures comme pirater des bases de données médicales de certains hôpitaux français ou italiens. L'inconvénient apparut vite : les autorités ne voulaient pas payer. On passa alors à des piratages plus élaborés de compagnies privées, de pointe, dans certains domaines techniques. Et là, les compagnies s'exécutèrent et les bitcoins commencèrent à rentrer.

Il lui fallut alors préparer le gros coup : à la demande d'un groupe de masculinistes internationaux, dangereux, et très bien organisés, qui se faisaient appeler Incels, il fallait une voie de communication avec une administration française à propos d'une jeune otage, et obtenir une très grosse somme d'un coup. La communication devait être formidablement protégée, passer par plusieurs relais exotiques, se faire en temps réel et ne laisser aucune trace.

Vlad mit plusieurs semaines à tout préparer, car il y allait de son honneur. Il utilisa même plusieurs fois le système de transmission à vide pour le tester ; même le site nigérian ne posait pas de problèmes et il déclara finalement qu'il était prêt.

Au début, il fut très fier de son installation : les communications cryptées se passaient bien, les tests qu'il faisait régulièrement sur le réseau ne montraient aucune ingérence suspecte. Il avait tout lieu d'être satisfait, en particulier quand il vit apparaitre sur son écran de transfert de 500 bitcoins. Plus qu'il n'en avait jamais vus.

Sa satisfaction fut de courte durée : l'écran s'assombrit, les ordinateurs ne fonctionnaient plus et étaient impossibles à rebouter. Les bitcoins avaient disparu Dieu sait où. Et son correspondant en France s'agaçait, non, devenait furieux, non, hurlait de manière indistincte. Seule la liaison sonore fonctionnait encore par à-coups. À un certain moment, Vlad entendit des coups de feu et jugea utile d'éteindre tous ses ordinateurs et même de débrancher les fils.

Quel échec ! D'où venait la fuite ? Quelle administration était assez puissante pour intervenir ainsi ? La CIA ? Peut-être ! Mais que venait faire la CIA dans une affaire apparemment purement française ?

Le pire n'était pas encore là : quand il voulut le lendemain remettre ses ordinateurs en marche, non seulement aucun ne fonctionnait, mais une petite odeur de brulé qui s'en dégageait lui fit réaliser que toute son installation avait été soumise à une telle tension électrique que tout était devenu inutilisable. Tout. Irréparable ! Tout ! Il en pleura sans retenue, car tout son rêve de réinsertion en Biélorussie venait de partir en fumée. Plus personne ne lui ferait confiance.

Il ne lui restait plus qu'à passer la frontière, arriver en Ukraine et se vendre aux américains.

Quelle déchéance ! Au fonds, Véra avait eu raison de partir aux USA, il y avait déjà plusieurs années, pour faire fortune à Coney Island. Mais elle avait le goût des meubles, surtout pour les expatriés russes, et lui, il ne saurait même pas faire des hot-dogs pour le restaurant Nathan's !

Vlad n'eut aucun mal à traverser la frontière vers l'Ukraine. Il avait son passeport russe et demandait un statut de réfugié. On l'hébergea sous une tente quelques jours, puis dans un abri en dur. Quand il demanda à parler à un Américain, on ne le prit pas d'abord au sérieux et il fallu qu'il devienne menaçant.

Finalement, on l'amena à Kiev et on le lâcha devant l'Ambassade des USA. Là, il dut discuter avec le garde, le convaincre qu'il avait quelque chose d'important à dire. La suite se déroula comme on pouvait l'imaginer : une attente d'une heure dans un petit bureau vide, mais où il n'était sans doute pas invisible. Puis une entrevue avec un sergent bougon, désagréable d'être dérangé d'une tâche plus importante. Puis de nouveau une attente d'une heure dans un deuxième petit bureau. Puis une entrevue plus agréable avec un capitaine dont il ne sut reconnaitre dans quelle arme il était gradé. Enfin, on le fit passer dans un autre bureau, beaucoup plus officiel, où l'attendait un grand noir en civil qui consultait devant lui un gros dossier et qui lui adressa la parole d'une voix très douce :

- Mais, Monsieur Vlad, on vous appelle ainsi n'est-ce-pas, nous vous connaissons bien. Vous voyez ce dossier, il ne cache rien sur toutes vos activités, y compris votre rôle à Hyannis et votre intervention malheureuse dans une sombre affaire de bitcoins. J'ai là de quoi vous envoyer pendant assez longtemps dans un endroit pas très agréable aux USA.

- Monsieur le colonel, car je pense que c'est au moins votre grade, je suis bien conscient de tout cela et croyez bien que je me serais volontiers passé de venir vous voir si des circonstances malheureuses …

- Quand vous dîtes : venir nous voir ? Que voulez-vous dire exactement ?

- C'est bien clair, j'ai toujours rêvé d'émigrer aux USA où j'ai nombre d'amis…

- Oui, entre autres, une certaine Vera …

- On ne peut rien vous cacher, mais il y a encore beaucoup de choses que vous ne savez pas et que vous serez très heureux de savoir si…eh bien, si nous faisons affaire. Réfléchissez bien : ou bien vous me jetez en prison et je vais vite oublier ce que je sais dans de telles conditions, ou bien nous décidons d'un contrat d'honneur entre le gouvernement des USA et moi. Et là, je pense que je peux être très utile.

- Monsieur Vlad, vous vous en rendez compte, cette affaire me dépasse et je n'ai pas autorité pour la résoudre. Dans deux jours, un avion part pour Washington et je vais vous confier à Langley. Vous serez débriefé ; soyez prévenu, cela prendra au moins deux ou trois semaines.

- Cela me semble une bonne solution : j'en ai marre de croupir dans des logements insalubres ici.

- En attendant, d'ailleurs, vous serez hébergé ici dans des conditions que je vais vous dire : aucun contact avec l'extérieur sous aucune forme. D'ailleurs, on va prendre tout ce que vous avez sur vous et on vous le rendra à Washington. Vous serez un peu prisonnier selon votre goût, mais logement et nourriture serons très convenables.

- Eh bien, puisqu'il faut en passer par là, je vous suis.

oOo

Chapitre 26

Hermine reprenait lentement des forces. Elle avait été très secouée par son enlèvement et par sa séquestration forcée. Elle n'était que modérément fière d'avoir appris que sa vie avait été estimée par ses ravisseurs à 500 bitcoins, une valeur qui pour elle ne représentait pas grand-chose : que peut-on acheter chez les grands couturiers de l'Avenue Montaigne avec quelques bitcoins en poche ?

On avait parlé de cette affaire dans les journaux, heureusement en ne donnant que les initiales de son nom, et puis on était vite passé à autre chose ; ce qui l'arrangeait, car elle avait refusé toute interview et voulait surtout être oubliée.

Son repos hydrothérapique lui avait fait grand bien. Elle habitait maintenant un appartement situé tout en haut d'une tour dans le treizième arrondissement de Paris, dominant la Place d'Italie. L'appartement était au nom de Georgette Kaplan et Martine Soubise lui avait procuré toutes les preuves d'identité nécessaires pour le prouver. Elle fut étonnée de voir comment une administration un peu secrète pouvait être efficace : elle obtint en deux jours carte d'identité, carte vitale, permis de conduire et tout autre preuve d'identité. Elle était prête à repartir au combat, comme elle disait. Mais comment ? Le mieux était de retourner demander conseil à la patronne.

- Voilà. Je suis maintenant bien rétablie. Que puis-je faire ? Je dois dire que les Incels m'ont un peu perturbée.
- Eh bien, le mieux, à mon sens, est de repartir sur ce que vous connaissez bien, le féminisme et ses ennemis. Le masculinisme tel qu'il est à l'heure actuelle est à la fois trop imprécis, trop vaste et trop dangereux. Retournez donc voir vos amies féministes et voyez ce qu'elles pensent de la situation des femmes de nos jours. C'est une manière de reprendre le problème à ses origines.

- Eh bien je vais suivre vos conseils et reprendre contact avec mes anciennes connaissances.
- Mais un conseil important : gardez bien votre identité de Georgette Kaplan et votre adresse. Mais, cela ne suffira sans doute pas. Les Incels, même s'ils sont en déroute en ce moment, ne vous lâcheront pas facilement. Je suis sûre que votre copine Lilith pourra vous aider très efficacement.

Hermine contacta donc Lilith qui lui donna cette fois-ci un rendez-vous à la sortie de la station de Métro Mouron Duvernet et l'entraîna dans un petit appartement de l'Avenue du Général Leclerc.

- Ne craignez rien, dit-elle. Cet appartement n'est pas à moi. Il est à un ami et je l'utiliser sans encombre, mais le plus rarement possible.

Hermine lui raconta toutes ses aventures et lui demanda conseil. Lilith pris son temps pour ingérer toutes ces informations et finalement elle lui répondit d'une voix triste :

- Hermine, il faut admettre que nous avons une situation nouvelle devant nous. Le féminisme à l'ancienne de Simone de Beauvoir, c'est fini, et cela pour deux raisons : d'abord, nous avons gagné et je pense que l'égalité des sexes ne pose plus de problèmes. Mais, ce qui est plus dangereux et que nous n'avions pas prévu, je dois l'admettre, c'est le développement du masculinisme sous toutes ses formes : ce n'est pas simplement l'animosité contre les femmes, la haine contre leur réussite, la volonté de les abaisser par tous les moyens ; c'est une nouvelle sorte de philosophie de la vie qui est beaucoup plus générale, beaucoup plus globale et qui veut remettre la société sur de nouvelles bases.

Je m'explique en quelques mots et je prends un exemple : on vient d'arrêter en Roumanie un certain Andrew, un sinistre individu qui anime une série de blogs sur le mieux-être des hommes, mais surtout qui propage une idéologie extrêmement antiféministe : pour lui, les femmes sont paresseuses et doivent se soumettre aux hommes. Il a lui-même été accusé de viols et de trafic d'êtres humains. C'est l'une des figures les plus représentatives de la manosphère où l'on essaie de défendre ce pauvre homme blanc qui est tellement attaqué. Un autre individu du nom de Ian Ironwood a publié un livre intitulé « *The manosphere : a new hope for masculinity* » ce qui résume bien les choses. On trouve de tout dans ce mouvement masculiniste : des MRA ou *men's rights activists*, des Mgtow ou *men going their own way* et enfin des Incels ou *involuntary celibates*. Ils sont tous potentiellement très dangereux et passent facilement à l'action contre les femmes ou les mouvements féministes. Ils sont en général associés à des mouvements de droite ou d'extrême droite. Pour eux, les valeurs masculines se perdent et doivent être rétablies, par la violence s'il le faut. Le plus triste est que des femmes y ont été associées ! Quand on pense que c'est une féministe canadienne qui a créé un mouvement Incel pour essayer d'aider les hommes vivant mal leur solitude ! Son mouvement a vite été récupéré par les hommes sous le nom d'Incels. Rien qu'au Canada, on compte actuellement une quarantaine de morts et de blessés dans des attentats misogynes attribués aux Incels.

La presse et internet jouent un rôle d'amplification de ces phénomènes qu'il est difficile d'analyser sociologiquement. Je ne vous conseille pas de lire le livre de Lucy Nicholas et Christine Agius dont le titre est : *The persistence of global masculinism,* d'une part parce qu'il est très mal écrit, et d'autre part, parce qu'il étend la notion de prééminence du masculinisme à d'autres domaines comme le néo-colonialisme, le capitalisme et les études sur la notion de genre. L'impression globale que l'on tire de ce livre est que les hommes ont finalement gagné et qu'il n'y a rien à faire. C'est triste.

Venons-en au présent et à ce qu'il faut faire en pratique. Le conseil que je vous donne donc est le suivant : gardez votre identité de Georgette Kaplan et votre appartement. Mais il va falloir trouver une autre identité qui vous dissimulera et vous protégera complètement.

Allez voir Sœur Marie Françoise au couvent des Augustines dans le 14ème arrondissement. Vous trouverez facilement l'adresse. Sonnez à la porte, demandez à la voir et elle sera prévenue et vous recevra.

- Mais comment la connaissez -vous ?

-Je vais vous dire : il se trouve que c'est une cousine un peu éloignée ! Vous prendrez alors une toute autre identité et pendant un certain temps, vous vivrez de cette manière. Ne vous tracassez pas. Nous ferons en sorte que votre appartement actuel soit toujours votre lieu d'habitation et qu'on puisse croire, si vous être espionnée, ce qui est possible, que c'est toujours là que vous vivez.
Il n'est pas impossible, si j'en crois les informations que j'ai à l'heure actuelle, qu'une nouvelle mission vous soit proposée dans quelques mois.

-Je vais finir par croire que je suis ubiquiste, comme on dit.

- Mais, Hermine, c'est l'idéal.

oOo

Chapitre 27

De retour de Rome, Enguerrand rendit compte se sa mission lors d'un petit rendez-vous qui avait été pré-arrangé dans la même brasserie que l'autre fois. Enguerrand était fier d'avoir réussi complètement sa mission. Le professeur lui, tout en le félicitant, semblait non pas inquiet, mais préoccupé par d'autres choses. Il se lança à la fin dans un long discours.

Il parlait beaucoup des mouvements conservateurs dans le monde et, comme pour se donner du courage, il revenait sans cesse sur Joseph de Maistre qui semblait être son maître à penser. Il n'hésitait pas à évoquer avec une admiration mêlée de scepticisme l'évolution intellectuelle de grands noms comme Alexis Carrel ou Julius Evola. Mais à la différence de ces illustres personnages, son approche était toute autre, plus moderne peut-être. Si un régime autoritaire ne lui faisait pas peur, c'était d'après lui qu'il fallait y rattacher de nouvelles manières de penser.

La revanche des hommes blancs en colère était pour lui un phénomène irréversible. Un retour au traditionalisme, un réveil religieux sous des formes nouvelles, le dévoiement des formes extrêmes du féminisme, une nouvelle pudibonderie, un populisme à la place de toute politique éclairée, la confusion engendrée, quelle ironie, par les théories dites du genre qui voulaient s'implanter depuis quelques années. On semblait oublier qu'il avait fallu au moins un siècle pour faire accepter une autre théorie, celle de l'évolution de Darwin, et encore, ce n'était pas entièrement acquis. Quelle prétention de vouloir imposer avec quelques slogans une nouvelle théorie sur le genre !

Comme on était loin du siècle des Lumières ! Il n'avait fallu que quelques années pour renverser des siècles patients de progrès !

Enfin, il entrevoyait une évolution inquiétante des progrès scientifiques sur l'humanité :

L'évolution technique tout d'abord : la possibilité d'une reproduction indépendante de tout acte sexuel lui semblait effrayante avec le développement inéluctable des utérus artificiels. La notion de père et de mère allait disparaitre. Par quoi allait-on la remplacer ?

La crainte du professeur était que l'humanité aille se réfugier dans des mondes artificiels, des mondes virtuels ou métavers où chacun pourrait vivre dans un monde qui lui serait propre. Ces mondes artificiels, et l'usage concomitant des drogues de tout genre, allaient remplacer le monde bien imparfait, mais réel, où nous vivons actuellement.

Il fallait prévenir à ses yeux une telle évolution et l'établissement, provisoire bien sûr, d'un régime nouveau, d'une autre organisation de la société où respect, devoir et obéissance retrouveraient leur sens, en un mot un régime autoritaire sans aucun des excès du passé lui semblait s'imposait.

D'ailleurs, Étienne de La Boétie, l'un des plus grands philosophes français, n'avait-il pas établi, dès le seizième siècle, que la servitude volontaire était la condition naturelle de l'homme. Et les données actuelles sur l'évolution de l'humanité, contrairement à Jean Jacques Rousseau qui, comme d'habitude, n'avait rien compris, évolution à partir de petits groupes humains, obéissants à des alphas mâles, c'est-à-dire des héros, humains altruistes entre eux à l'intérieur du groupe et guerroyant toujours avec les autres groupes ; ces données n'allaient-elles pas dans le même sens ?

Il n'était pas le seul à penser ainsi. Des groupements multiples existaient dans le monde, en Europe, en particulier, pour faire bouger le tissu social. Ces groupements étaient extrêmement discrets, pour ne pas dire secrets, et se dissimulaient habituellement à l'intérieur d'autres groupes. On arrivait parfois une architecture en oignon ou bien étagée sur de nombreux niveaux. D'où les ordres venaient, on ne pouvait pas le savoir. La structure globale n'était pas figée et toute intrusion difficile.

En plus de sa mission réussie à Rome, Enguerrand avait passé avec succès quelques tests sans qu'il s'en rende compte. De grandes choses se préparaient. On saurait faire appel à lui.

Pendant tout ce discours, Enguerrand avait été très attentif et acquiesçait souvent et de manière pertinente. Il avait été entraîné à écouter et à faire bonne impression ! Il se borna donc à répondre qu'il attendrait sereinement les ordres.

Le professeur se détendit ; il était soulagé d'avoir pu transmettre un tel message et d'être aussi bien compris. Il rendrait rapidement compte de cet entretien avec sérénité. On pouvait être optimiste. La hiérarchie aurait tout lieu d'être satisfaite.

oOo

Chapitre 28

Le couvent des Augustines est surprenant. Un couvent en plein Paris et situé pas très loin d'un grand hôpital ! On ne se rend pas bien compte qu'on longe un long mur un peu délabré et qu'il y a une petite porte en bois, banale, triste et lugubrement brunâtre au bout de ce mur, au coin de la rue. Une petite plaque de cuivre, bien brillante, annonce simplement que l'on peut sonner à toute heure.

On vint ouvrir à Hermine qui était arrivée tôt, à huit heures, comme Lilith lui avait recommandé, et quand elle demanda à parler à la sœur Marie Françoise. On lui répondit que Mère Marie Françoise était bien là. Elle fut d'abord conduite dans un parloir, puis dans un bureau austère : des meubles en métal datant d'une époque d'après-guerre, quelques chaises, deux armoires et quelques étagères, enfin un grand crucifix en bois sur le mur, derrière le bureau.

Mère Marie Françoise détonnait dans ce bureau un peu sinistre : elle semblait encore assez jeune et était très souriante.

- Ma chère Hermine, je vous appelle ainsi pour le moment, on m'a tout expliqué. Vous avez besoin de disparaître du monde visible un moment. Au fond, c'est le but d'origine d'un couvent. Mais il faut s'adapter et j'ai bien compris que vous ne venez pas ici pour vous convertir. D'ailleurs, il y a peu de religieuses dans notre couvent : nous accueillons surtout des visiteurs, des pèlerins essentiellement, mais aussi nous pouvons rendre quelque service pour le bien de l'humanité pour parler de manière œcuménique.

Voici ce que je vous propose : vous allez entrer ici comme novice. Vous aurez encore une nouvelle identité car on a peut-être décelé votre pseudonyme actuel. On vous a préparé tous vos papiers, carte d'identité, carte vitale, attestation de logement, etc. au nom de Suzanne Simonin. Vous serez connue sous le nom de sœur

Suzanne. On va vous montrer votre chambre ; n'ayez pas peur, cela ne ressemble pas à une cellule de moine ! On vous donnera aussi de nouveaux vêtements qui vont être les vôtres désormais. On ne vous reconnaitra pas ainsi.
Votre prétendue activité sera de commencer une petite étude de théologie comparée, ce qui vous permettra de sortir et d'aller où vous voulez, mais certainement pas dans les endroits où vous êtes déjà connue, comme l'Agence par exemple.
Vous irez comme inscrire comme étudiante à l'Institut Catholique de Paris qui n'est pas très loin, et aussi à l'Institut Protestant de Théologie qui est situé juste à côté. D'abord, parce que cela correspond à ce que vous êtes sensée faire. Mais aussi, en cas de besoin, comme on pénètre dans ces lieux difficilement sans carte d'étudiant, vous pourrez facilement entrer rapidement et vous perdre à l'intérieur si vous avez l'impression d'être suivie. On vous donnera un petit cartable, un tout petit téléphone à l'ancienne qui n'a rien d'un smartphone, mais qui a comme avantage de pas pouvoir être piraté ; et aussi un vieil ordinateur portable qui a déjà beaucoup servi et contient énormément de donnés théologiques plutôt ennuyeuses, je dois l'avouer, mais ce qui peut être utile si jamais il est piraté.
Vous aurez néanmoins comme obligation d'assister à la messe, courte, je vous le précise, tous les matins, et de revenir assister au dîner en commun à 7 heures le soir. Ce sont vos seules obligations, mais elles sont essentielles pour l'authenticité de votre nouvelle vie. Vous aurez toujours sur vous, dans votre agenda, mais sous une forme déguisée, les N° de téléphone de vos correspondantes en cas de besoin. Avez-vous des questions ? Sœur Angèle que va s'occuper de vous vous aidera pour tout problème.

- Ma Mère, je vous remercie. Je crois que j'ai bien tout compris et je m'en remets à la Providence.

- Ah, je vois là l'influence de votre ami André !

- Ma Mère, on ne peut rien vous cacher.

Sœur Angèle, qui vint la chercher, semblait sans âge, ou plutôt tellement âgée qu'on n'osait plus essayer de lui en donner un. Elle l'amena dans sa chambre, curieusement relativement coquette et bien équipée ; elle lui montra comment porter en toutes circonstances son nouveau costume : une longue robe blanche qui laisse apparaître seulement le visage et les mains, un col un peu rigide et une coiffe noire à petit liseré blanc. Des chaussures basses, noires. Une très simple chaînette avec une petite croix argentée autour du cou. On ne pouvait pas la reconnaîtra ainsi. D'ailleurs, sœur Angèle lui donna une grosse canne à pommeau rond en plastique blanc et lui recommanda de toujours l'utiliser, car elle serait ainsi forcée de marcher lentement, avec un peu de difficulté apparente.

oOo

Chapitre 29

Sœur Suzanne, puisqu'il faut désormais l'appeler ainsi décida de passer d'abord deux ou trois jours au couvent pour se familiariser avec l'environnement nouveau, si nouveau pour elle, et aussi pour se couper du monde en cas de surveillance ; Lilith l'avait assez alarmée.

Puis, elle se mit à sortir, à prendre ses inscriptions comme étudiante et à travailler : c'est-à-dire à aller dans les bibliothèques, consulter au hasard les usuels disposés le long des murs et demander quelques ouvrages en consultation. Peu de gens essayèrent d'être en contact avec elle, et elle fut frappée de voir qu'elle était l'un des rares personnes à être vêtue de manière aussi professionnelle.

Cependant, au bout de deux semaines, une petite dame assez mince et d'allure décidée, prit l'habitude s'assoir à côté d'elle dans la bibliothèque de l'Institut Catholique. Elle lui déclara qu'elle aussi s'intéressait à la théologie comparée, et aussi, très vite, qu'elle était rabbin. À la différence d'Hermine, nul vêtement ne la distinguait. Elle était vive, intelligente et Hermine, qui, il faut le dire, commençait à s'ennuyer dans sa nouvelle vie, se prit de sympathie pour elle.

Thérèse Livi, c'était son nom, lui raconta sa vie : elle avait été médecin en province, puis avait résolu de se rapprocher de sa religion : ce n'avait pas été facile ; la formation se faisait sur plusieurs années et incluait obligatoire une année supplémentaire d'études en Angleterre ou en Allemagne, et aussi une autre en Israël. Un bien long parcours, mais elle était heureuse, et exerçait à temps très partiel des fonctions indéfinies pour une petite collectivité libérale du XIXème arrondissement.

Pendant toute cette période, comme dans un film d'Alfred Hitchcock, une série de personnes inconnues d'Hermine faisaient vivre l'appartement de Georgette Kaplan. On lui livrait des achats de nourriture du supermarché du coin. Les poubelles étaient vidées et son courrier régulièrement relevé. Une femme de ménage passait tous les quinze jours ranger un appartement qui était résolument très mal rangé, un peu même en pagaille, avec son lit jamais refait et ces objets trainants partout. Parfois, même, Georgette faisait une petite fête bruyante ou donnait gîte et couvert à un couple ami. Tout cela n'était pas inutile, car il semblait y avoir eu une tentative, vite avortée, d'intrusion. Était-ce une erreur d'un voisin ? Une vraie visite inopportune ? Quelqu'un (qui ?) avait même demandé de ses nouvelles auprès de la gardienne qui, heureusement, le prit de très haut et déclara qu'elle ne s'occupait pas de la vie privée de ses locataires, même si, comme Madame Georgette Kaplan, elle était parfois un peu bruyante certains soirs.

Enfin, elle reçut sur son petit téléphone quelque chose qui pouvait ressembler à une erreur, un mauvais numéro, en fait, un simple appel : Allo, Brigitte, tu es bien libre ce soir ? Et qui ne nécessitait aucune réponse. C'était simplement le signal d'un rendez-vous dans l'appartement d'emprunt de Lilith le jour même à 17 heures.

Là, Martine Soubise l'attendait aussi avec Lilith. Et ses deux amies, ou bien devrait-elle dire ses deux contacts, l'informèrent qu'on avait besoin d'elle. Des informations confuses faisaient état de quelque chose à venir en Allemagne. Quoi ? on n'en savait rien. On lui demandait donc d'aller en Allemagne, sous son identité actuelle, celle qui était certainement inconnue de tous. Plus précisément, elle devait aller à Düsseldorf pour occuper un logement déjà préparé pour elle. Là, elle devait attendre d'autres instructions. Elle ne devait pas être surprise si une autre personne venait se joindre à elle avec comme mot de code Charlemagne.

Le lendemain, Sœur Suzanne déclara à la Mère Supérieure qu'elle devait s'absenter un certain temps, ce qui ne sembla pas trop la surprendre. En revanche, quand elle retourna à l'Institut Catholique,

Thérèse fut très désolée de la voir partir ainsi pour, avait-elle dit, rendre une visite imprévue, mais nécessaire, à sa famille en province.

oOo

Chapitre 30

Herbert Herbert se renversa sur son fauteuil et, exceptionnellement, reposa avec précautions ses pieds sur le coin de son bureau. Il avait son verre de fortifiant alcoolisé à la main, mais il se sentait fatigué. Cette histoire d'enlèvement, une affaire purement française, n'aurait pas dû le concerner. Mais son correspondant français Lambert l'avait un peu incité, non, supplié, d'intervenir dans un transfert de bitcoins. Et pour cela, il avait fallu remuer ciel et terre à Langley, mettre en jeu des rouages dont lui-même n'avait aucune notion et qui étaient sensé rester du domaine privilégié, essentiel, unique, du gouvernement fédéral des États Unis.

Remonter à ce niveau de responsabilité l'avait épuisé : il avait fallu user de toutes ses convictions, de tous ses arguments rationnels ou spécieux, pour convaincre ses supérieurs. Il avait même été obligé de rappeler que, sans lui, l'histoire du suicide de Waren à Hyanis serait devenue une affaire d'État qui serait remontée jusqu'au Président. Quels remerciements avait-il eus ? Rien ! On l'avait simplement maintenu à son poste sous le prétexte qu'il était devenu irremplaçable ! Il pouvait bien avaler cette sorte de pilule toute sucrée, toute mielleuse ; mais on pouvait bien l'aider maintenant à maintenir de bonnes relations avec un allié ancien et relativement fidèle. Heureusement, ses arguments l'avaient finalement emporté et Langley l'avait suivi.

Pour se consoler, il pouvait se rengorger d'une conséquence inattendue de cette affaire : la reddition de Vlad. N'était-ce pas grâce à lui, Herbert Herbert, que l'on s'était rendu compte de l'importance de ce personnage ? Et maintenant, Vlad était passé de leur côté. Une bonne chose que Langley saurait exploiter. Évidemment, dans cette affaire, il serait tenu à l'écart. Langley était maintenant en prise directe. La vie de responsable local d'un monstre d'organisation comme la CIA n'était pas une sinécure.

D'autant que les informations qu'il commençait à recevoir l'inquiétaient : elles étaient extraordinairement partielles, comme si on était devenus incapable de décrypter la totalité des nouveaux messages. Mais, quelques mots semblaient ressortir : femmes, providence, Europe, colloque. Que faire de tout cela ? Comment relier ces informations ? Bien sûr, il fallait avertir Langley (l'évocation de ce lieu le faisait encore soupirer) et les laisser se débrouiller. Mais sa responsabilité, dont il était si fier, l'obligeait à pousser plus loin son enquête. Il avala le reste de son verre et, avalant aussi se fierté, se décida à appeler Lambert.

oOo

Chapitre 31

Kevin et Manuel avaient décidé de ne pas se revoir et de reprendre leurs activités comme si de rien n'était ; au fond, ils espéraient un peu qu'on les oublierait. Mais ils furent convoqués de nouveau dans la brasserie Chez Pierre, et un individu qu'ils ne connaissaient pas leur donna rapidement des ordres très clairs.

Manuel devait louer en toute légalité une voiture, et tous deux devaient se préparer à partir vers le nord de la France d'ici deux semaines, pour une mission d'extrême importance qui allait durer quelques jours. Ils devaient avoir avec eux tous leurs papiers d'identité au cas où ils seraient contrôlés. Ils recevraient leurs ordres au fur et à mesure.

Kevin ne pipa mot, affectant de ne pas tout comprendre, mais étant prêt à suivre toutes les indications qu'on allait lui donner. Manuel était plus grognon : il devrait se mettre en arrêt maladie ? Non, car pour une durée aussi longue, il faudrait un certificat médical. Il faudrait qu'il prenne un congé pour convenance personnelle, ce qui allait lui faire perdre son salaire et le mettre mal avec ses supérieurs. Convenance personnelle ? Oui, et pour quelle raison ? On semblait ne pas s'occuper de ces détails chez les chefs ! Il accepta néanmoins de se mettre au service du groupe dans l'espoir que ces services seraient appréciés comme il se doit. Une grosse enveloppe circula entre leur interlocuteur et Manuel. Il y avait assez d'argent pour au moins quinze jours et dans de bonnes conditions.

Manuel aurait bien aimé avoir plus d'informations. Il lui fut répondu que c'était impossible, que le secret devrait être bien gardé et que la communication serait d'ailleurs à sens unique. Les ordres arriveraient, très brefs, sur la messagerie du téléphone de Manuel. Il ne pourrait pas répondre.

La voiture fut facile à louer, une petite voiture blanche et bleue. Manuel et Kevin préparèrent de grosses valises pour voyager dans des conditions inconnues. Quand l'ordre arriva, en effet, il fut bref:

- Partez après demain matin à neuf heures par l'autoroute du nord.

Puis au bout d'une heure :

- Dirigez-vous vers la Belgique.

Et c'est là que des ennuis imprévus commencèrent. La frontière entre la France et la Belgique n'existe plus depuis longtemps, une éternité ! On se retrouve normalement en Belgique sans s'en rendre compte. Mais ce jour-là, des douaniers se trouvaient sur le lieu bien théorique de la frontière et ils contrôlaient tout le monde.

Quand vint le tour de Manuel, il n'eut aucun problème avec les papiers en règle de sa voiture et sa propre carte d'identité. Mais quand Kevin montra ses papiers, on le fit sortir de la voiture, on appela un gradé hargneux, un gendarme sans doute, qui inspecta Kevin de haut en bas, emporta sa carte d'identité dans la cabine provisoire et ressortit en hurlant :

- Mais toi, on te connait bien ! Tu as braqué toutes ces stations-services dans le 93 ! Sors d'ici.

On le fit s'allonger par terre, on le fouilla sans ménagement, on le menotta et on lui dit qu'on allait le garder pour un bon bout de temps.

Manuel était un peu livide, mais on ne lui avait rien reproché. Il repassa doucement en première et avança lentement comme si de rien n'était. En quelques minutes, il était en Belgique et il ne risquait plus rien. Il avançait vers Bruxelles quand l'ordre vint:

- Dirigez-vous vers Aix la Chapelle.

Ce n'était pas prévu dans son esprit et il dut consulter son tableau de bord pour retrouver la bonne route vers l'Allemagne. Il ne savait pas un mot d'allemand et commença à s'angoisser : où allait-il aller et comment ? Mais les indications devinrent de plus en plus précises avec l'adresse même de l'hôtel où une chambre avait été réservée pour eux et puis finalement, le dernier ordre :

- Attendez ici. Allez visiter la ville. On vous dira dans quelques jours ce qu'il faudra faire.

Manuel ne pouvait faire autrement. Il gara la voiture dans le parking de l'hôtel, acheta un bon guide en français de la ville et devint en peu de temps un spécialiste de Charlemagne et des cures d'eaux chaudes sulfureuses. Il n'y a pas beaucoup d'autres choses à faire à Aachen. Au bout de trois jours, il devint un extrêmement bon spécialiste de ces choses-là et Charlemagne commençait à l'agacer terriblement. Il n'avait aucun moyen de prévenir que Kevin avait été retenu. Tant pis ! Il fallait attendre les instructions.

oOo

Chapitre 32

Aller à Düsseldorf est facile. On prend à la gare du Nord un train qui s'appelle le Thalys et qui file directement vers Bruxelles, puis Liège et continue vers l'Allemagne. Mais là, il ne file plus, il se promène plus lentement pour vous permettre d'admirer le paysage, il prend son temps, et il est même souvent en retard. Peu importe. On passe par des villes prestigieuses comme Aachen où est enterré Charlemagne ou Cologne dont la splendide cathédrale est juste en face de la gare.

Pendant tout ce trajet, Hermine ne passait pas inaperçue dans son voile blanc, avec sa grosse valise défraichie, son vieux cartable et sa grosse canne en bois. Si l'on avait voulu la suivre, cela aurait été un jeu d'enfant. Mais, il fallait suivre les instructions et se montrer aussi outrageusement visible était certainement très habile ; il suffisait de s'en persuader.

Arrivée à Düsseldorf, elle savait exactement quoi faire tant les indications reçues étaient claires : aller en métro jusqu'à Oberkassel, le quartier chic de la ville, descendre à Barbarossaplatz et trouver le 12bis de la Dominikanerstrasse tout près. Un petit immeuble, pas de gardienne. Elle avait les clés pour s'installer dans un petit appartement moderne. Elle fit vite quelques courses indispensables au supermarché Rewe sur la Luegallee et attendit en surveillant les nouvelles à la télévision. Rien de spécial.

Mais deux jours plus tard, un matin, un message arriva : 18 h, message qui disparut très vite. Elle allait avoir de la visite. Mais lorsqu'on sonna à la porte, elle eut la surprise de voir devant elle Thérèse Livi qui, après lui avoir donné le mot de passe Charlemagne, l'embrassa et alla vite s'affaler dans un fauteuil. Hermine était stupéfiée:

- Eh bien, Thérèse, si l'on m'avait dit que j'allais te retrouver ici ! Pour une surprise … Raconte-moi tout !
- C'est très simple, sœur Suzanne, car je vais continuer à t'appeler ainsi, je suis, exactement comme toi en d'observation et en attente d'instructions qui devraient venir. Je n'en sais pas plus que toi : on a le sentiment qu'il devrait se passer quelque chose d'important, quelque part en Allemagne, peut-être dans cette région.
- Thérèse, d'abord, je suis contente de te voir et de ne pas être seule dans ce qui sera peut-être encore une aventure, qui sait ? Oui, on m'a aussi dit qu'on s'attend à quelque chose. On m'a parlé à mots très couverts de la ville de Aachen et je pense que c'est pour cela qu'on nous a mises ici, pas trop loin, comme tu dis, en attente. Tu remarqueras que je ne te demande pas quel est l'organisme ou l'administration dont tu dépends.

Thérèse éclata de rire:

- C'est sans doute un circuit analogue à celui qui s'occupe de ton Agence ! Tu vois que je sais tout ! C'est-à-dire pas grand-chose. Il faut attendre.

Hermine se garda bien de lui faire remarquer qu'il n'en était pas de même pour elle vis-à-vis de Thérèse et qu'elle ne savait pas jusqu'à quel point, par exemple, son séjour en Israël avait été uniquement religieux. Elle ne lui demanda pas non plus pourquoi elle s'était si vite liée d'amitié avec elle.

Thérèse visita l'appartement, installa ses affaires et soudain se prit d'intérêt pour la canne d'Hermine. Elle l'examina longuement, puis en dévissa le pommeau et tira une longue lame blanche qui était dissimulée dans la canne.

- Tu vois, dit-elle, c'est une sorte de couteau ou de poignard en céramique. Ça échappe aux détecteurs de métaux et c'est extrêmement tranchant. Comme ça peut se casser relativement facilement, remarque comment la lame est entourée de mousse de plastique à

l'intérieur de la canne. Si tu dois l'utiliser, ne la laisse jamais tomber. D'ailleurs, je vais te montrer comment il faut la manier.
- J'espère bien ne jamais en arriver là. D'ailleurs, je ne savais pas que cette canne était truquée. Quand même, sœur Angèle aurait pu …elle devait bien le savoir.
- Hermine, parfois, moins on en sait ….

Et puis, elles s'installèrent devant la télévision pour passer le temps. Il y avait un film de James Bond.

oOo

Chapitre 33

On enferma Vlad dans une cellule presque douillette, une sorte de prison de luxe, en attendant de recevoir toutes les instructions de Langley. Privé de tout ce qui lui était personnel, il eut peur de commencer à oublier des données importantes pour le marchandage à venir concernant son statut aux USA. Il réclama donc simplement de quoi écrire, car, dit-il, il avait l'habitude de transcrire les éléments de sa vie en un poème romantique qu'il voulait léguer à ses héritiers. Il reçut trois crayons noirs et trois bloc-notes typiquement américains, que l'on appelle là-bas legal pads : imaginez des blocs de feuilles uniformément jaune, lignées, d'une hauteur standard de 27,9 cm et d'une largeur de 21,6 cm, avec une marge à gauche obligatoirement de 1 pouce 25. Il remplit ces blocs-notes d'un mélange de quelques lignes dont il se souvenait de Pouchkine, Lermontov et Nekrassov, qu'il arrangea à sa manière avec de nombreuses inclusions lyriques ou pathétiques de son cru, et, de temps en temps, des allusions ou des données vagues qui pourraient lui servir d'aide-mémoire en cas de besoin. Le tout bien raturé et retravaillé dans tous les sens.

Cela lui permit surtout de passer le temps jusqu'au moment relativement proche où on vint le chercher pour le grand voyage : en avion depuis Kiev jusqu'à Francfort, puis un autre avion pour Washington où il arriva dans la nuit dans un aérodrome militaire. Une sorte d'ambulance assez grande pour qu'il ne soit pas seul l'amena immédiatement dans les locaux de la CIA à Langley.

Il fut enfermé là aussi dans une cellule confortable, et traité avec beaucoup d'égards apparents. Néanmoins, pendant trois semaines, des gardes armés l'en sortaient tous les jours pour des séances de debriefing devant des individus souvent différents, et pendant lesquelles il devait le plus souvent répéter les mêmes choses, comme pour rechercher des contradictions, des oublis ou des invraisemblances. Dans ces cas-là, le plus simple est de dire la vérité et de ne rien cacher, car on ne connait jamais l'étendue des connaissances des interrogateurs. Il n'eut pas besoin de consulter ses écrits littéraires ; il n'avait rien oublié des codes et des circuits importants dont il voulait parler.

Finalement, on lui proposa les mêmes options qu'à Kiev : aller en justice pour toutes sortes de délits incontestables, y compris cette affaire de bitcoins, et être condamné à des peines très lourdes, ou bien coopérer complètement, dans des conditions à définir. Bien sûr, c'était ce qu'il souhaitait, mais les conditions étaient dures. On allait le loger sur place dans de très bonnes conditions, mais sans contacts autres qu'avec des gardes ou des techniciens très sûrs. Pour ne pas attirer l'attention, il recevrait un nouveau nom, sans grande originalité, Anthony Black, et on lui fournirait tout le matériel tout il aurait besoin. Pour le mettre à l'épreuve, on lui demanda de participer, de manière individuelle, à une enquête sur ces masculinistes qui voulaient se réunir en Europe.

C'était exactement ce qu'il savait faire. Il surprit ses supérieurs, comment les appeler autrement ? en leur demandant des outils informatiques dont il avait l'habitude et qui semblaient maintenant complètement obsolètes ; ou bien dont ils n'avaient jamais entendu parler. Quand tout fut prêt, il s'enferma dans sa chambre et ne sortait que pour s'alimenter au mess des subalternes. Et il commençait à travailler. Il savait bien que ses recherches sur Internet seraient espionnées, mais il n'en avait cure. Il avait au fond une bonne mémoire et pouvait sauter, sans rien oublier, d'un site à l'autre, en faisant dans sa tête la synthèse des minces informations qu'il pouvait recueillir chaque jour.

oOo

Chapitre 34

À Paris, la Direction générale de la Sécurité extérieure a son siège dans une vieille caserne au Nord de Paris, plus un site historique qu'un emplacement qui se voudrait à l'abri des regards ; ceux qui y travaillaient n'en étaient pas spécialement fiers, d'autant que le surnom donné au bâtiment, la piscine, n'était pas très élogieux. Si l'on arriver à pénétrer dans le centre du bâtiment, on pouvait, avec de la chance, y rencontrer des responsables de haut niveau. Parmi eux, le colonel Benoît prétendait avoir la tâche la plus difficile, celle de collecter et de synthétiser des informations. Lambert lui, soutenait que la sienne était beaucoup plus complexe, celle d'être l'interlocuteur de la CIA à Paris : Herbert Herbert lui extorquait les moindres bribes d'information et ne lui racontait que ce qu'il voulait bien. La coopération était amicale et inégale. Quand Benoît et Lambert, dans le secret de leur bureau essayaient de faire le point, de résumer de manière intelligente ce qu'ils savaient, de faire une synthèse assez claire pour être comprise par leurs supérieurs politiques, ils n'arrivaient qu'à une liste d'éléments plus ou moins sûrs, plus ou moins vérifiés, et souvent incompatibles :

. Les masculinistes ou leur mouvance ou leurs clubs, c'était difficile à dire, prenaient de plus en plus d'importance.

. Ils devenaient parfois très dangereux et certains étaient des criminels avérés, tel cet Andrew qui avait commis tant de crime sur des femmes, tant de viols et de trafic d'enfants, et qui venait d'être arrêté dans un pays d'Europe centrale. Mais il y en avait d'autres.

. On parlait d'une réunion, quelque part, des principales figures de proue de la manosphère. Une réunion en Europe, à seule fin de déclencher une sorte de big bang, ou de lancer un parti transversal, ou encore de susciter des attentats, qui eux-mêmes conduiraient à des émeutes et à des troubles sociaux majeurs ? Rien ne permettait de trancher.

. Le lieu de la réunion ? On parlait de Rome, beaucoup, mais aussi de la Belgique, de l'Allemagne.

. On entendait beaucoup d'allusions (on disait allusions faute de mieux !) à l'autoroute du Nord. Mais cela ne voulait rien dire. C'était peut-être un leurre, un hareng rouge comme disent les britanniques.

. Les centres de décision étaient inconnus et rien ne permettait d'identifier des leaders.

. Les réseaux français semblaient très actifs, si l'on en croyait l'intensité et le nombre de messages codés et le plus souvent complètement impossibles à décrypter.

Les hautes sphères de la CIA étaient arrivées à des conclusion plus précises : un meeting important allait réunir les plus dangereux masculinistes, en vue d'une prise de pouvoir politique à court terme en Europe, dans une ville en Allemagne et cette ville était Aachen. Elle avait déjà été la première capitale du premier Empire européen avec Charlemagne. Elle été bien située au centre de l'Europe historique. Les déplacements étaient faciles et très nombreux, et le nombre de touristes tel qu'un afflux supplémentaire de visiteurs passerait inaperçu. Enfin, une organisation inconnue, bien mystérieuse, ne venait-elle pas de faire ériger, sur une petite place, en plein Aachen historique, à l'angle de la Prinzenhofstrasse et de la Jesuitenstarsse (tiens, encore les jésuites !) un ensemble de sept (chiffre magique, symbolique, mythique) sièges majestueux en forme de trônes, comme en prévision d'un évènement public retentissant.

Le centre du Service fédéral de renseignement allemand ou Bundesnachrichtendienst, complaisamment abrégé en BND, se trouve en plein centre de Berlin dans un ensemble de bâtiments très modernes, mais les services dits techniques, et en particulier le centre de renseignement électronique ou Technische Aufklärung (ça fait tellement XVIIIème siècle !), se trouvent encore à Pullach im Isartal, au sud de Munnich. Cette dispersion est voulue mais ne facilite pas le partage d'informations.

Bernhard Gehry était le principal correspondant de la CIA et connaissait bien aussi Benoît. Toute cette affaire l'agaçait. Pourquoi l'Allemagne ? Pourquoi encore ces insinuations politiques sur un nouvel Empire Européen ? Pourquoi Aachen, cette ville tranquille dont il était originaire ? Pourquoi toutes ces informations devaient-elles provenir des USA ou de France ou d'Italie (voire du Vatican !) quand lui-même ne recevait de ses services aucune donnée intéressante. Mais il fallait bien réagir, c'est-à-dire prévenir sa hiérarchie, sans trop l'alarmer, et néanmoins, renforcer les investigations à Aachen. Il ne pouvait pas faire plus.

oOo

Chapitre 35

Le professeur s'était entiché d'Enguerrand. Il le trouvait intelligent, comprenant tout à demi-mot, dénué de toute vulgarité dans ses propos. Il en arrivait à le considérer presque comme un fils spirituel. Il le rencontrait souvent et discutait très librement de tous les sujets du jour. Il ne lui cachait pas qu'un évènement se préparait et qu'il faudrait être disponible. Enguerrand acquiesçait et prenait soin de ne pas poser trop de questions. Parfois même, leur discussion devenait très littéraire, comme le jour où ils commentèrent avec une admiration respectueuse cette phrase de Suétone en cinq mots pour décrire l'histoire de Titus et Bérénice ! Cinq mots seulement ! Et dire que, de ces seuls cinq mots, Racine tira une tragédie en cinq actes et en vers !

Un matin, quand Enguerrand rencontra le professeur pour une promenade dans le jardin du Luxembourg, ils eurent une conversation plus sérieuse que d'habitude. Les choses se précisaient et l'ordre de départ allait arriver dans deux ou trois jours. Les autres indications suivraient de jour en jour.

oOo

Chapitre 36

Les plus hautes autorités de la CIA étaient finalement arrivées à une conclusion définitive : un petit colloque de la manosphère, d'importance incertaine, allait se tenir à Aachen. L'information fut aussitôt transmise à Paris et Berlin. Même le nonce apostolique à Washington reçut une information imprécise et qu'il ne comprit pas.

Herbert Herbert eut une nouvelle réunion avec Lambert, rencontra Benoît et décida qu'il avait fait son devoir.

Benoît fit prévenir Martine Soubise et envoya quelques spécialistes à Aachen.

Sœur Suzanne et Thérèse reçurent encore une fois le message suivant : soyez prêtes.

Bernhard Gehry était le plus impliqué. Il était devenu très soucieux avec toutes ces responsabilités que l'on n'allait pas tarder à faire reposer sur ses seules épaules. Surmontant ses réticences, il renforça encore la surveillance dans cette ville calme, sereine, où il était né.

Tout semblait en place. Sur le pied de guerre. Il ne manquait personne à l'appel. On était opérationnel et résolu. Comme d'habitude. La routine.

C'est alors que l'on vit débouler Anthony Black (puisqu'il faut ainsi appeler Vlad maintenant) dans un couloir de la CIA où normalement, il n'aurait pas dû se trouver. Il criait, il hurlait même (un essentialiste borné aurait parlé de tempérament slave) :

- Nicht Aachen ! Nicht Aachen ! Stupid fools ! Nicht Aachen !! Leipzig !! Leipzig !! Imbeciles !! Listen to me, dummkopf !! Moron idiots !! Clowns!! Jerks !! Nerds !! Schlemiel !! Leipzig !! Leipzig !!

Tout son vocabulaire y passait. Il fut très difficile de le calmer ; on dut même lui donner une petite pilule médicamenteuse encore inconnue de la pharmacopée et, au bout d'une demi-heure, on l'autorisa à s'expliquer : grâce à ses ordinateurs et à son savoir-faire, il avait pu réussir à trouver que tout le monde avait été berné. Aachen n'était qu'une fausse piste. La réunion aurait lieu à Leipzig à l'occasion d'un meeting de l'AfD, le parti autorisé de l'extrême droite allemande.

C'était vrai ; il y aurait un petit meeting de l'AfD ; de là à en faire un argument convaincant, il fallait plus de preuves. Anthony Black en avait, pas très solides, il faut dire. Mais le risque de passer à côté d'un évènement majeur était grand, et dans ce cas, le prestige limité que la CIA avait encore conservé serait réduit en cendres.

La direction au plus haut niveau se réunit en urgence, plusieurs fois ; les éléments furent discutés, mis en doute, repris et évalués, sans résultat clair et distinct. Finalement, le directeur de la CIA se résolut à la méthode ultime, utilisée seulement en dernier recours : il jeta une pièce en l'air !

On modifia toutes les consignes : il fallait répartir moyens et forces entre Aachen (on ne sait jamais) et Leipzig, situé à des centaines de kilomètres ! Cela ne plut à personne.

Herbert, le premier informé, grommela quelque chose de grossier à propos de son administration qui ne savait pas se décider.

Bernhard Gehry redit une fois de plus qu'il aurait à diluer encore ses forces en envoyant au diable un personnel déjà insuffisant, d'autant qu'il y avait déjà là quelques policiers pour surveiller le meeting de l'AfD.

Benoît en prit son parti et alerta Martine Soubise. Il ne pouvait pas faire beaucoup plus, les choses se passant de toutes les manières en territoire allemand.

Le Vatican ne réagit pas.

oOo.

Chapitre 37

Les instructions que Manuel reçut étaient très précises, car non seulement il devait se diriger vers l'Est, mais, en route, il devait acheter un bidon d'essence, une caisse de bouteilles de bière, quelques mouchoirs. Pourquoi faire ? Il ne lui fallut pas longtemps pour comprendre que c'était pour faire des cocktails Molotov. Une technique simple, bien rodée, efficace, pour se défendre en cas de troubles. On semblait ne pas savoir que Kevin avait été retenu à la frontière ce qui compliquait sa tâche. Il allait devoir improviser.

Les directives l'amenèrent au bout de trois cents kilomètres à Leipzig. Mais, juste avant, à la dernière aire de repos, il sortit les bouteilles de bière de leur casier, remplaça la bière par de l'essence, ajusta les mèches faites de bouts de mouchoirs et le repositionna le tout dans le casier, à l'arrière de la voiture.

Il arriva à Leipzig juste à temps, au début de soirée, pour remplir le rôle qu'on venait de lui assigner. Il gara sa voiture blanche et bleue au centre-ville, dans la petite Koellikerstrasse , laissant les portes non-verrouillées comme on le lui avait dit, et se dirigea vers l'hôtel Zum Ritter à deux pas.

Les hasards de la guerre, les hésitations de l'office d'urbanisme, la longue période communiste aussi, avaient laissé subsister au centre même de Leipzig une petite anomalie architecturale. Sur la Koellikerstrasse donnait l'entrée de ce petit hôtel, Zum Ritter, sans grande prétention. L'anomalie était qu'il avait gardé un petit bout de jardin. Les nouveaux propriétaires le rentabilisèrent en transformant ce petit jardin d'agrément en une salle polyvalente, que les américains appellent Ballroom, et où l'on pouvait accueillir plus de cent personnes pour des conférences, des dîners, des évènements publics ou privés. C'est la location de cette salle pour la soirée, par une association parfaitement inconnue, qui avait attiré l'attention de Vlad : pourquoi une réunion avec une centaine de couverts, des installations de sono importantes, un but absolument non précisé et un nom d'organisateur sentant le pseudonyme à cent mètres ? Pourquoi, au moment où la ville se préparait à accueillir le meeting de l'AfD ? Y avait-il un lien entre ces deux évènements ? Les preuves étaient indirectes mais l'instinct de Vlad l'affirmait.

Un observateur attentif aurait pu déceler l'afflux des participants, tous des hommes trop respectables, mais aussi des individus beaucoup plus voyants, comme cet Andrew, coupable de tant de crimes, meurtres et viols, et qui avait réussi à s'échapper de sa prison en Roumanie.

Manuel avait reçu pour mission de surveiller les abords et d'être prêt à tout.

Le professeur avait emmené Enguerrand dans sa voiture, la route était longue depuis Paris, et ils eurent juste le temps de prendre leur chambre dans un bel hôtel moderne, d'y garer la voiture et de se diriger vers le lieu de la réunion, la salle extérieure de l'hôtel Zum Ritter. Ils avaient longuement discuté en voiture ; le professeur se sentait fatigué, plus, peut-être, inquiet. Au fur et à mesure qu'ils traversaient la ville, il se sentait angoissé. Allait-il avoir l'une de ces attaques de panique dont il était coutumier et qu'il arrivait à masquer quand il était en bonne compagnie ? Il sentait le sol se dérober un peu sous ses pas, il respirait difficilement. Il finit pas dire à Enguerrand :

-J'ai oublié quelque chose à l'hôtel. Continuez . Je vous rejoins tout de suite.
-Je peux vous aider ?
- Non, c'est juste une petite chose. Ce n'est rien. Allez de l'avant.

Il rentra à l'hôtel, avala les grosses pilules dont il avait besoin, s'allongea sur le lit et finit par s'endormir.

oOo

Chapitre 38

Sœur Suzanne et Thérèse eurent des instructions nouvelles et qui les surprirent beaucoup. On leur demandait de prendre le train pour Berlin et là, de changer immédiatement pour un autre train pour Leipzig. Après un trajet long, fatigant et monotone, elles prirent possession d'une chambre réservée pour elles dans un hôtel moderne, mais tout prêt du Zum Ritter. Leurs instructions étaient claires : observer, sans plus, tout ce qui se passait à Leipzig.

Elles commencèrent naturellement par le meeting de l'AfD : Il y avait peu à signaler : une très importante présence policière à pied et en voiture, des ambulances et même des voitures de pompiers. Tout était prévu pour une manifestation qui pouvait dégénérer. Mais le calme semblait régner.

Elles revinrent donc lentement vers leur hôtel alors que la nuit commençait à tomber. Il se fallait pas se perdre et elles durent plusieurs fois consulter le plan de la ville. Les ruelles étaient calmes et silencieuses, avec très peu de passants comme si la manifestation de l'AfD avait attiré tous les curieux. Elles avaient même peur de briser ce silence, parlaient très bas et l'on entendait surtout le bruit de la canne de Sœur Suzanne sur le pavé. Elles participaient de cette ambiance triste, sombre, silencieuse, comme si tous les bruits étaient étouffés par une énorme chute de neige invisible.

Ce ne fut que peu à peu que les choses changèrent ; un peu de bruit au fond de la rue, puis des cris, de plus en plus forts, et finalement cette lueur qui éclaira l'arrière des bâtiments devant elles. Ce qui aurait pu être facilement explicable ne le fut plus quand des explosions retentirent, de plus en plus fortes, de plus en plus nombreuses, pendant que la lueur se transformait en flammes. Elles se rapprochèrent de la rue

Koelliker d'où semblait venir tout le vacarme et l'incendie, passant devant une petite voiture blanche et bleue qui sentait fort l'essence. Des hommes aux vêtements enflammés essayaient de grimper au-dessus de la grille entourant l'hôtel, d'autres essayaient de sortir en forçant une petite porte qui était coincée. Derrière, on voyait les fenêtres de la salle de réunion qui explosaient sous la force des flammes ; enfin, le petit bâtiment entier prit feu dans un embrasement gigantesque.

Nos observatrices s'étaient arrêtées dans un petit recoin, à quelques mètres, pétrifiées, ne pouvant plus faire un geste. La petite porte coincée soudain céda et une dizaine d'individus sortirent en hurlant. Ils étaient suivis par quelqu'un qu'elles reconnurent tout de suite : c'était Andrew, qui tenait dans sa main droite un pistolet, mais était obligé de la soutenir par son bras gauche. Il semblait aussi blessé et se trainait plus qu'il ne marchait. De loin, il tira plusieurs coup de feu, manqua Suzanne de peu ; puis, il se rapprocha comme pour leur parler, mais son pistolet était toujours braqué sur Sœur Suzanne ; il tira encore une fois et se jeta sur Suzanne. Elle laissa tomber sa canne, et empoignant le pommeau de faux ivoire, elle tira la lame qu'elle lui enfonça dans la gorge. Comme le lui avait montré Thérèse, elle n'oublia pas de tirer la lame accérée jusque sous l'oreille afin de couper l'artère carotide.

Andrew s'affaissa, deux ou trois petites colonnes jaillissantes de sang cardiaque témoignant bien que la carotide avait été atteinte. Sœur Suzanne se retrouva, prostrée sur le sol, sanglottant et tremblant.

Thérèse, était restée figée jusque là, devint soudain très active. Elle ramassa la lame qu'elle essuya et remis dans la canne. Puis, elle se dirigea vers le corps d'Andrew qu'elle tira par les pieds et qu'elle projetta dans la voiture blanche et bleue qui venait de prendre feu en explosant. Elle prit Suzanne par le bras, la releva et l'aider à marcher, la canne en main vers l'entrée proche de leur hôtel.

De retour dans leur chambre, elle l'aida à reprendre ses esprits. Suzanne était encore effrayée de ce qu'elle avait vu et du danger auquel elle avait échappé. Elle se préparait à appeler Martine Soubise pour demander de l'aide mais Thèrese lui demanda d'attendre un peu. Elle lui expliqua que leur situation serait plus simple si toutes les deux se mettaient d'accord pour ne parler pas d'Andrew. Suzanne finit par accepter. Martine lui avait promis qu'il y aurait toujours quelqu'un au bout du fils. Elle l'appela donc, décrivit l'incendie de la salle de réunion et l'état de confusion tout autour. Elle demanda surtout qu'on vienne les chercher au plus vite. Thérèse, elle, appela un autre numéro et parla assez longuement, en anglais.

Le mieux était alors de rester dans leur chambre, et d'attendre, sans aucun désir de parler davantage. Tout s'était passé si vite ! Elles étaient épuisées. Elles s'allongèrent et somnolèrent eu peu. C'est seulement au bout de 4 heures qu'on frappa à leur porte et qu'un homme, en civil, leur expliqua, en anglais, qu'il était membre de la BND, qu'on allait s'occuper d'elles, que la situation était horriblement compliquée et qu'il fallait surtout qu'elles ne bougent pas de leur chambre. Télévision et room service aidant, elles purent ainsi passer plusieurs heures à attendre avant qu'un minibus Volkswagen, déjà occupé par un policier, les prennent en charge. Le Minibus se dirigea lentement vers un autre quartier de la ville avant de s'arrêter de nouveau.

oOo

Chapitre 39

Manuel n'a pas eu de chance. Il était chargé de surveiller une porte donnant vers le jardin. Quand l'incendie, la fumée et la confusion s'installèrent, il tenta de porter secours, mais fut piétiné par ceux qui tentaient de sortir et reçut une balle dans le bras tirée par Andrew qui n'avait pas hésité à se frayer un chemin pour s'enfuir à coups de pistolet. Finalement, il fut rattrapé par les flammes qui s'attachèrent à ses vêtements. Arrivant finalement à sortir aussi, il s'effondra et perdit connaissance. Une ambulance l'emmena dans un très mauvais état vers un hôpital de la banlieue de Leipzig.

Enguerrand s'était retrouvé dans un coin de la salle opposé au départ du feu et avait eu le temps de réfléchir un court moment malgré les cris, la confusion et la fumée qui commençait à tout envahir. Alors que la plupart des participants essayaient de sortir par les portes donnant sur la rue, il se dirigea plutôt vers la porte de communication donnant sur l'hôtel, et de là dans la rue. Il se mit à courir, les bras en l'air, en direction des policiers qu'il voyait au bout de la rue en criant : franzosisch ! franzosisch !

Il eut beaucoup de mal que nos observatrices à communiquer avec les autorités locales. Il ne put rencontrer d'abord qu'un policier que ne parlait qu'anglais, et très mal, et ne voulut pas comprendre que André voulait téléphoner en France le plus vite possible. On le mit dans un voiture de police recouvert d'une couverture et on l'y laissa une bonne heure. Puis un autre policier vint l'interroger et compris un peu mieux ce qu'il voulait. Finalement, ce fut un membre de la BND qui arriva deux heures plus tard. Il voulait bien téléphoner en France, mais il demanda le numéro à André pour le faire lui-même, et cela à l'extérieur du véhicule, André restant à l'intérieur. Comme André n'avait plus aucun papier d'identité, la communication de l'agent de la BND avec

Martine Soubise fut compliquée, et Martine dut lui passer Lambert, qui lui même lui passa Benoît qui lui-même obtint de parler à une personne de plus haut rang à la BND. La conversation dura longtemps. Finalement, André obtint d'être rapatrié. On le fit encore attendre dans sa couverture, puis on le vêtit d'un pyjama et d'un gros manteau, et enfin, on le fit monter avec un autre policier et un agent de la BND dans un minivan Volkswagen qui attendait au coin de la rue.

La surprise de nos deux journalistes de l'Agence Les Amazones fut totale : se retrouver ainsi et dans ces conditions ! Ils ne trouvèrent pas nécessaire de parler trop longtemps et s'assoupirent pendant que le minivan progressait lentement vers la frontière française. À Strasbourg, le véhicule s'arrêta et se débarrassa de ses passagers en les confiant à un véhicule analogue, mais avec des policiers français et des agents de la DGSE, avant de repartir vers l'Allemagne. Cinq heures plus tard, ce véhicule s'engouffrait dans les locaux du Boulevard Mortier et chaque rescapé fut conduit dans un cellule confortable, mais isolée.

Après une demi-journée de repos, ils furent interrogés et débriefés séparément : Thérèse s'en sortit plus rapidement grâce à une longue conversation téléphonique en anglais de Benoît. Hermine eut interrogée plus longuement, essentiellement pour savoir si elle avait reconnu d'autres français, mais aussi pour savoir ce qui s'était passé. Elle décrivit le tout au mieux qu'elle le pouvait, mais ne dit mot de son interaction avec Andrew. Le cas d'André fut plus compliqué, car il avait une connaissance plus approfondie des participants aux différentes réunions auxquelles il avait assisté, mais il ne connaissait que des surnoms ou des pseudonymes. Son interrogatoire fut plus long mais ne mena pas très loin.

Il fallait faire le point et Benoît eut plusieurs réunions à des niveaux de plus en plus élevés. Mais finalement, le problème était simple, ni André ni Hermine ne pouvant avoir été impliqués dans une conspiration quelconque.

André rentra chez lui et Hermine se rendit immédiatement au monastère pour reprendre ses affaires et se débarrasser des habits de novice. En dépit de l'heure très avancée dans la soirée, elle fut accueillie par Sœur Angèle qui repris reprit vêtements et canne sans poser de questions. Elle lui conseilla de prendre un grand bain, de passer une bonne nuit et d'aller voir la mère supérieure le lendemain.

Mère Marie Françoise l'attendait et Hermine lui raconta tout ce qu'elle avait vécu y compris son interaction mortelle avec Andrew. Elle la laissa parler et ensuite, prit la parole :

- Ma fille, ce qui vous est arrivé est très douloureux et je comprends très bien vos sentiments et le trouble où vous êtes. Je sais que vous n'êtes pas trop croyante. Je vais quand même vous conseiller d'aller vous confesser. Cela vous soulagera. Notre confesseur, le Père Rochet, pourra vous recevoir dans la journée si vous le désirez. Je suis sûre que cela vous sera utile. Quant à votre avenir, je fais confiance à Martine Soubise pour vous conseiller de mieux qu'elle peut. Ma fille, gardez en tête que vous serez toujours la bienvenue ici.

Le Père Rochet correspondait exactement à ce que l'on attend d'un confesseur : écoute, bienveillance, conseils et recommendations fortes seulement dans des cas très rares à ses yeux.

- Ma fille, dit-il, vous venez de traverser de cruelles épreuves et je crois que vous n'avez rien à vous reprocher à propos de cet Andrew qui se trouve, maintenant, là où il doit être. Vous avez réagi correctement en face d'un danger certain. On ne peut rien vous reprocher.
Je ne vais pas vous conseiller, comme dans l'ancien temps, de réciter un certain nombre de Pater et d'Ave. Mais si vous passez devant une église, n'hésitez pas à entrer, à allumer un cierge et à passer quelques minutes sur un banc. L'atmosphère d'une église est toujours un peu spéciale. Vous vous sentirez mieux, je peux vous l'assurer. Vous n'aurez peut-être pas besoin de psychothérapie supplémentaire.

Ayant repris ses habits civils, Hermine décida de retourner à l'Agence et le mieux était de le faire en même temps qu'André. Elle fut surprise d'y retrouver Vincent/Kevin. La DGSE ayant décidé qu'il était trop dangereux de le laisser continuer en Allemagne avec Manuel, son arrestation à la frontière avait été arrangée d'une manière convaincante et il avait été libéré très rapidement ensuite par la police et était rentré se cacher chez lui.

oOo

Chapitre 40

Pendant tout ce temps, la BND avait fait le bilan de ces évènements tragiques. Il est vite apparu que l'incendie avait été déclenché par des feux d'artifices qu'un participant néerlandais dénommé Marinus avait été chargé d'acheter, ou bien par un court-circuit des éclairages surchargés, ou bien encore par une malveillance particulière non-identifiée. La police ne pouvait faire plus. Les éléments d'information disponibles étaient trop discordants.

En revanche, la police acquit une bonne connaissance de l'identité des personnes qui avaient participé à la réunion et dont une grande partie était décédée. Elle déclara néanmoins faussement que la plupart des corps n'avaient pas pu être identifiés pour ne pas donner trop d'indications tant à la population en général qu'aux organisateurs mystérieux si ceux-ci étaient encore actifs. Elle décida de faire fuiter seulement quelques noms des personnes décédées.

On apprit en particulier que le corps d'un certain Andrew, recherché par toutes les polices d'Europe pour de nombreux crimes, avait été retrouvé partiellement carbonisé. On attribuait son décès aux nombreuses fractures que l'on avait pu mettre en évidence, ainsi qu'aux brûlures et à l'intoxication par la fumée. On fit aussi savoir qu'un Français dénommé Enguerrand Demetz était mort dans l'incendie, sans donner plus de détails.

Enfin, on ajouta qu'on avait retrouvé dans les décombres un certain nombre d'armes ainsi que quelques mécanismes métalliques qui évoquaient des horloges astronomiques portatives.

Manuel avait été hospitalisé dans un bon établissement et, comme il avait conservé son état-civil, il possédait en particulier ses cartes française et européenne d'assurance maladie. Il fut y traité sans aucun problème et la police négligea de le questionner. Au bout de trois semaines, on le transféra dans un hôpital à Strasbourg où là aussi les problèmes médicaux furent les seuls importants. Deux mois après son départ pour l'Allemagne, Manuel pouvait ainsi se retrouver en France, chez lui sans que jamais la police vienne prendre de ses nouvelles.

Au siège de la SGSE, Benoît réfléchissait, consultait ses dossiers, appelait ses confrères et arrivait à la conclusion évidente que André avait très bien fait de faire mourir Enguerrand. Il taisait tous ses doutes sur l'histoire d'Hermine. Enfin, ayant regardé longuement des photos de Manuel avant et après ses horribles brûlures, il s'écria :

- On pourrait certainement le poursuivre pour l'enlèvement de cette demoiselle et tout le reste. Mais il a assez souffert comme cela. Qu'on le laisse tranquille !

À l'Agence, ce fut l'occasion d'une réunion importante entre la patronne, Martine et les journalistes impliqués dans cette affaire de complot de la manosphère. Après les congratulations et les vœux de rétablissement, et après avoir longuement réfléchi, la patronne prit la parole :

- Je crois que nous arrivons à un moment important. D'après toutes informations que nous avons, on n'entend plus parler de manosphère et de mouvement masculiniste, du moins pour le moment. Il y a eu trop de morts et le scandale est trop grand. Est-ce cela peut revenir, c'est possible, c'est même certain, sans doute sous d'autres formes que nous devrons suivre avec attention, comme d'habitude, n'est-ce-pas ? Mais il faut que nous prenions ensemble des décisions vous concernant. Vous avez été très impliqués dans cette série d'évènements, sous votre propre nom ou sous un autre. Je vais être brutale, mais c'est dans votre intérêt, vous ne pouvez plus continuer vos activités comme si de rien n'était.
  Hermine, d'abord, vous avez été associée à des aventures tragiques. Vous êtes trop connue et je ne sais pas si vos derniers pseu-

donymes n'ont pas, malgré tout, été découverts. Je vous conseillerais de quitter l'Agence et de faire autre chose, même sans changer de nom, mais en changeant de milieu professionnel. Nous en reparlerons.
André, vous êtes un photographe essentiellement et vous avec été mêlé dans ces évènement sous un bon pseudonyme. Il est très utile que vous ayez même fait mourir Enguerrand. Mais vous avez participé à beaucoup de réunions clandestines et vous pourriez un jour être reconnu à Paris. Nous allons nous arranger pour vous faire changer un peu de physionomie et peut-être faudra-t-il que vous alliez en province.
Pour vous Vincent, c'est exactement la même chose. Mais je voudrais vous garder ici ; vous êtes trop utile pour notre département d'informatique.

oOo

Chapitre 41

À sa sortie de l'hôpital, Manuel était affreusement défiguré et, en revenant à Paris, se demanda longuement ce qu'il devait faire. Il ne recevait plus aucun message particulier, se sentait isolé et finalement décida de reprendre son emploi à la Mairie du 13ème arrondissement. Il alla d'abord mettre au point son retour après son congé pour convenance personnelle avec le Directeur des ressources humaines de l'établissment. Celui-ci lui demanda ce qui lui été arrivé et Manuel eut la présence d'esprit de répondre : Je préfèrerais ne pas en parler. C'est exactement la même réponse que, en moderne Bartleby, il fit à tous ses collègues. C'est une vérité généralement acceptée qu'on ne se soucie pas trop d'écouter les malheurs d'autrui et on cessa vite de le questionner. En revanche, on l'invita à partager une tasse de café, à se joindre à un repas. On ne l'ignorait plus. Au contraire, il se trouvait choyé, presque dorlotté. Un femme, un peu plus agée que lui, divorcée avec deux enfants, s'attacha à lui, et s'arrangea même pour qu'on ne le lui reprenne jamais. Manuel n'avait jamais été aussi heureux.

Le professeur, lui, était très malheureux. Il était revenu de Leipzig en conduisant sans s'arrêter dans une sorte d'état second. Il avait retrouvé son appartement dans les beaux quartiers de Paris, au cinquième étage d'une belle maison du front de Seine. Il s'attendait avec angoisse à recevoir des messages de ses anciennes connaissances ; aucun n'arriva. Il se sentait très déprimé, se reprochant d'avoir été égoiste, surtout d'avoir été lâche. Quand il apprit pas la presse le décès d'Enguerrand Demetz, il se reprocha de l'avoir envoyé à la mort. Sa vie était devenue très douloureuse. Un jour, ses attaques de panique redoublèrent. Il était oppressé, il manquait d'air. Il avait besoin de respirer. Il ouvrit sa fenêtre, passa sur son balcon et se pencha comme pour mieux voir les passants en bas. Et alors, sans vraiment le vouloir, presque malgré lui, il se laissa basculer dans le vide.

Herbert Herbert, lui, reçut une promotion, malheureusement liée à un nouveau poste à Washington. Il devint la star de la CIA, mais regrettait maintenant amèrement ses jours passés à Paris. Quant à Vlad/ Black, il reçut une double récompense : une piste administrative qui s'ouvrait pour l'obtention de la citoyenneté amériacaine et une adresse, celle d'une jeune femme d'origine russe dénommée Vera qui avait une boutique de fleuriste à Georgetown, le quartier chic de Washington.

À l'Agence, la patronne s'occupa de Vincent en l'envoyant chez un chirurgien esthétique qui fit quasiment disparaitre son bec de lièvre. Il coupa ses chevaux très ras, s'habilla desormais de manière très élégante, très bourgeoise, de très bon goût et devint complètement différent du Vincent que les gens connaissaient.

Pour André, le processus fut différent. Après avoir consulté son évèque, il teignit ses cheveux en blond, porta une fine moustache et réduisit encore plus la taille de la croix qu'il portait toujours. Surtout il émigra en province chez un ancien collègue spécialisé dans les photographies des personnes du grand monde, people et autres célébrités. Il se consollait en se disant que Nadar était surtout connu par les portraits qu'il avait laissés du XIXème siècle. Il ferait comme lui, tiens, en ajoutant un i à son prénom, Andrei, pour le rendre plus mystérieux.

Enfin, Hermine commença une reconversion en prenant une part importante dans le fonctionnement d'une association européenne féministe, écologique et dont le but était d'orienter efficement et sans démagogie ni populisme la politique des gouvernements. Elle était consciente que sa vie allait beaucoup se modifier et que les enjeux seraient différents.

Elle revit sa collègue Lydie à Nantes et eut grand plaisir à faire la connaissance de sa deuxème fille. Surtout, elle laissa beaucoup parler Amin :

- Ma vie, comme notaire, est très agréable et j'en suis très surpris. Je n'aurais jamais imaginé que je serais passionné par les affaires de famille, les testaments, les ventes d'immeubles. J'ai l'impression de me frotter à la vraie vie, à des vrais gens, d'être un peu utile. Et puis, être père de deux petites filles, c'est le bonheur !
J'ai eu des nouvelles d'anciens compagnons. L'un d'eux, un ancien prêtre, un jésuite, je crois, me téléphone maintenant régulièrement. Je crois qu'il s'ennuie. Il me dit qu'il fréquente beaucoup la cathédrale Notre Dame, à Paris, où il est va s'assoir sur un banc, regarde passer les touristes, entend un peu d'orgue, somnole beaucoup. Il va se confesser, de moins en moins, et sa confession, me dit-il, se résume à : Je n'ai rien à ajouter à mes déclarations précédentes.
Un autre, qui était un peu rabbin, était très malheureux parce qu'il avait été remplacé par une femme là où il officiait. Mais il a fini par trouver sa voie. Il s'est mis à fréquenter les bars gays et il vit maintenant avec un ami, un italien, je crois, un peu plus jeune que lui, avec qui il s'entend très bien.
Ah ! Les surprises de la vie !

Hermine ne pouvait qu'acquiescer.

Mais elle ne se limita pas à revoir Lydie. Elle alla aussi à Lille consulter ses parents, elle eut une longue conversation avec Lilith, et finalement elle retourna à Bad Wimpfen voir sa cousine Neele. Là, elle eut l'occasion de revoir Tanja, la secrétaire du club local. Curieusement, cette dernière, dont Hermine se demanda toujours quel était le rôle exact dans la hiérarchie des mouvements féministes, eut l'air de se souvenir de quelque chose en la voyant et lui mit dans la main un bout de papier contenant ces seuls mots : *Van Lerberghe, cimetière Campo Santo, Gent.*

Et, comme la dernière fois, Hermine sut ce qu'elle avait à faire.

oOo

Chapitre 42

Aller à Gand n'a pas facile. Il faut prendre un train, le Thalys, jusqu'à Bruxelles puis changer de train pour Gand encore appelé localement Gent-Sint-Pieters. Mais là, le trajet n'est pas fini, on doit prendre un tortillard en direction de Eecklo (quel drôle de nom, pense Hermine). On arrive finalement à Gent-Dampoort. Croyez-vous en avoir terminé ? Non, il faut continuer pendant une bonne vingtaine de minutes à pied pour atteindre Sint-Amandsberg, sorte de petite banlieue de Gand. Au centre, un éminence de 19 mètres orgueilleusement appelée colline naturelle dans les guides. On y trouve la chapelle de Saint-Amand, construite en 1720 en style baroque, et tout autour un cimetière, Campo Santo, que l'on compare au cimetière parisien du Père-Lachaise tant des gens célèbres (localement, il faut l'avouer) y ont été enterrés.

Hermine s'approche, fait le tour de la chapelle et examine soigneusement toutes les tombes qui la bordent. Atteindra-t-elle son but ? Oui, car elle découvre une grande tombe plate de marbre gris, couverte d'une grosse épaisseur de mousse qu'elle gratte avec un bout de bois. Elle peut lire :

Charles Van Lerberghe
Poète
1861-1907

Au-dessous, était gravé cet extrait de la *Chanson d'Ève* :

C'était le premier matin du monde.
Comme une fleur confuse exhalée de la nuit,
Au souffle nouveau qui se lève des ondes,
Un jardin bleu s'épanouit.

Tout s'y confond encore et tout s'y mêle,
Frissons de feuilles, chants d'oiseaux,
Glissements d'ailes,
Sources qui sourdent, voix des airs, voix des eaux,
Murmure immense ;
Et qui pourtant est du silence.

Ouvrant à la clarté ses doux et vagues yeux,
La jeune et divine Ève
S'est éveillée de Dieu.

et là, Hermine comprend tout et le secret est évident :

Ève a été créée la première, dès le premier matin du monde.

bien avant Adam et les hommes.

oOo

Chapitre 43

21....

Hermine a vu les années s'accumuler, mais elle se sent bien, un peu fatiguée parfois. La médecine a fait tellement de progrès. Elle s'amuse des choses que les autres trouvent tellement nouvelles et qui ne sont que des débris de l'ancien monde. Elle n'est pas malheureuse, n'ayant jamais cherché à atteindre le bonheur. Elle réfléchit, sans but ; elle se souvient, sans passion.

Sa vie a été bien remplie et c'est avec tendresse et sans souffrance qu'elle pense à ses deux maris, ses amies féminines, et bien sûr, ses enfants (elle les admire) et petits-enfants (elle les adore) ; elle porte un jugement détaché, satisfait, un peu émerveillé sur les aventures de sa jeunesse si naïve, mais tellement enthousiaste. Elle va parfois se recueillir sur la tombe d'André, au Bec Hellouin. Leila, Lydie, Neele sont aussi de très vieilles grand-mères. Que sont devenues Els, Tanja, et les autres ? Elle n'en dira rien.

Maintenant les problèmes ne sont plus les mêmes, peut-être plus graves, peut-être moins. Elle a été beaucoup impliquée, à des titres divers, dans tous ces combats. Elle ne regrette rien, même si elle se demande parfois si les problèmes ne se résolvent pas souvent tout seuls, à l'usure ("Laisse faire le temps, ta vaillance et ton Roi"). Elle est heureuse d'avoir participé, d'avoir joué un petit rôle, dans son passé de journaliste, de femme politique, de femme d'action, de femme de l'ombre. A-t-elle atteint le degré de sagesse qu'elle recherchait tant ? C'est possible. A-t-elle tout réussi ? Non. Elle ne pouvait pas faire mieux. Elle n'essaye plus de faire mieux.

Aujourd'hui, elle va assister au départ dans le cosmos de sa petite fille. Sans être sur place, bien sûr. Elle a refusé les implants, ce n'est plus de son âge, mais le casque suffit à remplir toutes leurs fonctions. Un clin d'œil, elle est près de la balustrade, devant la rampe de lancement. Il y a du monde, elle doit bousculer un peu les autres visiteurs pour s'avancer. Il fait beau, le ciel est clair. Ce sera un succès. Elle voit la fusée, si proche, les gens qui s'affairent autour. Le départ est imminent et sur la plate-forme, elle aperçoit sa petite fille, Gabrielle, qui lui fait signe. Elle lui répond et ses yeux se mouillent. Un grand bruit, une sorte de fumée qui monte. Elle est partie.

Elle cligne encore une fois et se trouve chez elle, en Normandie, au milieu de ses sept statuettes, apaisée, soulagée. Sa vie a valu la peine d'être vécue. Calme, sereine, elle ferme les yeux pour mieux se souvenir.

oOo

Postface

Je suis ce matin sur mon tracteur et je sifflote en coupant l'herbe qui pousse trop vite à mon gré. Il fait beau. Je me sens un peu libéré, car je viens d'apprendre par la presse le décès du Cardinal Van Dongen. Je lui avais signé, en rouge, une promesse, je ne sais plus, sur un bout de parchemin. Qu'est devenu ce contrat ? Est-il toujours valable ? Sans doute plus du tout, maintenant, du moins je l'espère. Car, oui, si j'avais menti en enterrant Charles van Lerberghe à Evere, j'ai réparé ma faute en le transférant au cimetière Campo Santo à Gand.

C'est vrai, il est maintenant là, dans ce cimetière qui accueille, dit le guide officiel des lieux, la fine fleur catholique, financière et culturelle de la Belgique. Comment est-il arrivé là ? Par quel miracle ? Par quelle intervention familiale, voire gouvernementale ? Les milieux les plus conservateurs lui auraient si vite pardonné ses blasphèmes à propos d'Ève ? Il ne faut jamais désespérer de la Providence. Mais au fond, suis-je tellement sûr que Charles van Lerberghe soit bien enterré là ? Les évidences sont frêles et je m'avance beaucoup. Et si van Lerberghe était enterré ailleurs ? Et si le mystère attaché à son nom ne faisait que commencer ?

Soudain, je vois une voiture qui s'approche. Va-t-elle s'arrêter ? Qui va en descendre ? Je deviens anxieux ; et si un autre cardinal voulait me voir ? Elle se rapproche, elle est clairement jaune, elle passe ; ce n'est que le facteur ; pas de courrier, comme d'habitude ! Pourquoi suis-je toujours inquiet à la pensée d'une autre visite cardinalice ? De plus, qui me dit que c'était bien le cardinal Van Dongen qui m'a rendu visite ? On ne demande pas, habituellement, une pièce d'identité à un cardinal. Je me reprends ; je ne veux pas vivre dans des mondes parallèles. Il doit bien y avoir une explication logique à ce qui m'arrive. Je me calme.

Je plains les employés municipaux à l'entrée du cimetière d'Evere. Tant de gens leur demandent où se trouve la tombe de van Lerberghe puisque même Wikipedia dit qu'elle se trouve là ! Ils ont été obligés de mettre à l'extérieur une très grande plaque de cuivre, gravée, avec l'inscription : ***Nous informons nos aimables visiteurs que la tombe de Charles van Lerberghe NE se trouve PAS ici.*** Je m'angoisse à l'idée qu'il faudra peut-être mettre une plaque analogue à Campo Santo.

Mais, au fond, Charles van Lerberghe faisait-il réellement partie de la fine fleur ? Même dans *la Chanson d'Ève,* son œuvre la plus connue, il faut bien avouer que les vers sont plats et le style suranné. Sans la musique merveilleuse de Gabriel Fauré, en parlerait-on encore ? D'ailleurs, c'était un drôle de type, vingt fois fiancé, jamais marié et mort à 46 ans de syphilis cérébrale !

Peu importe ! Car ce qui reste, c'est cette grande vérité, ce secret qui n'est est plus un, cette illumination qui bouleverse notre vie, la seule chose qui compte :

Ève a été créée avant Adam !

oOo

Printed in France by Amazon
Brétigny-sur-Orge, FR

20673516R10192